天生一对

桑小米

乐小米 著

① 陌上郎

浮生,我们可不可以不忧伤 (纪念版)

青岛出版集团 | 青岛出版社

图书在版编目（CIP）数据

凉生，我们可不可以不忧伤：纪念版.1，陌上郎/乐小米著.—青岛：青岛出版社，2024.3
ISBN 978-7-5736-1730-9

Ⅰ.①凉… Ⅱ.①乐… Ⅲ.①长篇小说－中国－当代 Ⅳ.①I247.5

中国国家版本馆CIP数据核字（2023）第219046号

LIANGSHENG，WOMEN KE BU KEYI BU YOUSHANG：JINIANBAN.1，MOSHANGLANG

书　　名	凉生，我们可不可以不忧伤：纪念版.1，陌上郎
作　　者	乐小米
出版发行	青岛出版社（青岛市崂山区海尔路182号）
本社网址	http://www.qdpub.com
邮购电话	18613853563
责任编辑	贺　林　李文峰
特约编辑	王羽飞
校　　对	李玮然
装帧设计	蒋　晴
照　　排	梁　霞
印　　刷	三河市良远印务有限公司
出版日期	2024年3月第1版　2024年3月第1次印刷
开　　本	16开（640mm×920mm）
印　　张	16.5
字　　数	222千
书　　号	ISBN 978-7-5736-1730-9
定　　价	45.00元

编校印装质量、盗版监督服务电话 4006532017　0532-68068050

小咪，
请你一定要记住凉生的模样，
记住回来的路。
来世，
誓我做凉生的妹妹好吗？

浮生，我们可不可以不忧伤（纪念版）

① 陌上郎

余生，我们可不可以不忧伤（纪念版）

目录

第一章 凉　生 … 1

第二章 锋芒毕露 … 31

第三章 程天佑 … 63

第四章 巷子弯 … 153

第五章 牵　挂 … 217

出版番外 一　生 … 233

在我至死不渝的想念里，
是永远少年的你。

◀ 第一章 ▶

凉　生

只能这样注定，他是哥哥，而我，是妹妹。

01
凉生，就这么不期而遇

十三岁那年，我突然有了一个极坏的习惯。

我习惯在半夜睁大眼睛，试图看清糊满报纸的天花板。然而，在这漆黑的夜里，我做的一切只是徒劳。

夜只是这样浓重地罩满我的身体。我缩在被子里，小小一团。我想：我怎么就一点儿也找不到小说里所说的夜色如水的恬静美丽呢？我只能在半夜听到父亲的咳嗽声，母亲柔肠百结的轻微叹息声，还有凉生熟睡时所发出的均匀呼吸声。

我看过凉生睡觉时的样子。他喜欢侧着身子，小脑袋埋在枕头里，长睫毛像两只熟睡的天鹅一样憩息在他的眼帘上，略薄的鼻翼随着呼吸轻轻地抖动，白色皮肤透着淡淡的粉。这种柔和的粉色皮肤在魏家坪这一带孩子的身上是极少有的，所以，在我年少的意识中，凉生是与我不同的，与整个魏家坪的孩子都不同。

我喜欢在他睡午觉时，用初生的嫩嫩的小草尖探到他的耳朵里，看他被痒醒，然后猫着小身子，躲在他床边，学我们家的猫——小咪叫几声。凉生好聪明，眼都不睁，就可以猜到是我，嘴巴里含混不清地说着："姜生，别闹了，我睡觉呢。"

他叫凉生，我叫姜生。

四岁之前，他与我的生活没有任何瓜葛。

四岁那年，一个阳光洒满半个山坡的美丽午后，一脸疲色的母亲把一个如同电视里才能见到的好看的小男孩儿带到我的面前，说："姜生，这是凉生，以后你就喊他哥。"

四岁，尚是记忆模糊的年龄，我眼里只有泥巴、小草、狗尾巴花，不知道什么叫天灾人祸、造化弄人，更不知道那些天里，魏家坪发生了一场惨烈异常的矿难，有四十八名矿工和两名记者遇难。在我眼里，魏家坪的天还是那样蓝，水还是那样清。所以当母亲把凉生带到我的面前时，我一边甩着清脆的童音喊他"凉生哥哥"，一边背着母亲冲他做了一个奇丑的鬼脸。

可能是因为我做的鬼脸实在太难看了，所以把好看的凉生给吓哭了。

凉生哭的时候用胳膊挡住脸，努力地憋住声息。魏家坪的孩子们哭起来可没他这么斯文——他们都是直接张着大嘴巴，哭得歇斯底里、惊天地泣鬼神。我对凉生的好感就是从他这斯文一哭开始的。

凉生刚来的时候，非常喜欢哭。每天夜里，我都能听到他断断续续地小声抽泣。

我就抱着枕头，挨到他的枕头前，在暗夜中瞪着眼睛看他哭。夜色昏昏，我只能看到他瘦弱的肩膀一抽一抽的，小脑袋不停地抖。

我说："凉生，你怕黑的话，那姜生陪你。"

他似乎对我没有太多好感，边抽泣边抗议道："谁怕黑了？"

我就愣愣地趴着看凉生哭。

他转身，眼睛红红的，说："有什么好看的啊？"

我撇撇嘴巴，像条小鱼一样钻回被窝，挨到母亲的身边，问道："是不是城里人哭的感觉比吃糖块儿还幸福呢？"

"幸福"是我那一年主动学会的第一个词语，但母亲并没因此表扬我，而是给我盖好被子，说："姜生，你记住，凉生是你哥，不是什么城里人！以后你不能胡说！你一定要记住，凉生是你哥！"

仿佛圣命难违一般，四岁的我与六岁的凉生不期而遇。我不能也不知道去问，这个被唤作凉生的男孩儿，为什么会突然来到我们家。

只能这样注定，他是哥哥，而我，是妹妹。

02
魏家坪，凉生与北小武之战

凉生来之前，父亲总是很忙，只有过年回家看爷爷奶奶的时候，我才能见到他。如此一算，我们也只打过四个照面儿。他高瘦，一脸寡淡的表情，对我似乎也无太多喜爱。

这样也好，反正我也不算喜欢他。不过，如果他能像北小武的父亲那样，老让自己的孩子骑在脖子上坐大马，我想我还是可以喜欢他一小下的。

母亲看得出一个小女孩儿对男性家长宽厚的怀抱的向往，依恋对于正在成长的孩子来说是一种不可抹杀的天性，所以总是一边忙碌着一边跟我说："姜生，你爸是咱魏家坪最了不起的人，所以，他不能总在咱娘儿俩的身边。他是个大记者，每天忙啊忙的。姜生，你爸是为了咱娘儿俩啊。"

说完，她会抹抹额头上的汗珠，冲我笑，嘴角的弧线却透着苦苦的味道。

这样的话，她一直说到凉生来的那天。从此，她便学会缄默，如同魏家坪那口废弃的枯井那样，深深湮没在更多的农活和操劳之中。

她给凉生做最好的饭菜，凉生却很少吃，淡漠的眼神中带着一丝胆怯，眼睛圆溜溜的，不时地望向我。

母亲看着厌食的凉生，转脸对我说："姜生，你要让着哥哥啊。妈妈去医院看爸爸。"

母亲走后，凉生问我："姜生，妈妈生气时会打小孩儿吗？"

我摇了摇头，盯着他眼前的红烧肉直流口水，只好闭上眼，胡乱扒饭。我想闭上眼睛的话，土豆块儿我也能吃出红烧肉的味儿。果真如此，土豆块儿不仅有红烧肉的味儿，而且和红烧肉一样软。我美滋滋地大嚼，睁开眼时却见凉生正踮着脚，那么认真地一筷子一筷子往我的碗里夹红烧肉。

他冲我笑着说："姜生，你慢慢吃啊。你看你那样子，真不像个小女生呀。"

我冲他做鬼脸，这次没把他吓哭。

吃过饭，我就带着他去魏家坪最大的草场上捉小虫子。北小武正在率领一帮小屁孩儿玩战争游戏，一眼就看到了我身边的凉生，对我喊道："姜生，那是谁啊？你家的小女婿吗？"

魏家坪的孩子有口无心，甚至连北小武都不知道自己说的话是什么意思，可凉生的脸竟然红了——城市里的孩子，脸皮就是这样薄。

我把北小武从"碉堡"上拽下来，拉到凉生的面前，说："他叫凉生，是我哥。"

北小武看着凉生，咧嘴笑着说："我叫北小武，是这里的头儿。"

凉生也笑，嘴角抹开一个无比漂亮的弧度，在阳光下，像个美丽的娃娃。

那天我们玩得很疯。孩子总是忘事，凉生那天下午一直很开心，捉了最多的虫子，也忘记了哭。

只是北小武一直在我的屁股后面叽叽歪歪："姜生啊，你们家怎么净是这么怪的名儿啊？哎呀，我忘了，你家老头子叫姜凉之，怪不得呢。"

我不知道谁叫姜凉之，可凉生知道。小孩子喊对方家长的名字多有骂人的意味，尽管我相信北小武只是嘴贫而已，凉生却不这么认为。他毫不客气地对北小武动了拳头。

他们俩厮打在一起。北小武是小人，动手；凉生是君子加小人，又动手又动嘴。北小武被凉生咬得"吱哇"乱叫，渐渐撑不住了，就喊我："姜生，你还不来救救我啊！"

我本以为北小武身后那帮小屁孩儿会对凉生群起而攻之，没想到他们更小人，只在一边静静地看着北小武落败。我想若是北小武占上风的话，凉生早被这些人"殴打致残"了。这是我第一次领教魏家坪孩子的小人作为。

我去拉凉生，说："哥，咱走吧，别咬了。"

当时我那感觉就像邻居唤自己家的大黄狗，大黄，别咬了！走！

凉生咬得太过投入。所以当我的手伸到他的面前时，他也毫不犹豫地落下牙齿。直到听到我的惨叫，他才惊觉，扔下一脸牙痕的北小武，抱住我流血的手臂，喊："姜生！姜生！"

我扭着的眉心渐渐地淡开了。因为，我看到了惊慌失措的凉生眼角的泪花。

我皱着眉说："哥，我不疼，咱回家吧。"

03
矿难，夜色如水

晚上，北小武他妈拉着几乎被"毁容"的北小武来到我家的院子。她脸上皱起的纹比北小武满脸的牙印还要醒目。母亲不停地端茶倒水，不停地赔礼道歉。直到深夜，北小武和他那一脸牙印才从我的面前消失。临走时，北小武他妈还从我家的墙上拽去一大串红辣椒。

我因凉生挨了母亲的揍。

这是温柔善良的母亲第一次对我动手。她一边用藤条打我，一边哭着说："你知不知道你就是魏家坪眼里的针啊！让你小心做人，你怎么就这么能折腾啊？非要整个魏家坪都知道你的存在啊？你怎么这么欺负人啊？"

那个时候，我不知道，母亲的话全是说给凉生听的。她是个心慈的女子，软弱，唯唯诺诺。

藤条抽到胳膊上凉生咬下的伤口时，我就哆嗦成一团，而在门帘后偷看的凉生就紧紧地捂住眼睛。

月光如水啊。

如水的月光下，软弱的母亲无助地举着鞭子，头发散着，泪水飘落。四岁的小女儿却永远理解不了她作为一个女人的悲苦。

那个叫姜凉之的男人，在还只是魏家坪一个穷酸的教书先生时娶了她，两个人相濡以沫。她为了奉养他卧病在床的父母，为了不给他添生计上的压力，在两次怀孕后，都无奈地选择了放弃。每一次，他都抱着她哭着说，对不起。这个男人流着眼泪对她发誓，将来他一定给她一个幸福的家、一群健康的孩子！后来，他果真做到了！他出息了，成了省城有名的大记者，却在外面有了新欢。那是一个同他一样有文化、有层次、有见识的女记者！他们幸福着，缠绵着，甜蜜着，陶醉着。

一个乡下的农妇却在遥远的魏家坪忍受着，痛苦着，挣扎着，等待着！明知道他在外面有了家，并且有了孩子，她却不敢吭声，不敢哭也不敢闹。她明白，他没有同她离婚，就是因为公婆对她勤劳忍耐的喜爱与需要，以及她永远不会干涉他风生水起的私生活。

几天前，那个叫姜凉之的男人和那位女记者一同到魏家坪的煤矿进行采访，却被突发的矿难埋在井下。女记者死了，风花雪月没了。姜凉之如今躺在医院，生死难卜，只有糟糠之妻陪在他的病榻前。他吩咐她把他跟另一个女人的儿子接到魏家坪来抚养，若他死了，更要好生抚养。是的，他无须请求她，只消吩咐。

有种女子，一生可悲，生时可以欺，死后亦可欺。

这个可悲的女人便是我的母亲。此刻，她散着发，落着泪，如同失魂一般。至于父亲的事，我到十三岁才弄清楚，才理解过来。也是从十三岁起，我有了一个极坏的习惯——在半夜睁大眼睛，试图看清糊满报纸的天花板，蜷缩着小小的身子，寻找那种美丽的夜晚。夜色如水！

月光如水！

曾经，就在这月光如水的夜里，母亲责打了我，又抱着我哭着说："姜生啊，我的命啊。"

我是母亲中年后才得到的孩子。她是那样珍视我。她一生不曾拥有什么金玉珠宝，而我就是她的金玉、她的珠宝。她把对前两个没能出生的孩子的内疚全化成爱，放到了我的身上。可今天，她哭完后，依旧罚我在院子里站着。

那天晚上，月亮是那样孤单，我赤着脚站在院子里，只有小咪热乎乎的小身体偎在我的脚边。

半夜时分，凉生从屋子里偷偷地跑出来，小声地唤我："姜生，姜生。"

我看看他，一脸委屈，低下头，裸露的小脚趾不停地翘来翘去。

他扯过我的手臂，心疼地看着上面的牙痕，流出的血液已经凝结成暗红色的痂。他问我："姜生，还疼吗？"

我摇头，又点头，然后就拉住他的胳膊"哇哇"地哭，眼泪、鼻涕擦满他干净的衣袖。

他咬了咬嘴唇，说："姜生，对不起啊。"

听他这么一说，我哭得更厉害了。

他用袖子猛擦我的眼泪，说："姜生，别哭了。都是凉生不好！凉生以后再也不让姜生受委屈了！否则，就让天上的月亮砸死！"

我停止了哭，喊他哥，又说："还是别让月亮砸死你了，以后要是我再受委屈，你就用红烧肉砸死我吧！"

我边说边用粉红色的小舌头舔嘴角，试图回味下午吃的红烧肉的味道。六岁的凉生愣愣地看了我半天，哭了。

后来我们上小学时，老师让大家谈理想，那帮小屁孩儿不是要做科学家就是要做宇航员，只有凉生傻乎乎地说他将来要做一个厨子，引得一帮同学狂笑，还因此被老师罚在门口站了半天，理由是扰乱课堂纪律。

为此，一向对他疼爱有加的父亲脸色铁青。凉生却坚持做一名厨子，一名会做红烧肉的厨子。

也是那个月光如水的夜，凉生拉着我偷偷回正屋，打来凉凉的井水，一言不发地给我洗脚。我的脚很小，凉生的手也很小。

凉生说："姜生，以后要穿鞋子哟，否则脚会长成船那么大，长大了会没人要的。"

我坐在板凳上笑，说："我不怕。我有凉生，有哥。"

凉生不说话，把我从板凳上背起，回到睡觉的屋子里。

母亲早已睡着，梦里都在叹息。我就挨着凉生睡下，两颗黑色的小脑袋凑在一起，像两朵顽强生长着的冬菇。

小咪蜷缩在我的身边，我蜷缩在凉生的身边。

我几乎忘了刚刚挨过鞭子，冲凉生没心没肺地笑。

凉生拍拍我的脑袋，说："姜生，听话，快睡吧。"

我睡前偷偷看了凉生一眼，月光如水，凉生的眉眼也如水。

04
凉生，我咬了北小武

半年后，父亲从医院回到家里，下半身已经失去知觉，左胳膊打了石膏吊在脖子上，右胳膊已经被截去。

我觉得这个新造型真奇特，不觉冲着这个有些陌生的男人傻笑、扮鬼脸。凉生狠狠地瞪我，然后一头扎进这个男人的怀里，痛哭流涕。

我很难理解这种错综复杂的关系，只在潜意识里觉察，我们家里的关系和别人家的不同。

父亲已经口齿不清，可仍拿出一家之主的气势，对母亲呼来喝去。尽管母亲打过我，可我仍然爱她、依恋她，所以我很讨厌这个只知道坐在轮椅上晒太阳的男人！很多次，我在院子里玩时，都试图趁他不注意用小石头偷袭他，后来因为怕凉生不开心，只好作罢。

善良的母亲总把好吃的留给父亲和凉生。凉生负责给父亲喂饭，那本来是我的工作，直到有一次母亲看到我把饭硬往父亲的鼻孔里塞时，才换成了凉生。

母亲已经惊觉，有一种朦胧的恨意在我幼小的胸腔里暗生。其实，我也想做一个善良的天使，可是母亲的愁苦如同一种荼毒，让我天使翅膀上的羽毛纷纷风化消逝。

父亲总是舍不得吃，斜着脑袋，把好吃的留给凉生。凉生再把好吃的偷偷地留给我。

我问他："哥，你不饿吗？"

凉生说："哥吃过了，你吃就是。"

凉生与北小武一战，成就了凉生在魏家坪的"霸主"地位。

北小武脸上的牙痕已经变淡，我们依旧在草丛里捉虫子。北小武为了讨好凉生，从家里偷了他妈盛盐用的小陶罐，说是供"霸主"装蛐蛐用的。

我看得出凉生很喜欢那个陶罐。他从工地上装来沙，埋入一块生姜，悄悄放在床底。

我问他："这样就能生出蛐蛐？"

凉生说："姜生，你真笨啊！蛐蛐只能是蛐蛐的妈生的，姜的妈只能生姜。"

我说："哦，狗是狗的妈生的，猫是猫的妈生的。那凉生一定是凉生的妈生的！可凉生，你的妈呢？"

凉生的眼神变得忧伤，他黑亮的瞳孔中闪过一丝黯然之色。

此时，母亲恰好经过。她摸摸凉生的头，对我说："姜生，你听好了，你俩都是妈生的。"

我撇撇嘴，说："哦。"

北小武用来讨好凉生的陶罐又惹出了大事。

北小武他妈做饭时发现自家盛盐的陶罐不见了，揪来北小武，好一顿家法处置。北小武把魏家坪孩子的小人作风再一次"发扬光大"，为了掩饰自己的"通敌罪"，硬说是凉生来家里玩，给偷走了。

北小武他妈就扯着"交友不慎"的儿子来到我们家，将凉生的罪行夸大百倍，那阵势就跟八岁的凉生洗劫了他们整个家一样。

我突然身体发冷，小声说："哥，北小武的妈妈一来，我就又要做你的'替死鬼'了。"

凉生大概早忘了被月亮砸死的誓言，说："姜生，反正你没有白吃红烧肉，长那么多脂肪，挨揍也不会疼的。"

我觉得凉生被魏家坪的孩子带坏了，变得如此"小人"。

母亲问凉生："你果真偷了北小武家的陶罐？"

凉生无辜地摇头。

北小武他妈风一样蹿入我们家的屋子里，四处搜索，终于在凉生的床底下发现了盛满沙子的陶罐。她抱着陶罐冲出来，跟一对历经生离死别的母子似的，指着凉生大骂他不是正路来的货，从小就这么手脚不干净。

我看着凉生的脸变红，眼神如同忧郁的海，心里恨死了北小武。我想反正最后替罪的总是我，被家法处置的也是我，就恶从胆边生，蹿过去扑向北小武。两个人摔倒在地，我抱住他的脸，狠狠地咬。

任凭大人怎么扯，我都不松口。北小武疼得都不会哭了。

北小武的妈妈有气无力地坐在地上，号啕大哭道："我怎么就遇上你们这么一窝强盗？！"

凉生说："你把陶罐还给我，我就叫姜生松口。"

北小武的妈妈没办法，只好恶狠狠地把陶罐递给凉生。

凉生看看里面的沙没有太多变动，就对我说："好了，姜生，松口吧！"

彼时，我又成了邻居家的大黄狗。

05
北小武，我和凉生要上学了

北小武他妈拖着儿子哭着离开，边抹眼泪边从我家院子的墙上再次摘走两大串辣椒。

父亲坐着轮椅从堂屋里出来，面无表情地看着母亲，嘴巴哆嗦了半天，蹦出一句话："你生的好女儿！"

母亲的眼睛一阵红，泪水不由得落下，她抬起巴掌，狠狠地挥向我的脸，说："让你不学好，带坏了凉生。"

一声巨亮的脆响过后，我的脸竟没任何感觉。我睁开眼发现，凉生挡在我的面前，捂住半边脸，紧紧地护住我，小声呻吟着："妈，别打姜生了，她没犯错。那陶罐是北小武自己给我的，你要相信啊。"

凉生的声音缥缈得可怕，堂屋里的父亲见母亲竟然错手打了他自己的儿子，像一头发狂的雄狮一样扑出来。只是他忘了，此时坐在轮椅上的他是个废人！所以当他的半个身子撞出门后，重重地抛空在院子里，只听到"咚"的一声。

父亲再次被送进了医院。

凉生也进了医院，医生说是营养不良。浑身不能动的父亲只能用两只眼珠狠命地瞪母亲，但母亲觉得无辜。

其实他们不知道，凉生每天把好吃的都如数给了我。

每次，我们都会爬上屋顶，看月光如水，听虫儿低鸣。凉生通常把好吃的都藏在一个大碗里，带到屋顶上端给我，一边微笑，一边看我狼吞虎咽。

我问他:"哥,你不饿吗?"

凉生说:"哥吃过了,你吃就是。"

月光底下,我听虫鸣的时候,凉生的肚子也在"咕噜咕噜"地叫。那时的我只是以为,那是另一种虫鸣的声音。

哦,还忘了说,因为母亲错打的那记耳光,凉生的右耳朵变得有些背。从那时起,我喊他哥时,不得不将音量大幅提高。为此,我曾偷偷地哭着说过宁愿是自己变成聋子。

凉生却说:"傻瓜,凉生是男孩子,没事。你是小姑娘,变成聋子会嫁不出去的。"

父亲的再次入院,让本来不富裕的家更是一贫如洗。

父亲躺在病床上,像一具了无生命的尸体。邻床病号的小女儿正在给她的妈妈唱刚从学校里学会的新歌。

父亲可能看着眼热,便不顾一切地催促母亲:"凉生都超学龄了,你怎么当妈的,还不让他入学?"

母亲只是唯唯诺诺地点头,说她会做到的。

我跟北小武说:"我跟凉生要上学了。"

北小武是个跟屁虫,哭着跑回家找他妈。

不久,北小武的妈妈卖了几只母鸡,让北小武背着新买的书包上学了。

又不久,我妈去了一趟城里,回来脸色苍白,让我跟凉生也背着她连夜赶制的书包上学了。

母亲本来不想让我读书的,但我可怜兮兮地望着凉生。

凉生说:"姜生不读书,我也不读!"

母亲无奈,狠狠心,咬咬牙,再次去了一趟城里。在她越来越苍白的脸色里,我也进了学校。

进学校后,我和凉生学会了那首歌,也唱给母亲听。她开心地笑,像一朵美丽的花。

可是，妈妈，请您原谅，那时的女儿太年幼，尚不理解生活的艰难，更不理解一个母亲的艰难……

06
凉生，就让我做私生子吧

我和凉生读书很用功，因为老师说过，读书是我们离开魏家坪唯一的路！凉生本来就不属于魏家坪，所以极力想离开。而我，因为凉生要离开，所以也想离开。

我想吃凉生说的巧克力，想去凉生说的游乐场，还有公园。我想弹凉生说的钢琴，凉生说起钢琴的时候眼里总有种光，那么亮。

很多年，仿佛一种习惯，凉生的手常会有节奏地在空气中弹奏，透过阳光，仿佛天籁，存于空灵。

我喜欢这时候的凉生，那么遥远，如梦，像谜。

好奇怪，每当这时，我总能看到一个成年男子的身影，眉眼间是凉生的影子，坐在一架白色的钢琴旁，衣衫平整，手指翩然。

这是凉生吧？是长大后的凉生吧。

我想成为他所说的城市小女孩儿、城市小朋友，尽管心中觉得魏家坪的草场已经很美了。

凉生埋在沙里的生姜发了芽，绿绿的，很娇嫩。凉生把它抱在手里，不肯给我，说："姜生，别胡闹，你会弄坏它的。弄坏了，我们就看不到姜花了。"

我问凉生:"姜花好看吗?"

凉生挠挠头,想了半天,说:"我没看过。不过,姜生,它肯定比你漂亮。"

凉生是魏家坪最好看的男孩子,也是魏家坪妇女最痛恨的男孩子!魏家坪那场矿难夺去了她们男人的命!她们认为,那场矿难完全是因为姜凉之和他的爱人进入矿井里,所以矿井塌方,而她们的男人也因此成了陪葬品!

她们认为凉生是不祥的,会给魏家坪和她们的生活带来更多的新的苦难!因此,她们常常指使一些年龄较大的孩子在放学路上找凉生的麻烦。

有一次,凉生被那些少年压在地上,泥土满身,血不断从他的额角渗出。我和北小武拽不动那些人高马大的少年,就向河边洗衣的妇女哀求。我们年龄太小,并不知道,她们才是暴力事件的指使者。

她们只会疯一样嚷嚷:"那个该死的凉生,就让他死好了!"

那时,我的心是那样地疼,因为我看到,当凉生听到时,眼神变得那么忧伤,那么痛楚。

我就像一只发疯的小狗一样,拼命地咬那些少年。他们的肩、他们的腿、他们的屁股,只要能下嘴的地方,我就咬,狠命地咬。

我和凉生只想像平常的小孩儿那样无忧地生活。我们只是孩子,理解不了大人之间的恩怨。

北小武被我们兄妹咬过两次后,可能已经领悟咬人是一门极其厉害的武功,便决心好好研习这门秘籍,所以也像我一样不顾一切地撕咬。

如此看来,北小武是个很仗义的男生!

可仗义对我们三个小孩儿来说,是这样微不足道。最终,我们三个被晾在地上,满身是伤。那一帮少年得意地逃窜。

我抹去嘴巴上的泥,试图拉凉生的手,可他的手握得紧紧的,泪花不停地在他的眼角绽开。我趴在他耳边,大声地说:"哥,你别哭。你不喜欢她们这么说你,那我们换一换就是了。我做凉生,你做姜生。我不怕别人骂我！"

凉生握紧的拳头慢慢松开，泪水滚滚而下。

我和北小武一起把凉生扶回家。在路上，北小武笑着说："姜生，原来咬人是这么痛快。"

我抬头，看看他脸上的伤，心里酸溜溜的，想说：北小武，对不起！

那年，我和北小武十岁，凉生十二岁。

我们的少年生活就这样张牙舞爪地开始了。没法子，我和北小武不能眼看着别人欺负凉生。

07
何满厚偷了我家的鸡

可是年少时光不会总是停留，人总会长大，当我的思维变得清晰起来时，我已经十三岁。我渐渐地明白我与凉生的关系，以及父亲的种种过往。

我依旧喊凉生哥，可是我看父亲的眼神却越来越冷冽。我也能感觉到，轮椅上的父亲的眼神已经变得闪躲不安。我的眼睛，仿佛是一条无形的追命索。他已经很少在我的面前对母亲大声说话，此时的母亲，因为太过操劳，本应盛年，却已似风中残烛，被生活的重负压得过早衰朽。父亲似乎明白，如果母亲不幸离世，他将一无所有。

有时，母亲给他喂饭，遇到肉，他会示意让母亲也吃一口。不可思议的是，母亲竟会为他的善举而眼含泪花。

我常常想：如果没有凉生的母亲，或许我会有一个很幸福的家，我的母亲也不会为了生计掏空了身体，如同随时会凋谢的花。而凉生，竟可以如此安稳地生活在我家,享受母亲委曲求全的爱和奉献。

但是我遗忘了凉生的感受,其实,他何尝不是生活在前世今生的罅隙中,无从求救,无从呼吸。他的前世是他的母亲对我们整个家庭的伤,他的今生是我的母亲永远沉默的好,他被由此而生的内疚占满了全部的生活。或许,他对我的疼爱也是因为这份纠缠已久的内疚吧。

凉生埋入沙里的生姜只发芽,从来没开过花。我不止一次问他,世上真有姜花吗?

凉生的睫毛翘着,好看得如同女孩子一般。他想了半天,又看了我半天,说:"姜生,世上一定有姜花的。你要相信哥哥。"

我相信他。

那时的我们尚不知,姜花并不是生姜开出的花。

我的眼睛依旧在夜半时极力张开,企图透过夜色看清那些我总看不穿的事,可是夜色浓重,注定一切只是徒劳。我并没觉察,我的眼神从那刻起,多了一份怨恨,再也不曾清澈。

我最开心的时候就是同凉生在一起,因为他什么事情都是让着我的。

可惜我一直都没有意识到,那时凉生的内心有过怎样的凄惶。我只是在他笑的时候,跟着他开心地笑;在他仰望蓝天的时候,跟着他仰望蓝天。即便他在极其无聊的时候对我说"姜生,你是猪",我也会仰着纤巧的小下巴迎合着他,大声地说着"嗯,凉生,我是猪"。

这个时候,他总会用杨柳枝轻轻敲一下我的脑袋。微笑滑上他的唇角,午后的阳光都凝固在他坚定而忧郁的眼睛里。

我安静地看着他在侧光下的面孔。这时,北小武从远处跑来,满头大汗,上气不接下气地喊:"凉生啊,姜生,何满厚偷你们家鸡了!你们家翻天了,快回去啊!"

何满厚是魏家坪最专业的白手起家之徒,简而言之就是小偷。我却一直跟北小武说:"北小武,我觉得何满厚是咱魏家坪最有出息的男人。"

你看，魏家坪还有谁比他有本事，能把自己的老婆喂得像他的老婆那样膘肥体壮啊？"

北小武说："姜生，你当是养猪啊！"

现在，"养猪专业户"何满厚在我家兼职偷鸡。等我反应过来，凉生已经奔出老远，北小武扯着我的手追在他的后面。

我和北小武相继在凉生之后跑到家，门外全是人，院子里一片狼藉。柔弱的母亲在石磨前不停地喘息，残疾的父亲跌下轮椅，躺在院子里，几根鸡毛滑稽地挂在他的眉毛上。凉生不顾一切跑向他，喊道："爸，你怎么了？"

我悄悄地躲在母亲的身边，不知缘由地同她一起流眼泪。凉生冲围观的人大吼，粗重的青筋凸起在其倔强的脖子上。

何满厚从人堆里探出半个脑袋，懒洋洋地说："我说了，刚才是黄鼠狼来偷的鸡！你们家怎么都不信呢？"

北小武扯起嗓子说："凉生，别听他胡扯！我看到了，刚才是他把你爸摔下来的！何满厚，你什么时候变成黄鼠狼了……"

北小武话音未落，便被他妈一把捞进怀里，那情形就跟喂奶一样，吓了我一大跳。

他妈干笑道："小孩子知道什么？人家都说了，是黄鼠狼偷的。"

周围的人也跟着附和着。在魏家坪，我们这个家庭的地位，远不如一个游手好闲的混混。母亲柔弱，父亲残疾，两个孩子尚未成年，更重要的是，魏家坪的人不喜欢凉生。

凉生的眼睛变得通红，满是委屈，他疯一样地扑向何满厚，却被何满厚一拳重重捶倒在地。他固执地爬起来，再次冲上去，却被围观的人拉扯开。他们说："这孩子，怎么这样不知轻重？你何叔能骗人吗？"

何满厚一脸无辜地说："我都告诉你了，你们家里不干净，闹黄鼠狼！"说到这里，他"啊呀"一声惨叫起来——我的牙齿狠狠地嵌在他的屁股上。他惨叫着大跳，试图挣脱，可我的牙却仿佛在他的屁股上生了根似的。

北小武被他妈绑在怀里仍不忘大叫："姜生，你什么时候偷着把咬人秘籍练到第十重了？"

我冲着他直翻白眼——我只想咬一口为凉生报仇，怎么知道何满厚穿了一条这么奇怪的裤子，让我的牙竟然拔不出来了！

北小武他妈眼睁睁地看着我翻白眼，冲我妈叹气道："你看吧，不让你收留那不干净的野种，现在好了，好端端的自家闺女也跟着中邪了。"

凉生掰开人群，吼道："你们闪开，闪开，我要看我妹妹！"

但是他们怕他生事端，紧紧地勒住他，急得凉生号啕大哭。

看着凉生像魏家坪那些野小子一样咧着嘴巴哭，我多么想喊他一声哥，想说凉生，咱不哭好吗？可看到满院狼藉的家，我的眼泪模糊掉了视线……

泪眼模糊中，我和何满厚一同被村里人抬到诊所去了。

08
以月亮的名义起誓：我们要学会坚强

诊所的老头开着手电筒看了半天，一直捣鼓到半夜，也无法下手，最后冲何满厚叹气道："怕是要把牙齿留在你的肉里了。"

我当时对那老头非常愤怒。那牺牲的牙齿是我姜生的，不是他何满厚的，你凭什么对他怜悯叹息？可我一想到自己即将少掉两颗漂亮的门牙，还有北小武幸灾乐祸的表情，就张开嘴巴大哭起来——午夜的魏家坪上空传来何满厚的惨叫。接着，我的牙齿竟然和他的屁股分开了。

我在诊所里狂漱口，漱得那老头都烦了。当然，老头以他的水平，绝不会明白这将是我一生最龌龊的回忆。

离开时，何满厚的屁股上缠满绷带，而我踩着午夜的月光屁颠屁颠地小跑回家。

院子里静悄悄的，只有凉生和他的影子，相对孤独着。他坐在石磨上，背对着我，耷拉着两条腿，一晃一晃的，月光如水一样的忧郁在他的身上开出了伤感的花，他的背不停地抖动着。我轻手轻脚地转到他的眼前，摊开手。凉生抬头，一滴泪水滴落在我掌心上，生疼。我低着头，看着掌心的泪，小声地喊他哥，像个做错事的孩子。

凉生一惊，说："姜生，不是明早我去接你吗？你怎么一个人大半夜就跑回来了？你疯了？"

我不作声，抬手，用衣袖擦干他脸上的泪。

凉生突然想起了什么，说："姜生，你的牙齿没事吧？"

我笑了，露出洁白的小牙齿。

凉生说："姜生，你还没吃饭吧？"

说完他就跳下石磨，钻进了屋子里。

我安静地站在月亮底下。

凉生一会儿就给我弄来了一碗热腾腾的面条。他似乎有些内疚，说："姜生，家里没鸡蛋了，你只能光吃面了。"

我一声不吭地吃着凉生做的面条。凉生看着我，眉头渐渐地紧了。我冲他笑着说："哥，你煮的面真好吃！"

凉生的喉咙一紧，就像他六岁那年，刚来魏家坪被我的鬼脸吓哭了那样，用胳膊挡住脸，大声地哭泣。他说："姜生，姜生啊，哥哥……哥哥将来一定天天都让你吃得上荷包蛋。"

我扯开他的胳膊，用右手食指轻轻地抚平他的眉心，指腹小心地摩挲着他好看的眉毛，说："哥，答应姜生，以后不要再悲伤了，好吗？"

凉生望着我，目光忧郁而坚强。我端着大碗的面汤，踮着脚尖，靠在他的身旁。

月亮底下，凉生和我，开始学着如何长大，如何坚强。

凌晨的时候，我依偎在母亲的身边。她单薄的背上传来的温度，温暖着我的胸口。我认真地听她均匀的呼吸声，还有仿佛从她的梦境里飘出来的叹息声。

见她轻微地转身，我便假装睡着了。母亲感觉到我在她的身边，便起身给我披好被子，久久地看着我，目光如水，浸漫了我的整个梦境……

梦里，我带她离开了魏家坪，给她养了好多只母鸡，攒了好多个鸡蛋，她再也不需要害怕何满厚那样的小偷。更重要的是，她再也不必受人欺负了……

09
魏家坪姜生的酸枣树

第二天上学的时候，北小武来喊我们。

他一进门就冲我笑着说："姜生，你的门牙没埋在何满厚那贼的屁股里吗？"

我给他一个倾城倾国的笑，露出洁白健康的小牙齿。

北小武不由得赞叹："凉生，你看你们家姜生，从何满厚的屁股里还能长出这么一口整齐的牙齿？真没想到！"

北小武的话差点儿让我把今天早晨吃的粮食都归还给大地母亲。

凉生说："北小武，你别老是针对姜生。"

北小武冷哼："你家姜生是个厉害的主儿，听说何满厚的屁股昨晚一夜不能沾床呢。我可不敢惹她！我的屁股可没得罪我啊，我才不给它找罪受呢！"

那几天，北小武一直在我的面前提我的牙齿同何满厚的屁股之间的密切关系，令我不胜其烦。他信誓旦旦地强调："姜生，你别生气啊，我换一个文雅一些的问题问你啊。最后一个。"

我一边咬着铅笔一边听他絮叨，说："北小武，既然是文雅的，那么你就说吧。"

北小武挠挠脑袋，说："姜生，我一直都想知道，何满厚的屁股和你的头连在一起那么久，他就没放屁吗？"

我说："你那么关心这个问题，怎么不把头和他的屁股连在一起试试？"

结果下午，北小武那张脸就和我们班一个男生的屁股连在一起了，起因是争夺魏家坪一块小凸地上的几棵酸枣树。酸枣是魏家坪孩子们为数不多的可口小零食，这在现在说来或许很多人会笑，但我们那时那地的物质确实贫乏如此。

枣子很少，魏家坪的孩子却很多，这种"僧多粥少"的局面常常引发恶战。女孩子对零食可能更情有独钟一些，所以，我对北小武说："那几棵酸枣树我要了，你帮我占领了！"

北小武一直是一个为朋友舍生忘死的角色。因此他为我占领枣树遭到"敌军"的反抗时，义不容辞地拉开了战火。但当他的嘴巴咬在那个男生的屁股上时，他就后悔了——因为他忘记了解那个男生的饮食情况了。

事后，他一连三天不曾吃饭。凉生一直在安慰他几乎崩溃的心。我也安慰他说："北小武，选择屁股也是一门学问。这一次算你'舍嘴取义'好了！"

其实，我也不知道北小武为什么那么倒霉。他咬的那个男生那天正在闹肚子，被北小武的嘴巴一咬，痛觉刺激下，身体立刻不由自主……

北小武不言不语了三天后，突然跑到我家的院子里大喊："姜生，我现在终于想出来了，原来那小子吃的是槐花包子！"

关于酸枣，魏家坪的孩子们一直没有达成共识，就连"霸主"凉生的意见都不太情愿接受，虽然明里答应了将酸枣留给我，但是当凉生去摘的时候，酸枣永远是青颜色的。

最后他们达成了君子协议：如果凉生能把每条枣枝都刻上名字的话，他们就绝不再碰一粒酸枣。

很明显，这是不现实的。他们最终想要的就是，酸枣谁摘了谁吃。

我看了看凉生，他皱着眉头。我说："哥，你别想了。我不想吃那些酸东西了，那么酸，难吃死了！"

凉生笑着拍拍我的脑袋，许是笑我的口是心非。他转头冲他们，仿佛下了很大的决心似的说："好的，就这么定了！"

下午，我和北小武一同回的家，凉生不知道去了哪里。

晚上吃饭的时候也不见凉生回来，父亲不停地用残肢扶着轮椅到门口张望，母亲悄声问我："你哥呢？"

我摇头，说自己已经一下午没见到他了。

天黑下来的时候，凉生回来了，满手划痕，匆忙地扒了几口饭，就拿起手电筒又走了。我追到门外喊："哥，你去哪儿？"

凉生冲我做了个鬼脸，说："明天哥哥给你看好东西！"

他说完就匆匆离开了。

我第二天醒来的时候，仍不见凉生的踪影。北小武喊我去学校，我抓起凉生的书包就出了门。我跟北小武说："完了，我哥失踪了。"

北小武眼珠子转动了很久，拉着我朝小凸地的酸枣树奔去。

阳光照在大地上，一个眉眼清秀的少年蜷缩着睡在酸枣树下。露水浸湿他单薄的衣裳，沾着他柔软的发。他疲倦地睡着了，脸上却有一种满足的笑。

手电筒和小刀就在他的手边，那个熟睡的少年便是凉生。我愣愣地看着他，伸手抚过一根枝条，褐色的枝条上刻着"姜生的酸枣树"。

条条如是！

北小武踹了凉生一脚，说："姜生，我妈没说错，你哥真中邪了！"

凉生惊醒，看到我后，揉揉眼睛，说："姜生，从今天起，这些酸枣就是你的了。"

那天后，魏家坪的酸枣都属于我了。那帮嘴馋的孩子看到每根纤细的枝条上清晰的刻痕时都傻了。

我一直抱着凉生划伤的手哭，说："凉生，你真傻。"

凉生说："哥哥现在没法让你吃上荷包蛋、红烧肉，不能让你连酸枣都吃不上啊。"

北小武说："是啊，姜生，你别哭了。本来人就长得难看，一哭就更畸形了。"

10
老师，你就让姜生去吧

初一那年春天，学校组织春游，每个人交十元钱。

回家的路上，我边走边踢着小石头，说："哥，我真想去春游啊。"

凉生看看我，眉心渐渐地皱起，又渐渐地散开，沉吟了半晌，说："好，姜生，哥哥一定让你去！"

第二天，凉生拉我去老师的办公室，恰好北小武也在交钱。

凉生跟班主任说，他确实不能去春游。

班主任对凉生说："要不我去你家里做做工作？"

凉生急忙摇头。

班主任叹气道："凉生，你是个好学生，老师和同学们也期待你能参加这些集体活动……"

凉生叹气，拉着我离开。

改天上课时，班主任在班上说："昨天有个同学在我的办公室里拿走了十元钱，是谁我心里有数，如果私下交回去就既往不咎。"

说这话时，她用眼睛紧紧地盯着凉生。此时的凉生正在睡梦中。

我看到班主任的脸色越来越难看，便推推凉生。凉生没理我，继续睡。自从凉生答应我一定要让我参加春游后，每天晚上，我就极少听到他的呼吸声。我想，他定是犯愁，夜里不能入眠，所以在课堂上睡得这么香。

春游前一天，凉生给我剪了一个极整齐的刘海儿。他端详了半天，说："这样好看一些。"然后他拉着我去镇上买新鞋，最终选了一双红白色的小布鞋。他帮我穿在脚上，问我："合适吗？"

我点头。

他说："等哥有钱了，给你买很多新鞋、新衣服！"

我问他："哥，你从哪儿来的钱啊？"

凉生看看自己的掌心，笑着说："姜生，你问那么多干吗？"

春游时，凉生将十元钱郑重地交到班主任的手中，说："老师，我真不能去，让我的妹妹去吧。"

班主任盯着那十元钱说："凉生，这钱你从哪里拿的？"

凉生只说："老师，求求你，就带我的妹妹去吧！为了这次春游，她剪了头发，买了新鞋子。"

班主任压住怒气，拿出一副好老师的姿态对这个"失足男孩儿"循循善诱。她说："凉生，如果你现在跟老师说明情况，老师不计较，给你们兄妹补上钱就是了。不要做一些坏事，那会毁掉你的一生的。"

凉生低头，喏嚅着："这钱就是我的。老师，求你带我的妹妹去吧。"

班主任最后还是因为凉生闭口不言而选择不让我们两个去春游。凉生紧紧地拉住她的手臂，说道："老师，求求你了，带姜生去吧。"

老师生气地甩开了他的手。凉生愣愣地站在原地。我握住他的衣角，低着头，眼睛直直地盯着脚上凉生给我买的新鞋子。

太阳升上了天空,偷吻了云彩,云彩满脸通红。

云朵下,凉生张着嘴巴,放声大哭:"对不起,姜生,哥哥没有让你去成春游……"

我依旧低着头,看着凉生给我新买的鞋子,伸出手,给凉生擦泪。我想说,你看这鞋子真漂亮。可是我只喊了他一声"哥",眼泪便禁不住滚落。

11
凉生,对不起

班主任莫名其妙丢失的十元钱,让凉生在魏家坪的生活彻底变得灰白。他只是一再重复,说那钱是他自己的,从哪里来的,却交代不出。

父亲脸上的皱纹仿佛用痛苦雕刻成一般,他抖着嗓子喊:"凉生,你过来!"

凉生就乖乖地走到他的面前。

父亲用全身的力气撞向凉生,痛苦地嘶吼着:"我没生过你这样的儿子!"

我扶起凉生,看着倒在地上的父亲,冷淡地笑。

凉生抱着父亲哭。

夜里,我同凉生一起在屋顶上看星星,问他:"那钱是不是偷的?"

凉生伸出手,上面布满层层的水泡。那时,我才知道,凉生为了让我能参加春游,每天夜里都会偷偷出门,独自爬进废弃已久的煤矿里,挖出满满两担煤,后半夜挑着走长长一段寂静的山路,赶到镇上的早市去卖。这便是为什么那些夜里我总听不到他的呼吸声。

我小心地摩挲着他的手，问："还疼吗？"

他摇头，说不疼。

我问他："你一个人在废矿井里，不怕吗？"

他点头，说怕。

我把脑袋靠在他的肩膀上。星光下，我们两个人并排坐在屋顶上，黑色的脑袋像两朵顽强生长着的冬菇。

放学路上，由于下过很大的雨，地面上形成一些浅流，凉生不停地提示我，让我小心。于是，我一步一步地小心前行。

北小武说："姜生，我怎么记得以前你蹚这些水洼时痛快得跟只大蛤蟆似的，什么时候那么淑女了？"

其实，我不想讨厌北小武。只是他老这么口无遮拦的，让我确实难以适应。正当我想对北小武说几句什么话时，却遇见了何满厚。他似乎刚从我家的方向走过来，上下打量着凉生，说："我怎么看不出你也会偷东摸西啊？"

北小武说："你的屁股忘了疼，是吧？"

北小武的话让我的胃翻江倒海地难受起来。我拉着凉生就走，说："哥，咱不理他！"

这天夜里，我异常恐惧，因为母亲竟然突发地咳血，血色大片大片地晕开在被子上。我惊恐地想喊凉生，却被母亲制止了。她用手捂住我的嘴巴，指尖冰凉。她不停地咳嗽，不停地喘息。

我突然想起，何满厚昨天似乎来过我们家，问道："妈，何满厚来干吗了？他又欺负你了吗？"

母亲平稳呼吸后说："不早了，姜生，快睡吧。"

从那天起，我开始抢着帮母亲做家务和农活。我固执地认为，自己多做一点儿，她就可以减少一根白发，多一分健康。母亲却不让我沾手。她是那样固执地不让我干任何的粗活。我不知道她的内心在和什么较劲。

或许在她卑微的内心中，那个知书达理的女记者像一把尖锐的刀，粉碎了她作为女人最低微的要求。

她不想再让自己的女儿重蹈她的覆辙，所以宁愿自己辛劳，也要让我有一双城市里的女孩儿那样纤长的手，可以骄傲地活着。这样的话她说不出，但我读得懂。

我是魏家坪唯一没下过地的女孩儿，是魏家坪唯一手脚纤长的女孩儿。我的母亲却是魏家坪最不幸福的女人。即使在病中，她也在不停地操劳，试图遗忘那些屈辱和伤害。看着她日渐羸弱的身体，我整颗心都在碎裂。

早晨，我帮她拎水却被她生硬地夺下水桶。她说这不是我该干的。她声音冷淡，毫无感情。我突然间意识到自己可能将要失去她，但又从来没想过，如果失去了她该如何生活。

我偷偷地躲在墙根哭，此时的小咪已经是一只老猫了。我仍旧叫它小咪，它仍旧在我伤心难过的时候陪在我的脚边。

凉生从外面担水回来，见到我哭，就拉住我说："姜生，怎么又哭鼻子啊？谁欺负你了？你跟哥说。"

我不肯看他，只是哭。

凉生知道我的心思，便放下水，小声安慰我："姜生，你别为妈妈难过，好吗？"

我猛地推开凉生的手，说："凉生，如果没有你妈，我妈不会活成这个样子！你是谁的儿子？你别这么假惺惺！"

凉生愣在一边，手里紧紧地握着刚摘下的酸枣，满满的一小把。半天，他才缓过神来，拉过我的手，把酸枣放在我的手里，一句话没说，担起水走进了屋子里。

掌心的酸枣在阳光下闪亮着，刺得我眼睛发胀。我抱着小咪，"呜呜"地哭。

这时北小武进了门，一见我这样，就喊："姜生，你家的猫死啦，你哭成这样？"

我生气，抡起拳头打他，一颗酸枣从我的掌心蹦出，落在地上。

北小武迅速捡起，放入嘴中，说："哎呀，姜生，因为你这小狐狸，我可好几年没吃这玩意儿了！凉生真傻！不过，能在每根枣枝上刻字，也算他有本事。"

北小武的话让我心酸不已，两年前的景象不停地闪过眼前——酸枣树下的绿地上，那个眉眼清秀的少年蜷缩着睡着。露水浸湿他单薄的衣裳，沾着他柔软的发。他疲倦地睡着了，脸上却有一种满足的笑。他用尽心力在那些褐色的枝条上刻着：姜生的酸枣树。

他说，从此，这些酸枣树都是你的了。

他还说，哥哥现在没法让姜生吃上荷包蛋，吃上红烧肉，不能让你连酸枣都吃不上啊。

我跑进屋子，见凉生站在水缸前，肩膀微微地抽动着。我拉住凉生的衣角，紧紧地拉住，什么话也不说。

当我同凉生只剩下忧伤时，我们发现除了努力地离开这个背负太多灰色记忆的魏家坪，没有别的选择。似乎，只有我们离开了魏家坪，那些横亘在心上的巨石才能消失。

我和凉生别无选择地走上了用功读书的道路。

◀ 第二章 ▶

锋芒毕露

就在这一天,蛮横、没有礼貌的小九,像一把锋利的刀斜插入我们仨的生活,锋芒毕露。

12
姜生，哥哥会有办法的

两年后，优异的成绩让我与凉生一同被一所市重点高中录取。

面对高昂的学费，母亲一句话也不说，只是傻傻地看着天空。

那时的我望着凉生，眼睛里透着忧伤，说："哥，你上学吧。我不上了。我供你。"

凉生拍拍我的脑袋，说："傻丫头啊，哥哥会有办法的。"

中考后的夏季，每一个夜都异常闷热。我睡不着，半夜走到凉生的房门前喊他，却无人应声。我悄悄推开房门，不见凉生的影子，不由得一阵心酸。

凉生经过两个月的辛劳，终于拼凑出了我们的学费。收拾行李的时候，凉生执意要带上那罐从未开花的生姜。北小武就像颗空投的炸弹一样，飞进我们家院子里。他说："姜生、凉生，我北小武跟你兄妹俩一个学校。"

我对着北小武冷笑："北小武，你那暴发户老爹可真神通广大啊！他给你砸了多少钱，才把你这棵地瓜花变成白牡丹啊？"

北小武说："姜生，你长得倒是越来越好看，嘴巴却越来越臭！看来何满厚的屁股对你的影响还真大！"

然后他又转身对凉生说："明天我爸开车送我去学校，捎着你俩吧。"

凉生点头。

北小武走后，我跟凉生说："北小武就是这副德行！什么都想要跟你一样，可他行吗？"

凉生说："怎么不行啊？他的爸爸不是多年前就发大财了吗？"

我伸伸舌头，心想，原来，凉生这样清高的孩子，也认为有钱能使鬼推磨啊！

第二天，北小武他爹开着车把我们仨送到学校报名。北小武那天穿得跟归国华侨一样，跟他爹站一起就像兄弟俩，而我跟凉生像被这兄弟俩拐卖的儿童。

下车后，我站在学校门口，像一株初生的小草一样无措。凉生站在我的身后，说："世界是这么大！姜生，我们要争气！"

北小武也晃到我们的眼前，说："是啊，姜生，你要争气，给咱魏家坪带回去一个好女婿。"

凉生淡淡地瞟了他一眼。我怒气冲冲地追打北小武，他抱头鼠窜。

我们的高中生活就这样张牙舞爪地开始了。

我很快乐，因为再也不会有人对凉生翻白眼，再也不会有人骂他。从此，他只是这所学校里一个单纯无忧的漂亮少年了。

北小武他爹陪我们交完钱，整理好宿舍，然后带着我们去了一个极好的酒店吃了一顿。他晃着酒杯对凉生说："凉生，从今天起，北叔就是你干爹了。只要你保证好好学，将来给干爹考个清华、北大什么的，这以后的学费，干爹就全包了！"

我偷偷对北小武说："看到了没？正牌儿子没出息，你爹就造假，花花肠子可真不少！"

我说的"花花肠子"还指魏家坪传得沸沸扬扬的关于北叔发财后，在外面有了别的女人的事。当然，这是北小武他妈一把鼻涕一把泪做的宣传。北小武眼露凶光，小手在桌下轻轻一捏，掐在我的腿上。我疼得直冒眼泪，上半身却得装淑女，微笑着看着他们仨。

凉生问我："姜生，你怎么哭了？"

我连忙吃了一块辣子鸡，说："没事，给辣的。"

北叔又接回话头，指着我对凉生说："哦，还有姜生，以后你们俩的学费、生活费，北叔全给你们付了！以后我们家小武有肉吃，你们就不

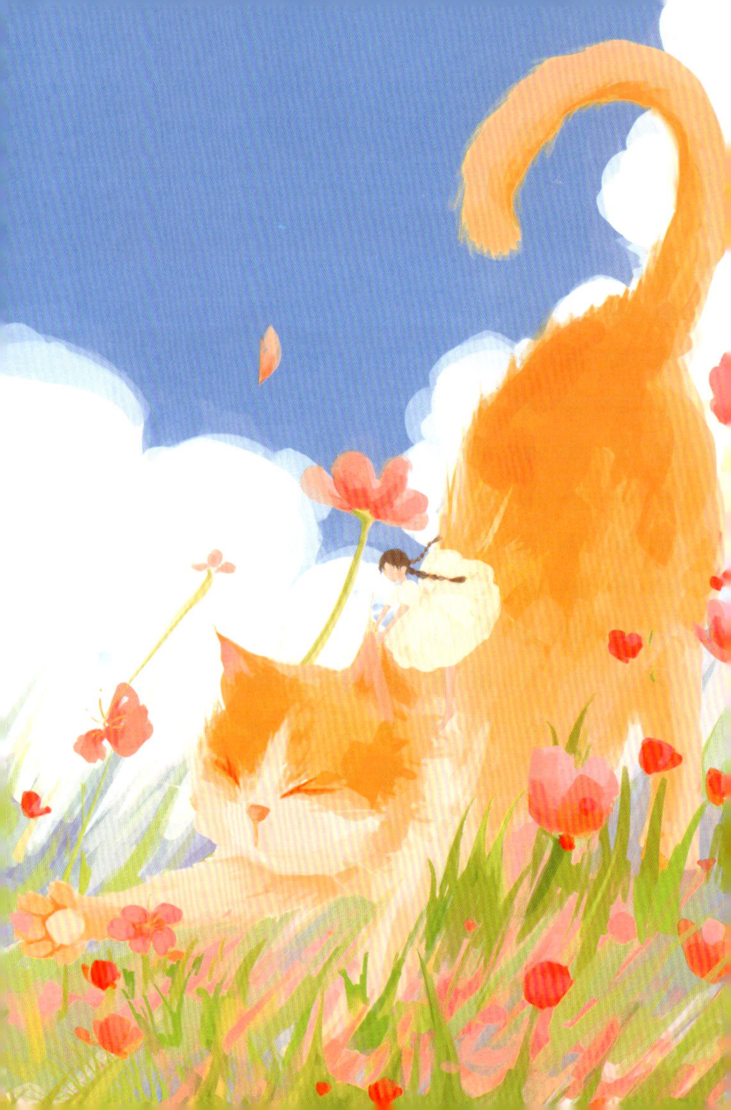

会啃骨头!"

然后,他又转头对北小武说:"不许回去跟你妈说啊。"

北小武点头,做了一个数钱的手势,贼贼地笑着说:"爸,你放心,没有钞票堵不住的嘴!"

只是,凉生没有喊他干爹。

北叔走的时候,把一包东西留给凉生。打开后才发现,那是凉生用来交我们的学费的零钞。北小武他爹交钱时看了心酸,就拿自己的钱给我们交上了。

凉生盯着北小武他爹开车离开,张了张嘴,始终没有喊出那两个字。

13
北小武与凉生的金陵事变

开学之后,是长达一周的军训。太阳也做出了高度的配合,不出两天,我们便成了标准的"非洲土著"。但是,凉生的皮肤还是那样白净。学校里瞬间传遍消息,说高一新生里有一个绝世美少年,叫凉生。

有一次,一群小女生背词,恰逢凉生经过。她们仗着人多,胆子也大了起来。她们一边笑着往凉生这里看,一边大着声音故意地喊——

杏花吹满头,陌上谁家年少,足风流。妾拟将身嫁与,一生休。纵被无情弃,不能羞。

她们背完,就嬉笑着跑开了。

凉生的脸微微泛红,不改白净。我的眼睛翻得跟俩荔枝似的。

北小武捋捋头发,自恋地说:"她们这是为哥倾倒啊。"

我纠正他说:"她们是为我哥!"

中午一起吃饭的时候,北小武叹气道:"凉生,你要是女孩儿,姜生这样的就只能属于半成品了。我绝不会再看她一眼,这辈子就追你!"

凉生皱着眉说:"北小武,你少恶心人。"

我连声说:"可不是吗?两个大男生惺惺相惜。"

北小武抱着面碗,看了我一眼,说:"姜生,你长得像半成品,八成是不甘心了吧?不过,就凭咱俩从小青梅竹马、郎情妾意的,你就是原材料,你小武哥我也照单全收。"

我不再理睬他,闷着头吃饭。北小武总是跟别人说我们如何青梅竹马、"郎情妾意",如何私订终身、情比金坚一类的话,其实就是嘴贫,对我的感情远远没有对他面前的那碗面深。所以他一边说着对我的"情深似海",一边频频"外遇"。

军训第二天,他来我们班找我,对我说:"姜生,你们班那个叫金陵的女生长得可真好看。"

当时,我还不知道金陵是谁、长什么模样。北小武就滔滔不绝地给我描述,说:"你看你们的队伍里,柳叶眉、杏核眼、皮肤白白、不高不矮、不胖不瘦的那个就是。"

我去找金陵。面对这个满眼纯净的女孩儿,我没让她说一句话,就将自己要表达的意思一气说了出来。

金陵扑闪着晶亮的眼睛,脸红彤彤的,确实好看。

我说完北小武觉得她漂亮之后,她很开心,说想跟我们做朋友。

我将这个胜利的喜讯带给了北小武。他高兴得厉害,当天下午带着我和凉生去了快餐店,说是要大摆宴席,请我们大吃一顿。

进门后,没见过什么大世面的我同凉生坐在座位上装木鸡,伶俐可爱的北小武同学欢天喜地地跑去点餐。

飕飕的冷气中,我正考虑着,吃鸡翅膀的时候该从何处下口,或者吃汉堡的时候该用哪两个手指捏住。凉生在我的对面坐着,笑眯眯地点了一下我的鼻子,说:"姜生,你真馋。"

我冲他傻笑。凉生是那样了解我的馋。说到馋,我不免想起了我家的小咪,可能是因为跟这只猫混久了,人也变成了馋猫吧。

我抬头时,北小武端着一个托盘走过来,把它放到桌上,说:"来,快吃吧!"

我一看,托盘上静静地放着一小杯可乐、两杯免费的白开水。我抬头,北小武那张热情洋溢的大脸正好挤满了我的视线。

我说:"北小武,这……就是大摆宴席啊?"

北小武说:"姜生,给你可乐喝就不错了。你少嘚瑟!人家金陵本来就对我有意,并不是你的功劳啊。我得精打细算了,不多久,我和金陵得结婚吧,得生孩子吧,得养家糊口吧……"

凉生没理他,径自走到前台。我像小猫一样跟过去,看着海报上的餐点,对凉生小声地说:"哥,好贵啊,我不吃了。"

凉生犹豫了很久,直到后面排队的人开始不耐烦,嘴里嘟嘟囔囔,要凉生点餐快一些。

凉生从口袋里掏出零钱,数了一遍,说:"姜生,咱们有钱,你告诉哥哥,想吃哪样?"

我看了看,点了一份最便宜的,说:"哥,就要那个胡萝卜面包吧。"

凉生想了一会儿,将钱仔细地放在点餐台上,对服务员说:"给我妹妹一个香辣鸡腿汉堡。"

凉生将那个小小的汉堡托在盘子里,小心翼翼地端着,冲我笑着说:"姜生,你有汉堡吃了。"

我们要入座时,一个年轻的女子从对面走来,飞速地拦住凉生,仔细地盯着他,如画一样的美目迷蒙如雾。随后,她莞尔而笑,说了一声:"哦,对不起,我认错人了。"

北小武冲我嘀咕:"厉害了,凉生的桃花运都交到校外了。"

我对那个女子皱皱眉头,有些不高兴地说:"认错人就算了,你没什么事情就走吧，我们还要吃饭呢。"

那个女子淡淡一笑，看着我，还有我们桌上"丰富"的食物，然后就离开了。

真的很奇怪，虽然我心里对这个突然出现的女子充满烦躁，可是她的微笑却那样具有穿透力，仿佛她一笑，你的整个心脏也跟着她的笑容舒展开了一般。这种莫名其妙的好感令人感到不安。

没多久，她就端着满满两份全家桶放到我们的桌上，冲我们很温柔地笑，细腻的皮肤在衣服上珠光片的映衬下美丽异常。她说："我叫宁信，安宁的宁，信任的信，就住在这附近。你们如果需要什么帮助，就给我打电话。"

说完，她将一张名片放在桌上，看了凉生一眼就离开了。她那湖蓝色的真丝长裙如同一眼清泉，缓缓地侵占了我们的整个夏季。

北小武将那张名片揣进自己的衣兜里，说："姜生、凉生，别嫌我小气啊！我的钱包昨晚在宿舍不知被谁偷去了。"

我吃惊地看着北小武说："怎么会这样？"

北小武说："姜生，你也太单纯了吧！"

我"咯咯"地笑。妈妈说这是个坏习惯，要我慢慢改掉。

凉生说："北小武，你快吃饭吧，今晚不是有约吗？别在这里吓我们家姜生了。她都要被你教坏了。"

北小武说："反正你们俩住宿舍的时候要小心。到时，别说小武哥我没提醒你们。"

北小武在快餐店里时自封小武哥，可晚上回来后整个人成了"武大郎"。

他跟我说："姜生，金陵以为我是你哥！"

我就笑着说："怪不得人家想要跟我们做朋友，看来还是我哥哥的魅力大啊。"

北小武为此一个星期没理睬凉生，每天半夜爬上宿舍楼顶唱歌，见了谁都说自己失恋了，到处扬言，要跟凉生决斗。

结果，凉生用一支雪糕就将他收买了。两个人在操场上走了一圈，我坐在石阶上远远地看着，不知道他们说了什么，只知道他们走近时，北小武舔了舔嘴巴，说了一句至理名言："没什么可留恋的！什么都不如一支小布丁。"

14
姜生，做排骨还是乳猪？

军训过后，北小武进的是艺术班。没多久，他就有了流浪者的气质，衣服和饰品离不开重金属和涂鸦，看得我心里乱糟糟的。

真奇怪，学校总让我们普通班的学生注意衣着，却从来不干涉艺术班的生活。

我们仨在不同的楼层上课，每次都是北小武下楼来喊我，我们再一起去一楼喊凉生。后来，我的虚荣心渐长，觉得一个男生在班门前喊我不过瘾，就跟他们商议了另一套方案：北小武先去一楼喊凉生，然后他们再一起到二楼喊我。

北小武一甩他的猫王头，说："姜生，你会不会统筹安排？下去再上来，你想折腾死我？我下来喊你，凉生上来喊你，然后再一起走不就行了？"

北小武这一顿分析让我很难过，因为平时他的数学总是在10分线徘徊，怎么现实中却这么牛起来了？

凉生笑着说："姜生，我们一起去喊你就是了。"

北小武对凉生怯怯地说："你看到没有？你妹妹的脑袋开始成熟了，知道虚荣了，怎么身体不见成熟，还跟个洗衣板似的？"

凉生重重给了他一拳，说："你少编派姜生！"

吃饭时，我和凉生打了两份芹菜，北小武端了一份排骨。他看看我们，冲凉生没好气地说："咱爸不是给了我们仨一样的钱吗？凉生，你那么省干吗？"

说完，他把排骨推到我的面前，把芹菜拉到自己的眼前。

凉生不吭声，只是埋头吃饭。

我把排骨分给凉生和北小武，自己吃了很少。

吃完饭后，我跟北小武说："金陵跟我一个班。"

北小武擦擦嘴巴，问："金陵是谁？"

我笑，北小武大概忘记几天前他还要死要活的，每天爬到楼顶上鬼哭狼嚎了。凉生用眼神示意我，少提那些不开心的事情。其实，我倒觉得凉生错了，北小武当时纯属荷尔蒙作祟。

操场上，北小武倒挂在双杠上，凉生斜坐在草地上，我一边捉虫子，一边回忆着在魏家坪时的年少时光。

北小武说："凉生，你不觉得姜生有些营养不良吗？你看她像不像小排骨啊？我怎么觉得她捂住脑袋绝对跟咱俩没什么两样？"

凉生一把就将北小武从双杠上扯下来，挥起拳头："我说让你少对姜生胡言乱语！"

北小武疼得龇牙咧嘴，翻身一脚，踢在凉生的小腹上，吼道："我不也是关心姜生吗？她不光是你的妹妹，也是我的妹妹！"

他边说边压在凉生的身上挥拳，喊着："凭什么虐待她？凭什么只让她吃青菜？"

凉生不还手，任凭北小武挥拳头。我一看连忙跑上前，猛推北小武，又捶又打。我说："北小武，你给我下来！你凭什么欺负凉生？"

凉生不看我，抹了抹嘴角的血，说："姜生，你一边站着！这儿没你的事！"

然后，我就乖乖地站在一边，看他们打架。他们打着打着就打累了，筋疲力尽地躺在草坪上，不停地喘息。

凉生有气无力地把头靠向北小武，说："北小武，那你说我应该把姜生喂成什么样子的女人?"

北小武斜着脑袋,大口喘息:"至少得像我们艺术班里的那些女生!"

凉生说:"你少拿她们跟姜生比!"

然后他们就一起笑,阳光铺在草坪上,一片碧绿中透着金黄。那是我长这么大第一次听凉生说这些话。

15
宁信,别来无恙

北小武自从丢了钱包之后,就跟着我和凉生一起混饭吃,节俭了几日。后来他感觉顿顿青菜确实支撑不下去,就打电话给他爸,哭诉了自己的遭遇。

我当时在一旁听着,那感觉就是在诉说一部民族的血泪史啊。北小武的父亲想都没想,立刻答应"拨款赈灾"。

北小武有钱后,立即花重金请我和凉生吃饭,说算是对前些日子的补偿。我对美食向来来者不拒,可能是吃凉生做的水煮面吃多了的原因,总觉得换一种口味,就是一种小幸福。当然,我不是说凉生的水煮面做得不好吃。只是猪也架不住天天吃水煮面啊,何况是味蕾如此丰富的我。

说起那天的事,我又想起了那个叫宁信的美丽女子。我就问北小武:"你还记得宁信吗,还记得她给我们的电话号码吗?"

"宁信?"北小武一时想不起,就直愣愣地看着我和凉生。

我说:"就是那个穿湖蓝色裙子的年轻女孩儿,上次请了我们吃饭。"

一说吃的,北小武立刻恢复了记忆的天分,恍然大悟地说:"我记起来了,就是对咱凉生大肆调戏的那个女的,对不对?唉,怎么她就不调戏我呢?其实,我哪儿长得不如凉生了?"

他一边说，一边看我。我当时正在以光速对他翻白眼，可能频率过高，让他忽视了我的白眼球。他仍自顾自地说："这么说来，她曾经盛情款待过咱们，咱得好好回请她了，是不是，姜生？"

凉生说："我觉得她是一个很奇怪的女孩儿。我认为如果没必要的话，我们就不要再联系她了。"

凉生向来谨慎，我能理解。任何一个如他一样长大的孩子，都会这个样子，谨小慎微，对所有不确定的事或者人都避之不及。

北小武同意了凉生的意见，但还是翻出了宁信的名片——淡粉色的卡片上写着：宁信，别来无恙。后面跟着电话号码。北小武说这张名片是他见过的最奇怪的名片："别来无恙是什么意思？难道她在找人吗？"

凉生说："无论她什么意思，都与我们无关。北小武，你就不需要这么思考论证了。"

凉生说的话我懂。

北小武的思考论证能力从小学一年级起就已经很强了。

当时，我们上自然课，老师带领我们学习天气，怎样测试气温、风向。老师说："大家测试风向的时候有一个简单的方法，就是用一个小物体抛一下，看看物体飘的方向，就可以知道吹东南风还是西北风了。"

然后，她要我们大家都试一下，看看哪个小朋友最聪明。

北小武从小就想表现得比凉生优秀，所以忙不迭地捡起一枚小石子，抛向空中，然后对着老师喊："报告老师，今天刮的是上下风！"

老师当场就晕厥了——她怎么也考虑不到北小武的辩证思维能力这么强，按照他的思维来说，牛顿的万有引力说就该被推翻了，那落地砸到牛顿的苹果，不是拜地心引力所赐，而是被北小武所说的上下风给吹下来的。

我突然想起一件不相关的小事情——当时，我在物理课上学到地球是不停地做自转运动的。自从那节课之后我就一直发晕，感觉地球自转的速度全集中到我的脑袋上了，让我不晕都不行。从小愚昧的我一直以为地球是一颗四平八稳的星球。小农出身的我和祖祖辈辈生活在黄土地上的农民一样，觉得太平安稳才是大计。为了"安稳"两字，我们甘愿卑微，甘愿低调，甘愿流浪在城市中出卖廉价劳动力却仍可能无从安居。

但我们能怎么办呢？谁让我们卑微呢！

第二次进这间快餐店，我暴饮暴食了一顿，吹着凉凉的冷气，面对着大大的玻璃窗，很是惬意。

我突然想起母亲——在炎炎烈日下，她是不是又下地劳作了？小咪是不是已经很老很老了？何满厚最近跟着北小武的父亲混得很不错，自然不会再去我们家偷鸡，可是会不会有别的人欺负她？

我看着凉生，他的眉眼那么清晰柔和，他在想什么呢？想父亲，还是想那罐里从来没有开过花的生姜，或是魏家坪茂密的草场和我们大把大把年少的时光？

突然，北小武指着斜对面一栋大门紧闭的建筑大喊："姜生，你看，你看，上面写着什么？"

我顺着他指的方向望去，紧闭的大门的招牌上写着"宁信，别来无恙"。建筑很气派，规模很大的样子。

北小武"啧啧"道："怪不得呢！原来是这个样子，这是一家俱乐部啊，一个娱乐场所。"

我很奇怪，就问他："你怎么知道'宁信，别来无恙'是娱乐场所呢？"

北小武就说："你真傻，除了娱乐场所，还有什么场所是大白天关门的吗？"

我点点头，轻轻说了一声："哦。"

我还是蛮佩服北小武的，虽然他的话总是让我不得安生。

回学校的时候，我特意跑到对面看了看。"宁信，别来无恙"的规模很大，我很难想象，一个二十岁刚出头的女子能经营得了这样一家娱乐场所。

北小武说："怪不得她那一天对咱那么好呢，原来是想收买我们。她好恶毒啊！幸亏被我们及早发现。"

我突然想起那天宁信清澈标致的眉眼，说："北小武，我觉得宁信没你说得那么坏。你太小人了，总把人想得那么坏。"

凉生一言不发，只顾走路，但我知道他在思考一些事情。

北小武说："凉生，你得多给你这个傻妹妹上上课，别让她总是没大脑，将来老上当受骗。"

回到学校，我们在教学楼前遇到了金陵。她冲我嫣然一笑，问我："姜生，你们去哪里了？这么热闹，三个人都在啊。"

凉生很不自然地转开视线，径自离开，北小武也沉默着离开。

金陵尴尬地看着我。

我笑，冲她吐吐舌头，说："他们刚才吵架了，所以才这么没礼貌。你不要介意哟，男孩子就这样。"

金陵点点头，一直看着凉生的背影消失在宿舍楼前，然后对我笑着说："原来是这个样子。姜生，替我跟凉生道个歉。我给他和北小武制造麻烦了，都是我不好。"

我说："什么麻烦？他们是兄弟，事情早过去了，你也别过意不去了。北小武没受多大伤害，你放心好了。"

金陵说："这样子就好。"

然后她就亲热地拉着我的手，往教室走去。

16

小九，就这么锋芒毕露

高一，弹指而过。

高二过了成人礼之后，我和金陵才慢慢地熟悉起来。

北小武说："你少跟她接触。她肯定是为了接触凉生，才和你好的。这样工于心计的女孩子太势利了，绝对不会是什么好人！"

北小武的话中不难听的话很少，好在我耳朵的抗打击能力已经很强了。当时的我并不懂，其实北小武一直很维护我，生怕我被伤害，所以他才对我身边的任何事物充满戒心，毕竟我们仨是从魏家坪走出来的连根的小草。

我眼珠骨碌碌地转，对着北小武不怀好意地笑，说："北小武，你是吃不到葡萄说葡萄酸吧？"

北小武也不跟我争论，说他没那闲工夫。其实，我听凉生说过，北小武认识了一个叫小九的女孩儿。

我问他："哪个班的？"

北小武一副得意的表情，说："小九啊，小九能是学校盛得了的人物吗？"

我想想也是——北小武认识的女生基本都是跟他一样的人。我说："北小武，你真有品位。"

北小武说："姜生，我可没有凉生有品位啊。"

我说："我哥怎么了？"

北小武瞪大眼睛说："你不知道他跟八班的未央……？我想他怎么一直不舍得给你吃呢，原来都省下钱去哄人了。"

我吃了一惊，但脸上还是挤满了笑容，说："可是，凉生怎么没跟我说呢？"

"这是隐私。隐私，你懂吗？"北小武笑着看了看我，"姜生，你不舒服吗？"

我笑了笑，说："我……不舒服什么？我……"

我突然，不会说话了。

在学校里喜欢凉生的女孩儿不在少数，因为在很多时候我充当过她们的"邮递员"。早知道生意会这样红火，我就把它发展成一项业务了，每个人收费五元。

我也知道八班的未央，那个永远像公主一样优秀、安好的女生。我捂着被子偷笑，觉得凉生真是好福气，眼角却是一片冰凉。

我问北小武："为什么凉生这么受欢迎？"

北小武说："凉生好看，成绩又好。"

我问北小武："那我好看吗？"

北小武说："好看啊。"

我又问："那我成绩好吗？"

北小武说："好啊。"

我说："那为什么我跟我哥不一样啊？"

北小武怪笑着说："因为他们都以为你是个好看的男人啊！哈哈哈哈……"

凉生把我拉到一边，说："姜生，别听北小武乱说。因为你是好女孩儿，男孩子都怕吓着你。王子总是远远地看着公主的。"

我吐吐舌头，想，我又不是小孩子，你老骗我，王子哪能远远地看着公主呢？王子看到漂亮的公主时，都会很热情地请她跳一支舞的。如果凉生，真像你说的那样，男孩子怕吓着好女孩儿，那我宁愿是个不好的女孩儿！

北小武冲凉生做鬼脸，说："看到了吧？凉生，咱们的姜生长大了。"

我想了想，对北小武说："北小武，如果将来凉生有了女朋友的话，我就孤单了。到了那时，我就做你的女朋友吧。"

北小武一脸愕然，冲凉生说："你看到了吧？营养缺成这样，让你给虐待得人都傻了。"

我执拗地拉住北小武，说："我没傻，精神着呢。北小武，我是认真的！"

凉生拉我："姜生，别胡闹。"

我直直地望着凉生："哥，我没闹。"

北小武冲我眨眼："得了，姜生，将来实在没人要你，我收留你就是了。"

说完这话，我们已经来到了校门口，北小武说要带我们看看小九。

小九出现时，几乎是用光速蹿到我们的眼前，冲我们大笑。阳光晃在她玉石一样的小牙齿上，闪烁着耀眼的光。

北小武都有些不知所措，跟失了魂似的，好半天才回过神来，眼前这个花里胡哨的女孩儿就是小九。

他很奇怪地问："小九，你不是总是穿一身'黑寡妇装'吗？怎么今天变成'热带鱼'了？"

小九甩甩头上的非洲小辫，娇媚地笑着说："人家不是今天来见你的朋友吗？得给你长面子，让他们印象深刻啊！"

凉生张张嘴巴，问北小武："她是你的……？"

北小武就跟小九笑成一团。小九腰肢舒展，一身彩装迎风招展，冲凉生媚媚地笑着说："我是大家的！"

北小武也没有一点儿不痛快的表情，指着我跟凉生说："小九，这是凉生和姜生，我最好的朋友。"

小九冲我眉开眼笑，伸手拧北小武的耳朵，说："北小武，你真是'兔子不吃窝边草'啊！"

北小武说："小九，你想什么呢？那是我的妹妹。"

小九哼了一声，说："你当我傻啊！"

就在这一天，蛮横、没有礼貌的小九，像一把锋利的刀斜插入我们仨的生活，锋芒毕露！

17
哥，陶罐里的生姜开花了吗？

因为小九的出现，我们的三人行从此成了四人行。小九的主题套装一天一更新，每一次都是那么引人注目、标新立异，看得人眼球疼。

其实，我跟凉生并不愿意同行，可穿着一身绿毛龟装的小九说："大白天太阳高照，你们俩还能有多大排场？"

我私下跟凉生说："我怎么一点儿也不喜欢小九？"

凉生说："没事，北小武也就三分钟热情。"

小九的出现占去了北小武的大部分时间。我从来没看到北小武对哪个女孩儿有对小九这么上心过。但我觉得小九这个女孩儿有些不正常：北小武对她越好，她越不把北小武当回事；北小武被她折腾坏了，对她稍微冷漠的时候，她反倒一副甜蜜的模样。

只不过，前一种情况居多，后一种情况很少。

他们经常吵架，吵得天翻地覆。小九就倨傲地看着北小武，像一个高高在上的女皇。我很想跟北小武说小九这样的女孩儿不值得有人对她好，但没敢说。因为我一直感觉凉生错了——小九在北小武心中的地位绝不是一支雪糕可以比拟的，尽管我一直对她没有多大的好感。

小九有时也会带上一大帮子人，骑着冒黑烟的摩托到校门口等北小武。

我躲在凉生的背后。凉生对北小武说："我跟姜生就不去了，你们好好玩。"

小九有些不乐意，说："要玩大家一起玩，你半途退场算什么事？"

说完，她伸手拽住我的胳膊，把我拽上摩托，发动马达。那帮人也跟着发动马达，跟在小九的身后，飞驰而去。

我在小九的身后瑟瑟发抖，不顾一切地回头喊凉生。

小九通过反光镜看到身后疯狂追赶的凉生，说："姜生，你真有福气，有那么好的哥！"

她又说："姜生，把你哥给我吧。"

风太大，她的话还没在我的耳边凝结就被风吹散了。

小九他们停下车子。

凉生追上来的时候，已经上气不接下气，但还是坚定地把我从小九的身边拉到自己的身后，说："小九，你干吗骚扰我的妹妹？"

小九笑着说："因为妹妹有个好哥哥呀。"

这句话正好被跑上来的北小武听到。他走上前，给了小九一巴掌。鲜红的印子就像桃花一样盛开在小九好看的脸上。

小九的人立刻把北小武围住。小九依旧媚笑，让他们闪开，然后对北小武说："你以后别来纠缠我！我跟你不过是玩玩而已，你不必当真。"

北小武扯过我，一把把我抱在怀里，说："小九，我也根本没觉得你有多好!"

我愣了。

凉生一把将北小武推倒在地,说:"你这个浑蛋,别碰我的妹妹!"

北小武闷哼着,就是不还手。

我看到小九的眼中有那么多忧伤的暗影在流动,这样的眼神总是让我想起小时候的凉生。

小九他们一帮人骑车离开,只留下一路烟尘。

我拉起凉生,又拉起北小武。

我说:"北小武,我知道你难过,难过你就哭吧。"

我没有预料错,那个叫小九的女孩儿确实是一把刀,锋利冷酷,就这么媚媚一笑,将我们三个人的关系划开了裂隙。

我问凉生:"我和北小武让你不开心了?"

凉生说:"离北小武远一些。"

我问他:"那哥,你也会离未央远一些吗?"

凉生久久地看着我,并不说话。

我笑,说:"未央真的很漂亮。哥,陶罐里的生姜开花了吗?"

凉生摇头,说:"哥一直在等它开花呢。"

我说:"哥,我已经长大了。你就不要再干涉我的事情了。"

18
北小武,你不能欺负姜生

北小武的行头越来越时尚,他开始不满足在衣服上"创作",每天去物色墙壁，打算在墙上大肆涂鸦。

每天，凉生给我准备好午饭后，我就荡在北小武的自行车上，陪他寻找理想的墙壁。

北小武遇到喜欢的墙就会停下，然后在上面发疯似的乱画。其实，我根本没有从他的画上读出什么艺术气息来，只是感觉他在思念谁，很疯狂地思念。

我想如果我是一个男孩子的话，我不会将喜欢压成碎片，让它在记忆中疼痛、褪色、消逝，也会像北小武一样，这么疯狂地思念。

生生不息，不是指别的什么东西，是指爱。爱一个人，如果不让她知道，那和不爱有什么区别。

每天看他发疯的人很多。也有很多次，我们被城管追得无路可逃，都是凉生意外出现，为我们解围。可北小武并不感谢凉生，看凉生的眼神冷得可怕。

他指着凉生说："是姜生要跟着我的，我可没求她！"

凉生就狠狠地把北小武压在墙上，说："北小武，你不能欺负姜生。"

北小武冲我笑着说："姜生，你看，谁上学还带着个'爸爸'管天管地的！"

路上的行人不停地指指点点，使我羞愧难当。我就冲凉生吼："凉生，你滚！你滚啊！"

凉生忧伤地望着我，并没放开北小武。

他的眼神让我心疼。我闭上眼，狠狠地将书包扣在他头上。但我忘记了，书包里有饭盒，里面是凉生给我准备的午饭。他递给我时还嘱咐我要多吃，饿瘦了他心疼。

而此时这饭盒恰好重重地落在凉生的头上，鲜血顺着额角急急地渗出，米饭、肉汁撒在他的头上，和血液交织在一起。凉生有气无力地指指我，对北小武说："拉开姜生，她晕血。"

说完这话，他才安心地昏过去。

医院里，凉生躺在床上，床单洁净，他的头上缠着白色的纱布。

未央说："看不出啊，姜生，你这么瘦，手劲还真不小。"

我知道未央在责备我。

我看着凉生，他那样安静地躺在病床上。小时候，我总喜欢挨着他睡，蜷缩在他的身边，脑袋靠在他的肩上，就像两朵相依为命、顽强生长的冬菇一样。

时间这么匆匆过去。从此，再也不会有两颗紧紧挨在一起的小脑袋，那么顽强地相依为命了。一朵冬菇，和另一朵冬菇，他们分别叫姜生和凉生。

姜生是妹妹，凉生是哥哥。

我默默地走出病房，在医院的大厅里，歇斯底里地哭。

凉生说错了，其实，世界是这样小，小到有些事情，永远只有一个选项。选择了，一生都不能变更。

北小武一个人消愁，见了我也没有抬头。

那天，伤心的北小武抱着桌子哭，边哭边喊："小九……小九……"

而伤心的我则狠命敲桌子，只敢哭，不敢喊，但看北小武喊得那么欢畅，实在憋不住，就喊冬菇。

服务员又给我和北小武上了一盘冬菇，北小武不得不为此多付十八块钱。

最后，我们俩舍不得，就把那盘冬菇给吃掉了。好家伙，吃完这冬菇之后，我和北小武都跟中毒了一样，晕晕涨涨。

北小武说："姜生，我们好像吃了毒蘑菇。"

我大着舌头说："那我们会不会一起躺板板？"

路上，我们俩都开始摇晃。北小武边走边晃，说："姜生，幸亏你喊冬菇，你要喊鲍鱼燕窝，看我不收拾你！"

他摇摇晃晃地回了学校，而我晃去找小九。

我也是跟踪北小武很多次才知道了小九的"藏身之地"——那个又脏又乱的地方。我门也不敲就一头扎进小九的房里，开口说道："小九，你也就配这么脏的地方。"

在毒蘑菇的加持下，我看到的小九似乎有两个脑袋，其中一个脑袋被两个人拽着压在桌上，周围是一群男人。

小九说:"姜生,你快跑!快跑啊!"

我说:"小九,我想跑,可我吃毒蘑菇了,跑不动了。"

我摇摇晃晃地冲一个看起来比较顺眼的男人走去。他长得真的很顺眼,那么好看,好看得就像那个令我心疼过无数次的梦境一般。

我对他说:"你让他们先闪闪,我有话跟小九说。"

那个男人吃惊地看看我——他似乎没想到我会这么不长眼色。其实他错了,我只是难过,今天还误吃了毒蘑菇……

他对拽小九头发的人使了个眼色,小九的脑袋就自由了。

我晕晕涨涨地转了一个身,打了个饱嗝,看不清小九在哪个方向,只是估摸着她的位置说:"小九,你听好了!如果你敢对不起北小武,我……我就……"

我迈步冲向小九,可是脚下一软,直接撞在那个顺眼的男人的怀里。

有了依靠的感觉真舒服,然后我就痛快淋漓地在这个"依靠"的身上大吐特吐,最后翻了翻白眼,晕了。

19
程天佑长得再像凉生,也不是凉生啊

我醒来时,阳光突兀地充斥在周遭。毒蘑菇没把我送走,但令人头疼欲裂。我睁开眼睛,想死的心都有了——很显然,这不是女生宿舍,也不是小九的小破屋,而是一个漂亮的房间,漂亮得充满危险的信号。

当那个顺眼的男人那明媚的脸出现在我的眼前时,我一颗心"咚咚"地跳。

那一瞬间,我突然有一种自己也无法解释的冲动——我是那样想伸出手,去触摸他的眉眼。

在他的眉眼间,我看到了那个令自己心疼的影子,一个令我永生无法诉说思念的影子。就在昨夜我看到他时,恍惚地以为自己走进了那个令人心疼的梦境。此刻，他却这么轮廓鲜明地出现在我的面前。

那些日子，因疯狂地迷恋周星驰，所以我就自作聪明地想借用他的电影里的桥段来缓解这份尴尬。我冲他吹气，说："我没刷牙！"

他冷淡地笑，嘴唇简洁有力地勾勒出一道弧度，说："丫头，这理由救不了你！"

我出神地看着他，世界上的事情是这么奇妙，同样是单薄的唇型，在凉生的神情中表露出坚定，在眼前这个男子的脸上却透露着寡情。

他一副嘲笑的表情，很不屑地皱着眉头说："你们现在的小女孩儿是不是都疯了？就这么喜欢作践自己？很新潮？很刺激？"

他并不知道我是吃了毒蘑菇才那鬼德行。

我摇摇头，说："不是你想的那样，大叔。算了，不跟你说了，我得走了。我得上课，否则老师要是查到我昨晚夜不归宿，会叫家长的。"

其实我还想说凉生要是找不到我会急疯了的，但没说。凉生是卡在我胸口上的刺，伴随着每一口呼吸而疼，只有呼吸停止了，疼痛才能停止。

他冷哼，说："别叫我大叔，我姓程。"

"哦，程大叔，可我真得回学校。"我说。

"我叫天佑，不叫大叔。"他被我气坏了，"你昨天吐了我一身，胡搅蛮缠地喊我哥，非缠着我，要我带你回家。"

我低头嘟哝："听到了，天佑大叔。可我昨天吃的东西也很贵啊，吐在你的身上，我也心疼啊。"

程天佑头都大了，说："姜生，你真难缠。"

我瞪大眼睛看着他，问："你怎么知道我的名字？"

他说是小九说的，随后又摆出一副很迷惑的表情看着我，问："你一个学生，怎么跟小九这样的人纠缠在一起啊？"

我摇摇头，说："一句两句说不清，说了你也不懂。"

程天佑说："你别一直盯着我看，好不好？"

我说："不好。你长一张脸不就是给人家看的吗？"

程天佑开车将我送回学校，一路上没跟我说一句话，走的时候突然回头，似乎有话要问我。他说："姜生……"

我回头："嗯？"

他眼眸黯了黯，淡淡一笑，摇摇头，说："没什么。"

我撇撇嘴，冲他挥挥手，说："再见！"

程天佑深深一皱眉头，看着我说："还是不见吧。姜生，你是一个麻烦。"

我不知道他说的麻烦是指什么，但是下午小九就来学校找我了。

她穿着一身雪白的衣服，飘飘荡荡的，跟刚从古墓里走出来的小龙女一样，看得我浑身发冷，就跟穿着T恤逛北极一样冷。

北小武在一边斜视了她一眼，冷哼一声，说道："哎呀，怎么改头换面了？"

小九看了看他，并没说什么，而是转身对我说："姜生，走！今天姐姐请客！"

我还没来得及看北小武一眼，就糊里糊涂地跟她去了一家小饭馆。

饭桌上，小九说："姜生，你真是个好女孩儿。"

我说："哪里好了？"

小九说："昨晚，幸亏有你。"

小九端详着自己的手，就像在看宝贝一样，有些滑稽。

我慢吞吞地吸了一口果汁，小心地说："小九，程天佑不像坏人啊。"

小九笑着说："好人和坏人不是写在脸上的。你昨天吐了他一身，他竟没生气。他要剁我的手指，你就把你的手也伸出来让他剁。他一直惊讶地看着你，你就抱着他哭，一直喊他哥。你还哭着要他带你回家，回魏家坪，回去给你摘酸枣。姜生，你没看到，当时他的表情多么柔软，简直不像他。"

我笑笑："我怎么不记得？"

小九笑："不过，天佑的确和凉生长得有点儿像，都那么好看。"

我说："那么，你是真的喜欢好看的凉生吗？"

小九笑着说："我不喜欢任何男人。"

小九喝了点酒，抱着桌子大哭。她年长我们几岁，她的世界我不懂。

我发现很多有心事的人喝完酒都会哭。酒精是一种让人诚实的东西，尽管它也如此令人颓废。

我问小九:"你欠了天佑什么东西?"

小九摆摆手,说:"欠了很多很多钱。姜生,就算天佑拿你当宝贝,你也不能掉以轻心啊。程天佑长得再像凉生,也不是凉生啊。他是个有背景的人物,不是你能想象的人。"

我说:"小九,你开始乱说话了。"

小九又抱着桌子哭,哭的时候喊一个人的名字——北小武。

那天夜里,在饭店狭小的空间里,充斥着烟的味道、酒的味道,还有思念的味道。

我将小九扶回家的时候,跟她说:"小九,不管一个人以前经历了什么,或者遭遇了什么,当她遇到自己喜欢的人或者生活时,都该翻开崭新的一页了。小九,你和北小武都一样。"

小九大笑,说:"姜生,你什么时候成诗人了?"

然后她就跌进了睡梦中。

灯光昏黄,小九睡觉时的样子像一个温暖的天使。

20
两道伤痕,一种疼痛

我回到学校时,凉生站在学校门口,路灯将他的影子拉得好长。他见到我,急忙走上前,问:"姜生,昨晚你去哪儿了?"

我听到他的声音带着浓浓的鼻音,有些颤抖。他眼睛红得一塌糊涂,额头上还有淡淡的伤痕。我用手轻轻地碰,问他:"哥,还疼吗?"

凉生轻轻地摇头。

我四岁那年，六岁的凉生在我的胳膊上留下了一道咬痕，此后的日子里，伤痕醒在我每夜的睡梦里，疼痛欲裂。

凉生十八岁这年，十六岁的我在他的额头上留下了一道伤痕，此后的日子里，伤痕也将醒在我每夜的睡梦里，疼痛欲裂。

两道伤痕，一种疼痛。

今天见北小武的时候，他还臭骂了我一顿，说我没心没肺没肺。他说："你知道不知道凉生昨晚到处找你？你知道不知道他一个大男孩儿会害怕得哭啊？"

我看着北小武，知道他同我、同凉生的感情。虽然，现在他因为小九和凉生基本决裂了，但并不影响其内心深处保留着的那份年少时的情谊。

我不知道一个男孩儿怎样才会哭。凉生是因为很害怕吗？很害怕我遭遇了不幸吗？如果世界上真的少了一个叫姜生的女孩儿，凉生你真的会难过吗？会像小时候，我看到别人欺负你那样难过吗？

凉生说："姜生，你在想什么呢？快回宿舍吧。过一周就要考试了，你该好好准备了，也让北小武好好复习吧。"

"嗯。"我轻轻地点点头，和凉生一起回到校园里。

凉生没发现，此刻的我已经是一个满怀心事的女孩子了。有些事情，我渐渐地不同凉生谈了，譬如关于北小武的事情，关于小九的事情，还有那个叫程天佑的男子的事情。

回到宿舍，我见金陵的小脸苍白。她拉着我的手就问："姜生，你吓死我了。现在没事了吧？"

我点点头。

"没事就好。"金陵想了半天，又说，"未央昨晚一直在我们的宿舍等你呢，可能是因为你哥担心你吧。"

我看着金陵瓷器一样白皙的脸庞，说："哦，知道了。金陵，你先睡吧。"

那天晚上，我在未央宿舍门前的回廊处徘徊了很久很久。我有那么多话要对她说，想让她替我多照顾凉生，想跟她说抱歉，打扰了凉生那么久。

可是这些话我都说不出。就在离开魏家坪前，凉生还是我的哥哥，我可以在他的面前恣意妄为，而现在，属于年少时的大片时光就这么长了腿似的溜走了。

多伤感啊。

所以那天夜里，我像只不能见光的蝙蝠一样缩在洗手间里低声地哭泣，直到睡着。梦里，小咪就在我赤裸的脚边，那么乖巧，那么温顺，我端着凉生做的面条大口大口地吃着，而凉生在我的身边仰望着天上的月亮。

21
姜生，你的小脑袋里每天乱七八糟地装些什么啊？

自从进入期末考试的复习阶段，每个学生都有了自己暑假生活的新盘算。

北小武盘算着如何从他老爹手里哄来更多的钱做盘缠，去五台山剃度出家。他说："姜生啊，反正我也没人要了。"

说这话的时候，他眼睛红红的，瞟向我身边的小九。

小九并没有理睬他。我知道她正在筹划着新的生活，如何还清程天佑的钱，如何忘记那些令人郁闷的过去。

金陵的计划是去一趟南京城。她说她出生在南京，但是刚满一岁就跟父母分开了，后来再也没去过那座城。她很想看看那是一座怎样的城市。

我很赞同金陵的想法。因为我觉得六朝古都色彩斑驳的繁华很适合金陵身上的那种气质——很柔和，很大气。

至于凉生的心思，我并不想去猜，因为猜了也没用。隔了那么久，我早已猜不透他了吧。

我的想法很简单，就是想回魏家坪，回去看看苍老的母亲、浓绿的草场，还有凉生为我盖章留痕的那几棵酸枣树。

考试结束后，北小武跟我说："姜生，我考一百分没问题。"

我说："那真恭喜啊。"

他说："我是说八门课。"

我说："我也是恭喜你八门课考一百分啊。"

"你这人真讨厌，我还没说完呢。我是说，这八门课在理想情况下才能考一百。譬如老师心慈手软，或者我填上答案的那些题正确率百分之百……"

我说："行了，你别说了，还是去五台山吧。"

北小武冷哼一声，说道："姜生，你跟你哥一样没良心。"

说完这话，他停顿了一下，问我："姜生，凉生最近好吗？"

我低头，看着脚尖，不作声——其实我也不知道凉生怎么样。

下午收拾行李的时候，凉生来找我。

他给我买了一瓶橘子汽水，递给我，说："姜生，咱什么时间回家啊？"

我说："我想现在就回去。不过，你有事的话就先忙，我在这里等你几天就是了。"

凉生笑着说："我也没什么事情，就是想知道你有没有其他的安排。如果没有的话，咱就回家。"

我说："那好吧，不过，我得先陪小九到处逛逛，然后回来找你，咱再回家。你也可以跟未央多聊一会儿。"

凉生笑了笑，说："未央早回家了。她说她考试考得不好，心情不好，想早点儿回家。"

我冲凉生撇撇嘴："怪不得你也想早点儿回家呢。"

凉生摇摇头，叹气道："姜生，你的小脑袋里每天乱七八糟地装些什么啊？"

我说："哥，我不跟你说了，得去找小九了，估计她在学校门口等我了呢。"

凉生点点头，说："你注意安全啊。"

我头也顾不得点，就急匆匆地向校门口跑去了。

小九在校门口正像一只无头的苍蝇一样绕来绕去，我估计她是等久了。果不其然，她见了我就大吼："姜生，你是出意外了吗？这么晚才过来！"

我冲她笑，说："对不起啊，刚才跟凉生商量什么时候回家，耽误了一下。小九，你就别生气了。"

小九今天穿得很特别，一身华丽的黄色，跟一只大柠檬似的，确切地说，是一只正在生气的柠檬。如果再加两个黄色的翅膀的话，就像一只刚从鸡蛋壳里跑出来的小鸡崽。

我说："小九，我终于明白北小武为什么对你这么念念不忘了。因为你每次的造型都这么深入人心，让他想忘都忘不了。"

小九说："姜生，你少来，我不跟你贫了。咱先忙正事去吧。"

22
如果出了什么麻烦，别说我没提醒过你

我从来没有想过，会再次遇见程天佑，而且是在这样糟糕的情况下遇见。

我和小九逛街逛到很晚，小九也没买什么东西，只是瞎逛。到了八点的时候，我才想起答应过金陵，下午六点的时候同凉生一起送她去车站。

我对小九说："这下子好了，金陵准生气了。"

小九笑，说："反正姜生你已经将我得罪了，也不怕再得罪别人。"

我不理她。

她赔笑说："姜生，我带你去巷子弯吃小龙虾，算是对你赔不是，好吗？"

巷子弯是这个城市里一个很偏僻的地方，但是很多小吃都集中在这里。来这里的人除了学生就是穷人，不过这里的美味也不是所有人能够轻易品尝到的。

我和小九说笑着拐进巷子弯，可一进巷子，我就看到了浑身是血的程

天佑。他苍白着脸，奄奄一息，周围是一群麻木的围观者。他们没有一个人上前，更没有人肯拨一个电话。小九一看是他，拉起我就要转身离开。

我却固执地推开小九，中邪一样地跑到程天佑的身边，摇着他的胳膊问："你怎么了？怎么了啊？"

他虚弱地抬眼，看了看我，抖动着青紫的嘴唇，说："姜……姜生，给宁信打电话……"

说完，他就昏死过去。

我慌忙从他的口袋里翻出手机，找出那个叫宁信的女子的号码，拨了过去。我声音颤抖得一塌糊涂，说："你快来看看他吧，他在巷子弯……"

电话挂断后，我才惊觉宁信是一个多么熟悉的名字。天佑手机上的宁信是不是就是我、凉生和北小武在快餐店里遇见的那个美丽如烟、温婉如玉的女子，经营着一家让北小武很不以为意的娱乐场所——"宁信，别来无恙"。

我掏出手绢给程天佑止血。小九在我身边站着，毫无表情地说："姜生，你这是何苦呢？怎么老往自己的身上招麻烦啊？程天佑不是你能招惹的人，我跟你说了好多遍，你怎么就是不听啊？"

我说："小九，我没招惹他，可是他被人伤成这个样子，都快死掉了，我们不能不管啊。"

小九说："那好，我知道你是小菩萨、小仙女，可是姜生，将来如果出了什么麻烦，别说我没提醒过你。"

我看着程天佑的血沾满了整条手绢，心一抽一抽地痛。我说："小九，你别把事情说得那么玄，好吧？"

小九摇头，什么话也不肯再说。

宁信的车直接闯进了巷子弯。见到躺在地上的程天佑，她一句话也没说，直接让同来的人将他扶上了车。但是，我可以看到她的鼻尖上冒出的细密的汗，和眼中滑出的不易觉察的心疼。

她将一沓钞票放在我掌心里，说了声"谢谢"，看都没看我一眼，就径自开车离开了。

那一刻，她似乎忘记了我们的一面之缘。是我的脸孔让人易忘记，还是因为程天佑的伤，让她的眼睛忽视了别人的面孔？

我傻傻地站在巷子弯。这时，小九拉起我就跑。她说："姜生，你真傻，拿了这么多钱还不跑，想在这里被打劫啊？"

小九的话让我突然醒悟，那个叫宁信的女子是将一枚炸弹放入了我的手中。想到这里，我背后泛起了一阵凉意。

23
他们好像开始和好了

我跟小九说："魏家坪的天很蓝，水很清，草很绿。"

小九接着补充了一句："人很傻。"

我说："可能是吧，如果北小武喜欢你是一种很傻的行为的话。"

小九笑，说："姜生啊，我是说你。宁信给你的钱，是你应得的。你帮她救了程天佑那个浑蛋，她感谢你是应该的。你把钱存着干吗？难道要还她不成？"

我轻轻地点点头，说："小九，我想救他，并不是因为钱，而是看到他伤成那个样子，我的心就疼。"

小九冷笑，说："真动听，你留着跟他说吧。不过，姜生，不是你小九姐我没提醒你啊，你这样的话肯定感动不了程天佑那样的货色。他们这些人早就油盐不进了，万事一个'利'字当头，你别把你的生活等同于他们这些人的生活。"

我刚想说小九你真的想多了的时候，北小武出现了。他背着一个大大的行囊，说："姜生，你不回家了吗？我的叔叔一会儿来接咱。"

我奇怪地问："那你爸怎么不来？"

北小武笑着说:"我爸带何满厚他们一伙人去外地了,估计得年底才能回来,说是要在那里发展市场。"

我说:"哦,这个样子啊,那等等凉生吧。"

北小武说:"好吧,那咱等等吧。"

最近一段日子,北小武同凉生的关系已经渐渐不那么势同水火了。虽然依旧不说话,但是提起凉生,北小武的面孔已经不再那么扭曲了。

小九说:"姜生,你回魏家坪了,以后就没人和我玩了。"

我笑称:"就一个月的事。不过,小九,反正你在这里也是一个人,不如跟我们仨一起回魏家坪吧。我带你去看看凉生给我占领的酸枣树!"

小九竟欣然同意了。她说:"好,我也不用整理行囊,去了穿你的衣服就行。"

我说:"好的,这个是没问题的。"

北小武冷笑,说:"哎呀,姜生,你什么时候有火鸡装、黑寡妇装、小龙女装、柠檬装啦?人家小九可是喜欢主题套装的人啊。"

小九给了他一拳,说:"北小武,你想去五台山现在就可以去了,也不用到你的老爸那里骗钱,姜生现在就有很多钱给你!"

北小武说:"好了,小九,我不跟你贫了。你要去魏家坪,我怎么也得尽地主之谊啊!过了这段时间,我再剃度吧。"

我听着北小武与小九你一言我一语的,感觉蛮开心的。

其实,我也不知道小九是因为什么总躲着北小武,但是现在看来,他们好像开始和好了。

凉生提着大大的行李袋来找我,见到北小武,竟不知所措起来。倒是北小武,不知是不是因为小九要去魏家坪,突然对凉生热情起来,伸手帮凉生拿行李。

凉生的脸竟然变红了。

◀ 第三章 ▶
程天佑

只是，小咪，请你一定要记住凉生的模样，
记住回来的路，来世，替我做凉生的妹妹好吗？

24
魏家坪的天空

回到魏家坪，小九同我住在一起。

当她看到我们家的时候，我能感觉到她脸上的惊诧——四壁空空，两个沧桑的老人，一个躺在床上，另一个坐在轮椅上。

凉生回家后的第一件事情，就是帮父亲和母亲洗脚。他们苍老的皮肤和凉生年轻的皮肤一同映照在晶莹的水珠下，那场景就如同时光一样永恒。

小九说："姜生，我一直知道你们家穷，但我没想到是这样穷。"

我笑笑，说："我同凉生的所有学费以及生活费都是北小武的父亲资助的。如果没有北小武的父亲，我想，凉生现在会更令人心疼的。"

小九说："没想到臭屁北小武有一个这么可敬的老爸啊。"

我笑，说："小九，你怎么什么事情都愿意升华呢？我倒愿意你说他的老爸是个好人就行了。'可敬'这两个字还是留给那些大人物用吧。"

我想了想，又说："不过北小武的爸爸最可敬的事情在于他将何满厚带出了魏家坪。这样子，我们家的生活能更好过一些。"

说这话的时候，我才发现自己是一个不折不扣的小人，特别记仇。多年前何满厚对我们家的欺辱，我到现在竟然还迟迟不忘。

好在小九没有问我，何满厚与我们家到底有什么渊源，否则，我又得花费力气给她解释。

我带小九去看那几棵酸枣树，魏家坪的一切还是那副旧模样。小九吃酸枣的时候，赞不绝口。她说："哎，姜生，如果我有一个像凉生这样的哥哥，那该多好啊。"

很多女生都这么说:"姜生,如果我有一个像凉生这样的哥哥该多好啊。"可是,如果可以的话,我宁愿凉生是任何人的哥哥,也不要是我的哥哥。

酸枣真的很酸,到了心里,就剩下了涩。树枝上的字迹已经模糊,那个在酸枣树下昏睡到清晨的男孩子也已经长大了。

长大是一种永难磨灭的疼痛,只是当时同凉生一起捉虫子、吃红烧肉的时候我不懂。

我跟小九说:"我得找个时间给金陵打电话。"

小九说:"我的手机坏了,你还是用北小武的手机吧。"

正说到这里,北小武拖着他的大屁股晃着手机冲我喊:"姜生,姜生,快点儿,有人打电话找你啊!"

在这里先允许我插一点儿话——关于北小武的大屁股的话。北小武的小身材长得不错。五岁那年,我发现北小武的屁股长得比别的男生的大,就当着魏家坪所有孩子的面发扬了自己勤学好问的道德情操。

我说:"北小武啊,你的屁股怎么这么大?"

结果北小武就哭了。

那天,他哭得特别伤心,好像我的话损害了他的自尊似的。

所以到现在我只能看着他的大屁股晃啊晃的,却不敢再提大屁股的事情了。因为北小武是一个比较臭美的男生。

现在他晃着大屁股来到我的面前,告诉我有电话找我。我诧异地看看他,又看看小九。我问北小武是不是金陵,因为除了金陵我的脑子里想不出任何人会通过北小武来找我。

北小武摇摇头,说:"不是,好像是一个叫什么程天佑的人。"

小九急切地小声说:"姜生,姜生,你千万别接!"

我的手还是不由自主地伸到了北小武的面前,接起了手机。

25
小公子突发羊痫风

我小心翼翼地对着听筒说了一声"喂"。说不出为什么,那刻,我心里涌动着一种细微的不安与忐忑,就如细细的毛毛雨碰到细软的草尖。只是那时我没有去思考,是否是因为这个尚属陌生却总是离奇相遇的男子。

程天佑的声音从手机里传来,沙哑着,有些慵懒。我仿佛可以感觉到,他单薄的嘴唇因为前几日的重创,有些许干裂。他说:"姜生,是你吗?"

我轻轻地"嗯"了一声,眼睛圆溜溜地望向小九,小九的眼睛也圆溜溜地瞪着我。

手机那端的程天佑确定是我之后,竟突然大吼起来:"姜生,你是猪吗?你把我的手机给弄哪儿去了?"

"手机?"我突然愣住了。

程天佑还在手机那端吼:"是啊,就是你给宁信打电话的那个手机!"

我紧紧地捂住手机,悄悄问小九:"那天,我把程天佑的手机扔哪儿了?"

小九吃惊地看着我说:"他半死不活中给你打电话,竟然只是为了一部破手机?那小少爷是不是跌管儿(跌了脑袋)了?"

我说:"小九,我真忘了把他的手机搁哪儿去了。你不是说过程天佑是个厉害的角色吗?那我是不是完蛋了啊?"

小九说:"那小公子还不是个不讲道理的主儿,你跟他实话实说就行。"

我战战兢兢地挪开手,而在手机彼端的程天佑可能吼累了,跟头小骡子似的喘粗气。我说:"我当时太紧张了,真忘了把你的手机给放哪儿去了。不过,我真的没自己留下……"

程天佑打断了我的话,说:"我知道你也不好意思留下,宁信给你的见义勇为的报酬也够多了,你的小手还想握多少钱啊?"

他的话让我有些恼。我差一点儿脱口而出"你姜大爷我好心救你的小命就为你那几个破钱?你姜大爷现在穷得跟个大窟窿似的,那几个破钱算哪粒米啊？你是不是真的跌脑子了？错，是我跌了脑子，才会救了你这么个白眼狼"！

当然这样的话，我是说不出口的。尽管我目露凶光，狰狞可怕，声音却出奇地温柔平和。我说："你今天不是来要手机，是来索要宁信给我的报酬的吧？说实话，我还正不想要呢！急用，你就来拿；不急用，等姐姐我给你送回去。"

程天佑在手机那端刚要发作，我就听到一个隐隐约约的女声传来，甜美婉转。她说："天佑，你干吗跟小孩子过不去啊？"

这话说完，那甜美的女声立刻放大在听筒那端。她说："喂，是姜生吗？天佑可能因为疼痛，所以总是四处找碴儿。你别委屈啊，他也不是为手机的事情，而是埋怨我前几天不该把你丢在巷子弯。这些日子里，他有事没事地就给我找碴儿，担心你会遭到报复、遇到麻烦，所以费了好大周折才联系上你。手机不过是个由头，他只想知道你现在是不是平安。姜生，他是好意的，你别生气啊。"

不用猜，我也知道是谁能把程天佑刚才令人发指的行径美化成这般模样，除了那个二十多岁就把一个娱乐场所经营到省城数一数二规模的宁信，我想别无他人了吧？

当然，我也不是傻乎乎的主儿。宁信既然这么说了，我也只能对程天佑的身体状况表示深切的慰问。宁信笑，说："姜生，等开学了，你们几个过来玩啊。"

我满口应承下来，然后就挂掉了电话。

小九满脸狐疑地看着我，问："怎么回事啊？"

我把手机还给北小武，说："没什么，就是小公子突发羊痫风、狂犬病。可小九，你说那手机到底让我给扔哪儿去了呢？"

小九说："别想了，救了他就不错了。不过，姜生，我确实想不出，谁敢在太岁爷的头上动土啊？而且，姜生，我跟你说，程天佑可是个牛高马大的主儿，不是随便几个人能够撂倒的，所以我一直很纳闷。"

我望了望北小武，然后就对小九笑着说："你别说得这么玄乎，好吧？"

小九翻了翻白眼,说:"那你要我怎么说?"

我嘟了嘟嘴:"反正我觉得程天佑没有那么强壮。你说得太失实了,我能不说你玄乎吗?"

小九冷哼一声,说道:"姜生,你少'情人眼里出西施',我不过是说小公子的身手好罢了。以后不跟你说程天佑的事情了,说了我就烦躁。"

北小武说:"小九,走,到我家吃饭去,别跟姜生讨论哲学了。"

我拿着一根小草横在嘴巴上,冲北小武笑,说:"你让小九去你家吃什么?吃你家的冷灶台吗?"

我说的都是真事,自从北小武他爹一夜之间暴富后,北小武他妈就开始精神失常。她几乎对魏家坪的每个人都哭诉了一番北叔在外面动歪心思的事。上到在家卧床的老人,下到刚出生不久被家人抱到街上的小娃儿,很多孩子被她吓得号啕大哭,大街上儿啼声真是此起彼伏,比池塘里的青蛙还热闹。但是,魏家坪的人都说北小武他妈是被钱"烧"着了,因为这么多年过去了,北叔似乎并没和什么女人在魏家坪出没过,也没跟北小武他妈离婚。北小武的母亲从此开始信神、信佛、信菩萨了,从此常年不做饭,还神神秘秘地跟北小武说,妈这是不食人间烟火,等修行够了,就能变成七仙女啦。这番话弄得北小武哭笑不得。

北小武被我说得一声不吭。

我意识到自己可能说得有些过,连忙拉着北小武的手,说:"走,一起去我家吃凉生煮的面条吧,还有荷包蛋呢。"

26
那只叫姜生的快乐的猫

我们仨回家时,凉生正在给父亲捶腿,带着几分调皮地跟父亲说笑着学校里发生的事情。父亲的眼神异常安详，如同和煦的阳光一样抚过凉生年轻的脸庞，贪婪地捕捉着他每一个生动的表情。

看着这幅画面，我突然有些心酸。我傻傻地想，如果没有十二年前那场矿难的话，凉生应该是幸福的，生活在城市中，有优渥的家境，有良好的教育，像个王子一样。

凉生小时候就告诉过我，他四岁开始学钢琴。那些孩提的时光里，他常常会一大清早跑到我的床前，把我叫醒，满脸兴奋地说："姜生，姜生，昨晚，我又梦到我的钢琴了。"

他说："姜生，等你长大，哥哥教你弹钢琴，让你也像一个公主一样坐在钢琴旁，好不好？"

我使劲地点头说"好"。看着凉生在空气里弹奏的手指，我仿佛又看到了那个成年男子的影子——白色的钢琴旁，衣衫平整，手指翩然，冷然而悠远。

那个影子越来越远，就如凉生的梦想，注定只能越来越远。

当六岁的凉生来到了魏家坪，一切都已经变得缥缈起来。只是当时我们那么小，小到不知道前途堪忧，小到以为长大了梦就能成真。

就在此刻，我也想，如果可以交换的话，我不管付出什么，也不愿魏家坪的那场矿难再发生。我宁愿自己是一个只会和北小武这帮泥孩子一起厮混的野丫头，宁愿不知书、不达理、满口粗话，宁愿皮肤黝黑、骨骼粗大，也不愿意凉生如现在一样，吃那么多苦，受那么多罪。

凉生见我们回来了，说："爸爸妈妈都吃过饭了，我一直在等你们呢。四碗面条，就是时间长了，有些烂。"

北小武嬉皮笑脸地拿起筷子，说："凉生，你就会做面条，就不会做点儿别的东西吃啊？"

小九看看凉生，就去夺北小武手中的筷子，说："你这厮不吃就算了，别跟个老娘们儿似的唠唠叨叨的，有完没完啊？"

什么叫雅俗共赏？小九的话就叫作雅俗共赏。我觉得没人能像小九这样，没上过几天学，却能达到这种出神入化的境界。一个"厮"字说明了人家小九学问还是有基础的，能够运用古人的措辞，这不叫雅吗？

一个"老娘们儿"听得我这样的俗人都掉了一地鸡皮疙瘩，难道不是大俗特俗吗？可偏偏人家就这么结合在一起了，而且没有语法错误，也不产生歧义，普通话也极其纯熟。

凉生把自己碗中的那个鸡蛋夹到我的碗里，说："姜生，你在想什么？"

"啊。"我突然转回神来，冲凉生笑，"我在想出本语录文选什么的。"

"就你？"北小武突然喷饭，又跟凉生说："你还记得不？咱姜大小姐的作文写'看着"为中华之崛起而读书"这八个大字，我心情澎湃……'咱语文老师说什么来着？'姜生，你澎湃就澎湃吧，可再怎么澎湃也不能不识数啊。'我说姜生，你数学是体育老师教的吧？"

凉生偷偷一笑，然后正色地对北小武说："安安静静吃你的饭，别惹姜生了。"

我冲北小武恶狠狠地做了一个鬼脸。

小九突然想起了什么似的，说："姜生，北小武说你们家有只猫，你一直拿它当自己的命似的，我怎么没看到？"

小九突然提起小咪，让我不禁难过了一下。

凉生看了看我的表情，对小九说："小咪已经去世了。"

然后他又拍拍我的脑袋，说："姜生，咱家的小咪已经是只很幸福的小猫了，有你这么个好主人。"

我吸吸鼻子，冲凉生笑，说："哥，我知道。"

同凉生一样，小咪也是我童年生活里的一部分。每次我哭或者被母亲在院子里罚站的时候，小咪总是在我的脚边，那么小小的、茸茸的一团。至今，我仍然记得它身体的温度，有时候，它小小的鼻翼里喷出的热气还会暖暖地冲向我的脚踝处。同凉生一样，它是我的生命里为数不多的欢乐。

小咪去世的前些日子，不肯理人，性情也有些暴躁。

凉生陪我把它抱到魏家坪的草场上。小咪安静地伏在草丛里，眯着眼睛，偶尔睁睁眼，看看周围茂密的草。

我问凉生："来世，小咪会记得回来的路吗？"

凉生说："傻丫头，哪里有什么来世啊？"

我突然变得跟小咪一样暴躁,冲着凉生直跺脚,说:"你骗人,骗人,骗人!有来世的,就是有来世的!"

说着说着,我突然感到那么委屈,眼泪大颗大颗地掉下来,滚落在我颤抖的唇角上。

凉生傻傻地看着我流眼泪,说:"姜生,你别哭了。我不愿意看到你流眼泪的样子。"

我擦擦眼泪,咧着嘴展开一个很难看的笑,说:"凉生,来世我不做妹妹了,让小咪替我做你的妹妹好吗?"

凉生一直不肯说话。月亮孤单地挂在天上,远远的,看不见人间的寂寞。

也是那天晚上,小咪失踪了,确切地说,是去世了。大人们经常说,猫是种很奇怪的动物,死的时候总是躲起来,不让人看到。

我一直觉得,世界上所有的猫都是女孩子,而世界上所有的狗都是男孩子。所有的女孩子都像猫一样小心翼翼地隐秘着自己的心思和伤口,生怕别人发现;所有的男孩子都像狗一样有着那么忠于自己内心的眼睛,就算不说话,他们的眼神也能泄露出他们的世界。

那天晚上,凉生坐在石磨上温书,而我在他的身边坐着,晃着腿,仰望着星空。十三岁的年龄,我遇到了第一场离别——同小咪的离别。

我问凉生:"哥,你知道你上辈子是什么吗?"

凉生合上书,摇摇头,眼神清冽地看着我,如天上的月光一样,洁白而晶莹。

我说:"哥,可是我知道我上辈子是什么。"

凉生用书敲了一下我的脑袋,笑:"净瞎说。姜生啊,我看你可以给前街的王神婆做继承人了。不如以后,我就叫你姜大神婆吧?"

我皱皱眉头,冲他做了一个鬼脸,继续说:"哥,真的,我真的知道自己上辈子是什么。我上辈子是一只猫,像小咪一样的猫。"

我安静地看着凉生,月光下的凉生的眼睛像星星一样明亮,温润可亲。我说:"凉生,你信吗?每个有哥哥的女孩儿上辈子都是一只猫。"

凉生不解地望着我,摇摇头,说:"你怎么就这么肯定呢,姜生?"

我说:"真的,我就是这么感觉的。上辈子,你的那个妹妹不愿意来生还做你的妹妹,于是,就对她怀里那只叫姜生的猫说,姜生,来世,你替我做我哥哥的妹妹吧。所以,我就由前世那只叫姜生的猫,变成了今生凉生的妹妹。"

风吹过我的小碎发,凉生的眼睛眨呀眨地看着我,他说:"那么姜生,我的前世是什么啊?"

我翻了一个白眼,说:"哥,你真笨,你前世还是凉生啊。"

凉生轻轻地"哦"了一声,说:"那我前世那个妹妹去哪儿了?"

我冷哼了一声,头也不回地跳下石磨,说:"谁管你前世那个妹妹啊?干吗要打扰那只叫姜生的猫呢?让她一辈子都不快乐!我讨厌你那个前世的妹妹!"

凉生在我的身后直摇头,说:"姜生,我真怕你了。自己杜撰出这么一套东西,然后跟自己生气?真是个傻丫头!"

我不回头,一直往屋子里走。

凉生到现在也不知道,三年前,我往屋子里走的时候多么伤心,眼泪多么大颗地往下掉。就好像那一年,我满怀希望地想去春游却被拒绝一样。那一刻的我陷入了自己杜撰的魔咒里不能自拔:我深深地相信,自己的前世就是一只叫作姜生的快乐的猫,变成了今生再也无法开心的女孩儿。

只是,小咪,请你一定要记住凉生的模样,记住回来的路,来世替我做凉生的妹妹好吗?

27
凉生,你说谎了

我咽下凉生给我夹到碗里的鸡蛋时,北小武跟小九已经把面吃完了。

凉生看看我，说："姜生，你到底在想什么？怎么吃得那么慢啊？"

北小武笑，说："她在想自己吃这么多饭也是浪费。你什么时候见到豆芽菜能吃成胖大海？"

凉生瞪了北小武一眼，说："你少说话惹姜生了！她这么瘦，还不是被你给祸害的，整天遭受你的精神摧残、蹂躏、折磨……"

小九笑，说："凉生，凉生，知道你的词汇丰富了，可你要真想你家姜生肥，就给她喝蜂蜜，不出俩月，就不扁了。"

我不满地冲他们翻白眼："我扁关你们什么事？我扁我乐意啊，你们想扁也扁不起来呢！"

北小武笑着说："姜生，从此以后，我再也不对你进行精神摧残了。我发现你现在真是傻了。我和凉生本来就很扁，你是看不出来还是摸不出来啊？"

小九在一旁笑。

凉生一听，脸都绿了，放下碗指着北小武就吼："你少在这里跟姜生说胡话！"

北小武摇摇头，对着凉生赔笑说："大家都是大人了。再说，我也只是说说啊，光着屁股一起长大的人，你干吗那么计较啊？真不义气。"

小九也笑，说："姜生，以后我和北小武再也不编派你了，不过，姐姐我可真怕过几年后，你想不开，去动手术受苦，还不如趁现在还没发育完全，喝蜂蜜来得快！"

说完，他们两个就溜出去了。

我把脸转向凉生，说："哥，我是不是真的很难看啊？"

凉生说："别听那两个烂人的，他们的话听不得。姜生已经很好看了。"

我吐吐舌头，慢吞吞地说："那……那万一我想更好看呢？"

凉生一时语塞，最后笑笑，说："我看，好像没有那个必要了吧。姜生，你听哥哥的，北小武就是对你进行精神荼毒，你以后离他远一点儿。"

我"嘿嘿"地笑，继续吃凉生做的面条。我抬头看了看凉生，说：

"哥，要是我一辈子都能吃到你煮的面条就好了。"

凉生说："少说胡话了，那还不腻死你？"

我很固执地摇头，说："要是，我一定吃不腻呢？"

凉生笑着说："好，那我就给你煮一辈子面条吃，这简单的。"

我摇摇头，说："哥，你也学会骗人了，这样不好。"

凉生有些着急，眉心微微地隆起，说："我什么时候骗你了？难道我说得不对吗？"

我说："是啊，不对。长大后，凉生有凉生的家，姜生也要有姜生的家。凉生会煮饭给别的人吃，也会有人给姜生煮饭吃。凉生不可能给姜生煮一辈子饭吃，所以，凉生，你说谎了。"

凉生愣了愣，笑了笑，隐隐约约。我发现他的眼睛里涌起一股晶亮，他吸吸鼻子，笑着说自己好像感冒了，那股晶亮又陡然黯淡，消失了。

晚上的时候，我们把凉席拖到院子里。我翻来覆去地睡不着，凉生就在院子里垛起一些碎木头和湿草，燃起浓浓的烟，借此来熏走蚊子。

他给我打着扇子，自己的额头倒出现了一层细密的汗。他问我："姜生，今天有人打电话找你了吗？"

我奇怪地看着凉生，点点头，说："是啊，一个朋友。"

凉生笑着说："看不出，我们的姜生也会交朋友了。"

我笑着回答："我本来就有很多朋友啊，小九啊，金陵啊，还有我们宿舍的人啊，可多了。"

说到金陵，我不禁想起，我该给她打个电话了，也不知道她去南京了没有，玩得开不开心，有没有遇到漂亮的男孩子。

凉生说："我知道，可是北小武说那个人是社会上的，不是我们学校的。我是担心你遇到坏人。"

我吐吐舌头，说："反正我这么扁，坏人见了早跑了。"

凉生哭笑不得地说："姜生，你那是什么破理论啊？"

我说："哥，不是你想的那样。那男人的手机丢了，他问我看到没有。没你想得那么复杂。"

小九也一骨碌爬起来跟凉生说:"姜生没骗你,那小公子每天乱花迷眼的,姜生这根豆芽算哪根葱啊?"

凉生说:"我只是问问。"

我问凉生:"哥,你回来后还没跟未央联系吧?小心她生气啊。"

凉生用扇子拍拍我的脑袋,说:"你每天都在想什么呢?"

我看着凉生笑意盈盈的眼睛,嘴角漾开一个明媚的微笑,闭上眼睛,沉沉睡去。睡梦里,我是前世那只叫作姜生的猫,不懂眼泪,不懂心伤。

我也梦到了凉生,梦到他像一个王子一样,坐在一架黑色的钢琴旁,纤长有型的指尖滑过黑白键盘,流水一样动人的音乐立时倾泻而下。他微笑着,嘴角有一个淡淡的笑窝。钢琴旁还有一个漂亮的女孩子,透着流云一样飘逸生动的青春。我不哭也不难过,因为在梦里,我只是一只叫作姜生的猫,冷漠而骄傲。

28

如果生命能在这一刻停驻,我会甘之如饴地享受这份不算美好的美好

小九问我:"姜生,你爸和你妈怎么会病成这样?"

我看了看院子里正在推着父亲接受阳光的凉生,轻轻地给母亲梳理着头发,异常小心。现在,母亲的头发变得无比脆弱和敏感,我生怕一用力,它们就会无情地脱落。就如十二年前魏家坪那场突来的矿难一样无情,改变了凉生,也改变了我的命运。

我没回答小九。

我很喜欢这一刻,我、母亲、凉生、安静的院子,还有高大树木上那些疯狂鸣叫的知了。如果生命能在这一刻停驻,我会甘之如饴地享受

这份不算美好的美好。因为在这个时刻，这里有我的家，有我最爱的两个人——我苍老的母亲和亲爱的哥哥。

母亲从什么时候开始变得沉默？

是啊，破碎的一生，还有什么语言能使它重新黏合呢？很多书本和很多言论教我们坚强，但我觉得那是空谈。只要眼泪不是从自己的眼眶里流出，你就永远不知道眼泪有多么苦涩。如果鲁迅让他笔下的祥林嫂坚强地活到这个社会，我想我会立刻疯掉。所以，鲁迅还是一个很尊重人心的文人——他让祥林嫂疯了，死了。

类似于我的母亲这样的人也学不会坚强，此时的我倒宁愿她学会哭泣，也胜于现在的沉默。

很多人可能想知道，十二年前魏家坪那场矿难是如何平息下来的，那些死难者得到了怎样的赔偿。

近日，某煤矿公司一位领导在接受采访时表示："××矿难主要归咎于井下矿工对规章制度执行不力，劳动者的素质离我们的要求还差很远。"

同样，十二年前的那场矿难也被归咎于素质不高的劳动者了。当然，那个矿井的杨姓头头儿也因此在魏家坪这一带失去了竞争力。从此，魏家坪飞速进入了北小武他爹"统治"的时代——北叔时代。

小九问我："姜生，你别光发呆啊。你说程天佑是怎么捣鼓到小武的电话号码的？他怎么知道找他就能找到你？"

我将母亲推到房子里，冲小九笑了笑，说："因为我是北小武的'正牌'啊。"

小九嗤笑："你少来了。姜生，我想在魏家坪四处逛逛，你陪我溜溜。"

我爽快地答应了，问小九："要不要喊上北小武啊？"

小九说："不用了。"

我跟小九说："魏家坪除了草场很美，天很蓝，水很清澈，其实也没什么好的地方。"

小九笑，说："你还真当魏家坪是旅游胜地啊？我不过是随便溜达溜达。哎呀，姜生，你看，那是什么意思？"

她指了指一堵墙上的大标语。

我看了看，也跟着小九笑起来，说："小九，这样的标语在农村多得是。这个只是很普通的教育人民计划生育和致富的标语。"

吃晚饭的时候，小九把自己看到的那条好笑的标语跟凉生和北小武说了。她说："真有意思，这个养孩子跟养猪能等同起来吗？"

凉生笑，说："姜生，你带小九去看什么不好，怎么带她去看那些东西啊？"

我说："又不是我要她看的，是她自己看的。"

29
我硬生生地将她说的"妒妇"听成了"荡妇"

未央的到来是毫无预兆的。

那天，北小武接到她的电话。她在电话里哭，说："北小武，我要找凉生。"

凉生和未央通完电话后，眉眼间有很大一片阴云，久久挥不开。

我小声地问他："哥，出什么事了吗？"

凉生看看我，又看看小九，说："未央到县城了，我得去接她。"

说完，凉生就甩开步子往外走。

我一直默默地跟在他的身后。凉生在清水桥觉察到我的存在，转过身，很吃惊地看着我。他说："姜生，你怎么来了？"

我想了又想，忍了又忍，最终还是说出来了。我说："哥，你是不是不高兴啊？"

凉生笑笑，说："我没有不高兴啊。"

我突然哭起来，眼泪挂满我的睫毛，亮晶晶的。我说："哥，你是不是怕未央看到咱家这个样子会瞧不起你？哥，我看出你的不开心了。"

凉生狠命地吸了吸鼻子，然后揉了揉我碎碎的头发，说："傻姑娘，快回家去吧。等哥哥回来。"

凉生把未央接回来的时候，天已经黑下来了。我一直在院门处跷着脚等，直到凉生温柔明媚的笑容在夜空下出现，才安静地坐回屋里。

北小武热情地迎出门去，冲未央来了一个谄媚的笑。他说："哎呀，大美女，你怎么不招呼一声，就这么跑来了？"

未央淡淡地笑，打量着这个院落，又看看凉生。然后，她对北小武说："我就是暑假一个人在家特别闷得慌，才来这里看你们，还是在一起热闹。"

三个人边说边走进门来。

小九说："看到你哥没？标准的'有异性没人性'。"

我点点头，说："对，跟北小武一个德行！"

说完这话，我突然觉得悲哀——我们仨一起玩到大，怎么到了现在，好像只有我自己是多余的？

未央进门后，惊讶地看着小九，说："这个人，我怎么好像在哪里见过？"

小九媚媚地一笑，说："我整天在你们的学校里乱转悠，你没见过都难。"

可未央还是认真地思索着，说："我感觉不像是在学校，可是在哪里又一时想不起来。你怎么来这里了？"

小九笑，说："跟着凉生混吃混喝来了。"

未央就笑："跟凉生这样的穷人还能混吃混喝，可真不容易啊。"

小九显然不是很喜欢未央，所以语气也变得有些尖酸起来。她说："凉生怎么穷了？好歹人家也有一个国色天香的妹妹，卖了也值几两银子吧？"

我听前半句时真开心，一听后半句心里就特别不是滋味。所以，一等小九说完话，我就连忙小声补充了一句"我哥不会把我卖了的"。

晚上睡觉的时候，小九跟我说："姜生，你看到没有，未央进门后一句话都没跟你说，为什么呢？答案就是，这小娘儿们分明将你当成了假想敌。"

我瞪大眼睛看着小九，说："什么叫假想敌啊？"

小九踢踢拖鞋，说："姜生，你真是一头猪。就是她把你想象成跟她竞争凉生的人呗。"

看到我的脸突然红成一片，小九就笑，说："姜生，你脸红什么？该脸红的是那妞。她估计把全天下女人都幻想成自己的假想敌了，一个十足的妒妇。"

小九这次的普通话有些不够标准，使我将她说的"妒妇"硬生生地听成了"荡妇"。我很吃惊而又敬佩地看着小九，刚想开口问问小九这个是怎么看出来的，才发现是自己听错了，所以脸不由得更红了。北小武说得对，姜生开始长大了。

小九看着我的脸莫名其妙地红了又红，问："姜生，你怎么听什么都脸红？"

不等我回答，就听未央在一边埋怨。我和小九偷偷地跑过去听。她对凉生说："你看，三块九毛钱的牙刷就是没有六块五毛钱的好用，我的牙龈都出血了。"

凉生解释："你也看到了，这种是那个超市里最贵的了。如果想把这里和你们省城比的话，那你现在就回家好了。"

我瞅了瞅小九，愤愤不平地说："我才用九毛钱的牙刷。"

小九冷笑："人比人，气死人啊。凉生那小子还真有'志气'。"

她说完就拉着我，跟两只黄鼠狼似的溜一边去了。

睡前我去洗漱时，突然发现自己的牙刷竟然被换了，蓝白相间、小巧的牙刷头，流线型的刷毛，很是精致。

凉生正要去北小武的家里睡觉，看到我愣在院子里发呆，就问我："姜生，你发什么愣啊？"

我说:"是不是北小武他妈真成七仙女了,怎么我想什么就有什么呢?"

我说这话,完全是因为北小武他妈对我进行过"精神荼毒"。前年,我也不知道她怎么就发现了我的骨骼清奇,于是每天来动员我加入她的队伍。当时我拼命拒绝。

最后她说:"既然你还不曾参透,那么等我功德圆满,成为七仙女时,也让你和我享有同样的待遇,就是想什么就能有什么吧。

"到那时,你自然会明白我们是怎样的博大精深了。"

今天我偷听未央的抱怨时,就想自己要是能用上一支三块九毛钱的牙刷就该偷着笑了。结果,我的牙缸里确实安安静静地插着一支这样的牙刷。

为此,我只能想到北小武他妈的承诺了。

凉生轻轻地拍拍我的脑袋,说:"傻瓜,快刷牙去吧,看看好用不?"

那时,我才知道,凉生给未央买牙刷的时候,也给我买了一支。

我愣愣地看着凉生,嗓子里冒起一股浓浓的酸涩,一直抵达眼睛里。

凉生说:"我一直不知道牙刷的选择也很重要,今天听未央说了,怕你以前用的那些牙刷对牙齿不好。你用用看吧。"

说完,他就去北小武家了。

30
原来,真的可以"化悲痛为力量"

未央在魏家坪的日子里,凉生一直劝她早些回家。可是未央一直跟赌气似的,并不听凉生的劝说。

我问凉生:"未央跟她的家人怄气吗?这算离家出走吧?"

凉生说:"我只知道她在跟家人怄气,却不知道为了什么。未央这女孩儿，哪里都好，就是性格太倔强了。"

我一听，马上觍着脸，说："哥，那我呢？"

凉生就笑，说："你？你有什么好的地方吗？"

我一听，脸立刻阴沉起来。

凉生就笑，说："姜生，你就是听不得别人说实话。"

听他这么一说，我都快哭了。

凉生突然想起了什么似的，说："要不，你跟小九去劝劝未央，女孩子之间比较好说话。"

这时，小九插话了。她说："凉生，难道你就看不出那妞悍得很？我跟姜生哪能对付得了她啊！"

北小武一听，脸都笑肿了。他说："小九，你就别逗了。要我说，姜生肯定不是那悍妇的对手。至于你，当那悍妇的祖宗都可以，还在这里乱嘚瑟什么？"

小九的脸立刻狰狞起来，她冲北小武挥着细胳膊，吼道："你再给我扯？！你再扯不出句人话来，我掐死你！"

北小武立刻讨饶起来，说："女大王，你就饶了我吧！我以后再不说了。"

小九拉着我，说："姜生，咱不入地狱，谁入地狱？不就一'妒妇'吗？咱还怕她不成？走！"

我说："姐姐，我肯定不行。我见了未央就打哆嗦。"

小九轻蔑地笑着说："你看你这德行！"

我下定决心，说："好的，我跟你去。"

再怎么着，我也不能被小九给看扁了不是？

我问凉生："未央在哪儿呢？"

凉生恍然大悟，说："我还真不知道她去哪儿了，刚才还在屋子里呢。"

为此，我们不得不分头去找未央。

我和小九在清水桥找到未央的时候，风云剧变，天空突然降下倾盆大雨。不出半分钟，我和小九的衣服全都湿透了。我们喊："未央，未央！"

可能她急着躲雨，并没往我们这个方向看，加上雨声太大，淹没了我们的呼喊声。

就在这时，我突然听到了未央凄惨尖锐的呼救声，但她已不在桥上，我的心突然沉了下去。清水桥一旦遇到雨天，桥面便会变得异常滑，经常有人从桥上掉入河中。

我急切地望向河面，面对这样的暴雨，能见度变得异常低。当我发现未央的时候，她已经被骤起的浪头卷到了远处。那时，我什么都没想，奋不顾身地跳下河。我没想自己很讨厌未央，没想万一我淹死了，就再也见不到凉生了。

我逆浪游到未央的身边时，她已经奄奄一息，几乎就要沉到河底了。我奋力拉住她在水中卷成束的长发，然后拼命地向岸边游。

雨急剧地落下，蒙住我的视线。我的体力渐渐耗尽，我听到小九在岸边疯狂地喊叫："姜生，姜生，你千万别淹死啊！"

游近河边的时候，我突然看到了凉生跟北小武的影子，凉生几乎疯跑过来。这时，一阵大风推起一排浪头，未央突然从我手中滑掉，我的身体也失去了控制。眼看着凉生越来越近了，我脑子中竟然闪过一个极其可笑的念头：如果凉生来了，会先救谁呢？

他应该会先救未央吧。想到这儿，我感到一种骤然的疼痛密密麻麻地布满我的心脏。疼，特别地疼。这种疼痛使我骤然清醒，反身去找未央，然后狠命地拽住她，奋力地朝岸边划。那一刻，我才知道，原来，真的可以"化悲痛为力量"。

我用尽最后的力气将未央拽到河岸，看见凉生跟跟跄跄地赶到，便把未央的手放在他冰凉的手里，冲着他笑，然后缓缓地闭上眼睛，慢慢地沉了下去……我确实需要这样来深深地憋上一口气，否则，我的双眼会流泪。可我又不愿意让别人看到我哭。

当我从河里钻出的时候，凉生正在河边一脸焦灼地给未央做胸外按压和人工呼吸。雨水打湿他们的脸、他们的发、他们的唇，也打湿了我的脸、我的发、我的唇。

我在河里静静地看着。那一刻，我突然想起了人鱼公主的故事。曾经她也在漫过胸膛的海水里，看着公主将自己喜欢的王子带走。

最终，我的眼泪还是不争气地滑了下来。

未央醒过来后，小九和北小武扶着她离开了。凉生在岸上安静地看着我，雨水在他的脸上肆意流淌，也在我的脸上肆意流淌。

我最怕他说"姜生，谢谢你"。

可是，他确实是这么说的。他说："姜生，谢谢你。"

突然，这一句话就成了我们之间永远的距离。以前我以为，凉生同姜生，姜生同凉生，是永远不需要谢的。因为凉生就是姜生，姜生就是凉生。

我冲他吐吐舌头，大声地喊："未央没事吧？"

凉生说："没事的，呛了一口水。小九他们把她扶回家了。"

别人或许会忘记凉生的右耳有些背，但是，我无法忘记。每次他倾听别人说话的时候都是将左耳略微倾斜，唯独听我说话时不需要这样。这么多年来我一直记得他右耳上的伤，所以总会大着声音说话，让他听清晰。

我不知道凉生还记不记得，我曾偷偷地哭着说："哥，我宁愿是自己变成聋子。"

而他说："傻瓜，凉生是男孩子，没事。你是小姑娘，变成聋子会嫁不出去的。"

我故作生气地问凉生："刚才我沉下去，你不怕我出事吗？"

凉生说："不怕，因为你这个坏习惯从小就有，一遇到什么不开心的事情就喜欢憋气沉到水底。"

可是，我不甘心，继续追问："可我要是真的淹死了怎么办？"

凉生一把把我拽到岸上，说："哪里有那么多可是？如果有那么多可是，那我就白做你哥哥了。"

我上来就开始打寒战，心底突然讨厌极了这个词语：哥哥。

凉生就笑，用手给我挡雨。

我突然开始发冷，而且这种感觉越来越强烈。我就说："凉生，我怎么这么冷啊？"

凉生将手贴在我的额头上说："姜生，坏了，你在发烧！"

31
世界上第一大笑话

那天晚上，我被凉生从诊所里背回来后就一直在说胡话。我说自己真该一直活在清水河里，做一只水妖，又说自己不是人，是一只猫，一只叫姜生的猫。

凉生不停地给我喂姜汤，用湿毛巾帮我退烧。

面对着凉生那么坏的脸色，小九和北小武都在一旁沉默着。父亲和母亲也守在一边，我并不知道他们会担心，因为在我的眼里，他们都是没有喜好的孤单之人。

我醒来的时候已经是隔天中午了。凉生看我醒来，高兴得傻笑，跟吃了山珍海味似的。

我说："哥，我怎么这么饿啊？"

凉生连忙给我端来面条，说："来，我喂你吧。"

然后，他看我一口一口地吃下，脸上止不住地笑。

我问他："未央呢？"

"我一大早就让北小武把她送回家了。"他想了想，又说，"你知道未央的姐姐叫什么吗？"

我摇摇头，狐疑地看着凉生。

凉生笑了笑，说："算了，等你好了，我再给你讲，以你现在的智商听也听不懂。"

说完，他吹了吹碗里的面条，继续喂我。

奇怪的是，那时候，我竟然没有刨根问底的兴趣。

凉生说："姜生，等你好些了，我想和北小武去打一个月的工。我们不能事事都靠北叔叔，你说是吧？"

我点点头。其实，我在想，我也该去找份适合自己的工作，赚点儿钱，赔程天佑一部手机，免得惹来一身麻烦。

程天佑跟宁信是什么关系呢？我越想越好奇，但问小九的时候，她一脸不屑地说："关于他的事，你还是少知道一些的好。再说了，姐姐我又不是江湖百晓生，怎么可能知道呢？"

我在养病的日子里，竟然很少笑。这一点，连我自己也感到奇怪。北小武跟凉生说："八成是你这个妹妹烧傻了，失去笑神经了。"

所以他们开始极尽可能地逗我笑。北小武做出各种各样的怪样子，但我竟然连笑的冲动都没有。

北小武说："姜生，你还记得吗？当时你抱着小咪去上课，咱老师说，摩擦这只猫的毛皮，可以产生电。你还记得咱们班有个傻瓜怎么说的吗？"

我摇摇头。

北小武就大笑："那傻瓜说，老师，那发电厂得养多少猫啊？哈哈哈哈哈，好笑不？"

我摇摇头。

凉生说："北小武，你好像忘了告诉姜生那个傻瓜的名字了吧？"

北小武很不乐意地看着凉生，跟我说："当然了，当时那个傻瓜就是我。"

我笑了一下，说："我好像记起来了。"

小九把北小武拖到一边，对我说："姜生，姐姐给你讲个笑话听。你一定要笑啊！我这辈子可就指着这个笑话活着的。"

接着，她就滔滔不绝地讲起来："我不小心踩死了一只蚂蚁，小蚂蚁伤心地哭起来，说'那是蚁后。呜呜呜呜……我们没有蚁后了'。"

小九说完就自顾自地笑起来。

我也笑了一下。

北小武自嘲地笑了笑："这笑话好冷。"

小九低头，不说话。

那天，小九扶我去上厕所，突然问我："姜生，什么是世界上第一大笑话，你知道吗？"

我的眼睛突然酸涩，摇摇头——最大的笑话在我心底，我却永远没法告诉别人。

小九的眼睛也充满迷茫，滢滢着泪光，她说："姜生，你知道吗？对于我来说，世界上最大的笑话就是北小武说的'小九，我爱你'！"

她用清秀的脸仰望着天空，说："姜生，你知道吗？这个暑假，我为什么来魏家坪？因为我想要一份回忆，单纯关于我和北小武的。"

然后，她又深深地看了我一眼，说："因为，我很快要离开这座城市了。"

32
水煮面，是你疼我的一种方式

那天夜里我没有睡，满脑子都是小九的眼睛，那么迷茫，满是泪光。很久以来，我对小九从抵触到接受，从接受到喜欢。她是那样无拘无束地活着，没心没肺地笑啊，哭啊，飙车啊，满口脏话啊。我很想告诉小九，你这个样子，你妈见了会难过的，可是小九告诉过我她没有母亲，她六岁时，她的妈妈就死了。说这话的时候，小九叼着烟，烟雾缭绕着她白皙的皮肤，她的脸上泛着几粒小雀斑，精致而可爱。

小九翻了一个身，说："姜生，你睡了没？"

我说："没。小九，我想起你白天说的话，心里就堵得慌，睡不着。小九，你别走好吗？"

小九说:"姜生,你是个傻丫头,快睡觉吧。要不明天咱们就没精力到魏家坪的草地上作威作福了。"

早晨醒来的时候,我见凉生正在给父亲洗脸,晶莹的水珠在他细长的手指中闪着光,如钻石一样。不知道他跟父亲说了什么,父亲咧着嘴不停地笑,脸上的皱纹像刀刻一样。

我一边看,一边用凉生给我买的新牙刷刷牙。我长了这么大,还真没用过这么贵的牙刷,所以不停地刷。牙膏的药香味儿弥漫在清晨的阳光中,我的嘴巴里堆着满满的泡沫。我冲凉生笑,感觉眉毛和眼睛都飞起来了一样。

凉生给父亲擦干脸,然后很小心地在他的下巴上涂满泡沫,小心翼翼地给他刮胡子。

凉生看了看我,说:"姜生,你看你,把自己弄得跟只小猫似的。"

然后,他停下手看看父亲,又看看我,笑着说:"爸,你看你和姜生,一只大花猫,一只小花猫,真不愧是父女俩啊。"

父亲偷偷地看我,笨笨地笑,像个做了错事的孩子一样。

这么多年来,我几乎不喊他爸爸,更不跟他搭腔。

小时候,他在我的心里埋下了陌生和仇恨的种子,到现在,终是疏离。

可是,为什么此刻我看着他满脸沧桑、落寞的样子,鼻子会酸?

如果当年,他也像宠溺凉生一样宠溺我,哪怕是多牵一次我的小手,多给我一个微笑,多给我一次温暖的怀抱,那么现在,我也会像凉生一样,腻在他的身旁,像天下所有父亲膝下娇憨的女儿那样喊他爸爸,对他撒娇,看岁月在他的脸上留下刀刻一般的沧桑。那么今天给他的下巴涂上泡沫的是我,拿着刮刀小心翼翼地给他剃胡须的也是我。

可是,那时他并没多给过我一个微笑,多给过我一次拥抱。所以,我只能酸着鼻子刷牙,然后让那些牙膏的泡沫被风吹散,如同我冰冷的童年一样。我冲父亲尴尬一笑,急忙漱完口,转身回屋。

我和小九躺在魏家坪的草地上。不远处,有一帮小孩儿在一起玩。

他们就像刚从土里钻出来似的，灰着小脸蛋，每个人的身上都沾满了泥巴和小树叶。他们玩着我们曾经玩过的游戏，单着腿跳，相互对撞，然后倒在一起，有咧嘴哭的，也有咧嘴笑的。

我随手摘了一朵苦菜花别在小九的头发上。云彩懒洋洋地从天空飘过，很久以前，我和凉生还有北小武也像这帮孩子似的在这片草场上厮混。那时候，凉生取代了北小武成了魏家坪最斯文的"小霸王"。那时的他有着最光洁、白皙的皮肤，像个瓷娃娃一样，在魏家坪的草场上飞跑，汗流浃背。

我指着那些小孩儿对小九说："小九，我和凉生就是这么长大的。还有北小武，曾经还是这个草场上的'小霸王'，直到凉生来到这里。"

小九就笑，说："姜生，你知道吗？看着这些小孩子，我仿佛看到了小时候的北小武。尽管认识他的时间没有你久，但我真感觉自己是从他的生命里完整地走过一般。"

听小九这么一说，我相信了她以前说的话——她说她也差一点儿成了诗人。

我说："是啊，看着这些孩子，我仿佛还能听到北小武他妈喊他吃饭时的情景呢。我和凉生就没这么幸福了，因为我们早已经回家煮饭去了。

"我第一次煮饭的那一天，凉生去县里参加红领巾竞赛。他没有回来，所以我只好踩着小板凳往锅里添水煮饭。可是我踩偏了，一头栽到门上，头上肿起一个好大的包，还星星点点地渗着血。母亲从地里回来的时候吓坏了，一直抱着我哭，用锅灰涂抹我的伤口给我止血。我却没哭，只是撇着嘴，眼睛直溜溜地望着门外。我在等凉生，因为他答应我，要给我买麦芽糖回来吃。

"那时，我们管麦芽糖叫大麦芽子，拇指肚大小的糖粒，一毛钱十块，如果和老板熟悉的话，他会给你多加一块。这种糖的香甜，我一直记得。它从凉生的指端一直甜到我的舌尖，再到心里。凉生每一次买五块，一粒一粒地塞到我的嘴里，微笑地看着我吃。他从来不吃，因为不舍得。吃完后，我意犹未尽，总会像只小猫一样再去嗫他的手指上残留的甜味儿。凉生就看着我笑。

"那一天，凉生回来的时候，我挣脱了妈妈的怀抱，一直牵着他的衣角哭。直到凉生拿出大麦芽子，我才止住了哭泣。凉生不停地摩挲着我的头发，说'姜生，你怎么这么不小心？！'

"从那天起，凉生再也没让我碰过锅台。他只会做面条，于是，我就日复一日地吃面条。"

这时，小九突然坐了起来，说："姜生，快中午了，凉生不会又给我们做面条吃吧？"

我点了点头，说："小九，凉生就会做面条。"

小九抓起一把野草往天上扬，然后说："姜生啊姜生，来到你家，我还不如做一只吃草的兔子呢！"

很久以前，凉生问过我是不是吃面条吃腻了，我摇摇头说没有。

凉生便说："哦，那就好。我就是怕你吃腻了。"

其实，我一直都知道，凉生不想我做饭，一直记得那天我头上的肿包和我扯着他的衣角哭时的眼泪，而他又只会做面条。

所以，凉生，这么多年来，水煮面是你疼我的一种方式。

33
我是多么糟糕的一个女孩儿

小九离开的前一天，魏家坪下着小雨。当时我并不知道，这个雨天过后，彩虹挂上清水河，就是我们离别的日子。

当时，小九还问我："姜生，有酒不？"

我说："家里没有，你要喝的话我去小卖部给你买。"

我和小九买了酒后并没回家，而是去了那片酸枣林。雨"淅淅沥沥"地下，淋湿了我们的头发。

小九问我："姜生，你有没有感觉，很多时候一个人对你越好，你就越内疚？"

我想了想，点头。曾经，我用饭盒打伤了凉生，凉生却没责怪我一句；我对他发脾气，抱怨他的母亲毁掉了我的母亲一生的幸福，他只是傻傻地站着，不作声也不回嘴。当然，这些，我并没有说出来。它们已经烫伤了我的心，我不想它们再烫伤我的舌头和双唇。

小九说："北小武那傻瓜对我越好，我就越内疚。他多看我一眼，我的心就多疼一次，所以，姜生，我得离开了。"

说完，她将酒瓶缓缓地举起。

我安静地听着啤酒滑过她的喉咙的声音。

小九说："姜生，其实我并不愿意喝酒、抽烟、打架、飞车。有很多时候，看着你，看着金陵，看着未央，看着你们这样的小女孩儿，我就想，如果六岁那年，母亲没有离开我，现在我是不是也像你们一样，剪着清汤挂面似的头发，有一双温暖的小手，见到自己心仪的男生会偷偷脸红？可是，姜生，这些所有年少的美丽都离我好远好远，我就是见到了自己喜欢的男孩子，也只能大大咧咧地轻狂着。

"我身上有那么多不美好的过去。有一天，我做了一个梦，梦到自己的身上沾满了脏兮兮的泥巴。我洗啊洗，可是任凭怎么洗都洗不掉。我搓着自己的皮肤，直到它们发红，直到它们剥落。我看到了自己的骨头才明白，原来，我本身就是脏兮兮的。不是泥巴弄脏了我，而是我弄脏了泥巴。"

说完，她就大口灌酒，然后大笑，擦了擦嘴角的泡沫，很纵情地朗诵着：

绿色的酒瓶
粉色的双唇
它们交接的地方

是那些飘逝的青春

它们就那么华丽地走了

只剩下可怜的小九

还有可怜的眼泪

流啊流

…………

  我傻傻地看着她舞动着的身体，不知所措。

  小九冲我笑笑。雨水中，她的头发不再蓬松，而是那样温柔地贴在她的耳际。我说："小九，别喝了，早知道你会这样，我就不给你买酒了。"

  小九把脸凑到我的眼前，用手扒着她红红的眼睛给我看，然后说："姜生，你真讨厌。我不喝酒，怎么能流出眼泪？没有眼泪，我怎么给你讲下面这个悲惨的故事呢？"

  那个时候，我和小九都没有发现，北小武正欢天喜地地奔来。

  小九将脑袋靠在我的肩膀上，说："姜生你看，我的眼泪都流光了。我得喝些酒补充一下水分，才好流泪。姜生啊，我来到你们家才知道，咱俩真是同命的姐妹啊。你的父亲抛弃了你和你妈，而我妈抛弃了我和我爸。"

  我怯怯地问："小九，你不是说你六岁时，你妈就去世了吗？"

  小九将酒瓶扔在地上，捞起另一瓶喝了一口，说："姜生，你就一傻妞，别人说什么你就信什么。是不是程天佑说他喜欢你，你就真当自己是他的真命天女了？笨啊！"

  说完，她用手指直戳我的脑袋。

  我的脸"腾"地红成一片，我低声说："小九，你瞎说什么呢？"

  小九摇摇晃晃地看着我，笑着说："姜生，你知道我为什么喜欢你吗？因为我觉得你和北小武一样，都特蠢、特傻、特死心眼儿。姜生，你心里在想什么我都知道，可是我不会说，我怕你疼啊。"

  我说："小九，你醉了，咱回家吧，回家等北小武给我们带葱油饼和美林的烧鸡吃。"

小九摇头，说："我不想吃。我就想吃我妈包的韭菜馅饺子。"

说完，她就哭了。她还说："姜生，我宁愿她在我六岁那年死了！这么多年来，我恨她！可是，姜生，我真想有个妈妈，想跟她撒娇，跟她要漂亮衣服，让她把我打扮得像你们这些小妞这样清秀……"

说着说着，她的眼泪和鼻涕流在一起，她说："姜生，有个秘密在我离开之前我一定要告诉你，但你一定要替我保守，一定要替我保守！"

我点点头。

小九终于不哭了，扔掉酒瓶，擦干眼泪，安静地看着魏家坪的草场。她说："我六岁那年，妈妈就扔下了我跟爸爸。后来，我成年了，有能力了，就找到了那个将母亲带走的男人。"

我傻傻地看着小九。

小九自嘲道："我知道我很坏，可我恨我的母亲！我想让她知道那个男人根本不把她当真！我想让她痛苦，让她感受到这十年来我生活在对她的思念和渴望中是多么痛苦！可她竟那么平静地告诉我她知道，可她就是喜欢他，没办法。"

说到这里，小九又哭了。她说："从此我就开始鬼混，当自己是被她丢弃了的垃圾，直到碰到北小武……"

她喊北小武名字的时候，声音颤抖得一塌糊涂。她说："姜生，只有北小武把我当作一个纯粹的女孩子来照顾。可是姜生，你都看到了，我是多么糟糕的一个女孩子……"

小九说完就安静地呆站在雨里，像一个无家可归的孩子。

久久的沉默过后，小九说："其实我一直都想问问她，离开我这么多年，想起我的时候会不会难过……"

说完，她抬头看着我，一瞬间表情变得异常复杂。

我转身，只见北小武愣愣地站在我们的身边，雨水从他的发梢滑落，悄无声息。他的手里拎着两大包东西——昨天小九对他抱怨凉生总是煮面条，所以他今天一早就屁颠屁颠地跑到县里去给小九买美林烧鸡和葱油饼了。

34
我不会允许任何人伤害到你

以前我从来没仔细看过北小武，直到今天才发现原来北小武是那样好看，不同于凉生的清奇，而是有种邪气的美。可是此刻，他的眼神里布满了惶惑和疼痛。

小九也呆呆地看着他。

雨点渐渐地密起来，小九的面容变得惨白，她就像没有血色的玻璃美人一样站在北小武的对面。袋子从北小武的手里落到地上，他沉默着，用力地将身上的衣服脱掉，然后默默地撑在小九的头上，对着我挤出一个笑容，说："姜生，拎着袋子回家吃饭，看看你武哥给你带回什么来了！"

然后，他又用力冲小九笑，说："咱回家吃饭吧。别淋成落汤鸡。"

北小武说到最后一个字时，声音变得好细好细，几乎吞进了嗓子里。

可是，我能看到，小九也能看到，他如墨玉般通透的瞳孔渐渐被一种血红包围、浸染，像极了凉生看着我和何满厚两个人被带走，歇斯底里地喊我妹妹时的眼神，疼痛欲裂！

午饭时，我们三个一直沉默着。尽管北小武不停地冲小九笑，可是我觉得他笑得比哭还难看。

饭后，凉生悄悄地问我："姜生，发生什么事了？"

我就哭着说："小九真可怜。"

凉生揉揉我细软的头发，说："姜生，别哭。小九不是还有北小武吗？"

我仰起脸看着凉生，眼泪从我的腮边滚落。我说："哥，如果将来我受到伤害，你会像北小武守着小九那样，一直守着我吗？"

凉生的脸立刻变得严肃起来，他说："姜生，我当然不会像北小武那样。"

说到这里，他顿了一下："因为，我不会允许任何人伤害到你！"

看着凉生紧紧抿着的嘴唇，突然有一句话一下子蹦到了我的嗓子眼儿，可是我硬生生地把它压了回去。我很想问问他，这个"任何人"里包括未央吗？

可是我没问，只是对着凉生傻乎乎地笑。

35
北小武，是个死心眼儿的人！

小九还是走了。

她没有留下一句话，没跟我说，也没跟北小武说，更没跟凉生说。

睡觉前，我还跟她说："北小武那么好，你还会走吗？"

小九笑着摇头，说："不会了，不走了。"

那天夜里，我就给她讲北小武的事情。从他小时候，到他念高中，每一件有趣的事情我都讲给小九听。我说："小九，你看，我替你在北小武的生命里走过了。我不愧是你的好姐妹吧？"

小九就笑。

我突然难过起来——是不是也会有那么一天，我要将凉生的事情讲给未央或者其他什么女子听？从他六岁时，我做鬼脸吓哭他开始讲起，然后也要对她说"你看，我替你从凉生的生命里走过了"吗？

小九说："姜生，我也给你讲讲小公子的事情吧。当然，我也是听别人说的。他们这种人，我也够不着。"

程天佑？我皱起眉头。我说："小九，我才不要听他的事呢！我给你讲北小武的事吧！他六年级的时候，上课看小说被数学老师逮到罚站。结果他一直半蹲着，就是不敢站直，你知道为什么吗？"

说完，我就"哈哈哈"地笑。

小九就皱着眉头，吃惊地看着我："姜生，你变了！"

我的脸"腾"地红了，过了好半天，我才说："小九，你想什么呢？那是因为北小武的裤子被凳子上的钉子给挂住了！他站直的话，不就撕破裤子把屁股露出来了吗？他的屁股那么大！"

说到这里，我又"哈哈哈"地笑起来，笑够了才正色地看着小九，问："你当是什么？"

小九说："是我多心了。想想也是，那时你多纯净，还是'娃哈哈'吧？还有北小武那厮，那时候也不知道有没有发育成熟，怕是还分不清男女吧？"

说完，她也大笑起来。整个夜空里只有孤独的月亮和我俩巫婆似的笑声。

我说："小九，我忘了告诉你，北小武最终还是站直了，是老师拧着他的耳朵将他拉直的。教室里只听到一种声音，便是北小武裤子的裂帛声。"

小九说："那北小武就光着屁股在你们的教室里了？"

我得意地说："哪能啊？有我这么机智的人在，怎么能让北小武的贞洁不保呢？我用透明胶带又给他粘起来了。那时，数学老师还当堂表扬了我的机灵呢！说我将来会成为科学家。从此我就酷爱科学研究，直到后来才幡然悔悟、迷途知返。"

小九笑："发生什么事了？这么打击你对科学华丽地追求的积极性啊？"

我叹气道："后来自然课的时候，老师教我们各自做一个实验，选题、方案都自己定。结果那天我感冒了，就让北小武给我操刀了。结果北小武那厮给我做了一个超级华丽的实验。题目是证明蜘蛛的耳朵是长在腿上的。材料有蜘蛛、白纸、桌子、小刀。接着第一步，将白纸放到桌子上，将蜘蛛放到白纸上，用力拍桌子并大吼'跑'！蜘蛛就跑了。第二步，用小刀将蜘蛛的腿全割掉，然后放到白纸上，再次用力拍桌子大吼'跑'！蜘蛛不动。由上可得，蜘蛛的耳朵是长在腿上的。"

小九笑得直翻白眼："北小武这个白痴！那他自己做了个什么实验啊？"

我说："他的题目是证明姜生是科学白痴。材料就是姜生的白痴科学实验报告。"

小九脱口而出："北小武还真是个睚眦必报的主儿啊，太小人了。"

我点点头，说："是的，小九，你也看出来了，北小武就是一个这么死心眼儿的家伙。别人对他不好，他死记住；别人对他的好，他也死记着。他认准了谁，那么九头牛也拉不回来。所以，小九，别离开好吗？北小武，是个死心眼儿的人！"

小九笑得睫毛上挂满细密的泪珠。她说："姜生，我给你讲一个小公子的笑话啊。算了，不说他了。这种人你知道他的事越少越好，离得越远越好。"

我说："小九，你对小公子的成见可真够深的！"

小九淡淡地说："姜生，程天佑或许不是个坏人，但是也绝对不能算个好人。好了，不说那么多了，快睡觉吧。"

我听小九的话，很快就睡了。可我醒来的时候，小九已经离开了。

北小武一直问我："姜生，你跟我说说，小九去哪儿了？你跟我说说吧！"

我的脑袋摇得跟拨浪鼓一样。是的，我确实不知道，小九怎么会选择在一个漆黑的夜里离开？离开的时候，她有没有看看满天的星星，有没有觉得这满天的星星特别像北小武固执的眼睛？

北小武傻了一般开始自言自语。他对着昨天吃剩的葱油饼问小九去哪儿了，然后又对着那半只烧鸡问，最后跑到墙角对着小九喝酒留下的酒瓶问。

他说："你跟我说说，小九去哪儿了？你跟我说说吧！"

36
我就那么不像好人吗？

北小武对凉生说："我要回省城去找小九！"

他觉得小九肯定回了她的小出租屋，除了那个小出租屋，她别无去处。

我忧伤地望着北小武，没想到会是这样——这个本来只会嬉皮笑脸、游戏人间的男孩儿突然长大了，变得冷漠而忧伤。

我又看看凉生。此时，我仿佛懂得了为什么我的凉生那双好看的眼睛里总是盛满忧伤的光。

凉生拍拍北小武的肩膀，说："我和你一起去吧。反正我早就跟姜生商量好了。我想早回学校，一来可以复习功课，二来可以趁暑假打打工，增长见识。"

可是，当我们回到省城，才发现小九的出租房已经更换了铁锁。北小武一直在门前坐到半夜，才等到有人回来，而那个人不是小九。直到那一刻，他才知道，如同他的死心眼儿一样，小九也是那样倔强。

幸福就像一件浑然天成的瓷器，一旦碎裂，便不可能完好如初。

那天夜里，我和凉生跟着北小武来到"宁信，别来无恙"。

金属质感的音乐敲打着人的耳蜗。我并没注意到有一双眼睛正在注视我们这个方向。

凉生说："姜生，我出去打一个电话，你看好北小武，别让他乱跑。"

我点点头。

可是没等凉生走出门，北小武已经挤进了人群。我像一个少不更事的傻瓜一样紧跟着他。

在疯狂的人群中，明灭不定的灯光下，我手足无措。北小武早已忘记了我，不知扭到哪里去了。在人群的夹缝中，我只能不断地躲闪，像个迷路的孩子。直到有一个人来到我的面前，挡去了我周围的舞动的人群。

他说："小家伙，你不该来这里。"

我抬头，迷离的灯光勾勒出程天佑那张明媚的脸。他带着几丝玩味的笑，皱着眉头看着我。

我刚要说什么，他却一把抓住我的手，将我拉出这片舞动的人海。刹那间，他的掌心传来的温暖与力度，让我的脸红了起来。

他把我挤到一个安静的过道里，一只胳膊靠在墙上，俯着脸看我，鼻尖几乎碰到我的额头,温热的鼻息游走在我的发丝间。他说:"你怎么跑这里来了?"

我用力往后靠,闭着眼睛大声说:"我来找小九!"

他用手指滑过我的鼻子,轻盈而迅速,一脸坏笑地说:"你这个样子至于吗?我就那么不像好人?再说,姜生,你就这么自我感觉良好啊?还有,谁允许你来这种地方?"

我连忙睁开眼睛抢白了一句:"我又不是小孩子!"

然后我又慌忙地闭上眼睛。

他摇头笑,说:"姜生啊姜生,我就这么难看,以至于你都不想看我一眼吗?"

说着,他一张脸越来越近。

我确实不想让他把脸贴到我的脸上,所以只有把眼睛睁开。我说:"这样总可以了吧?把你的脸拿开吧!"

程天佑就笑,坏坏的那种。

他自我感觉良好地说:"姜生,怎么着今天我也救了你一命吧?你跟两个男人一起来这里多危险,万一他们居心不良呢?你看,刚才那个男孩子出去,估计是去联系买家,准备将你卖掉!所以,从今天起,我们两个扯平了。你救了我一次,我也救了你一次,我们两清了。以后,不许你再像今天这样缠着我!"

程天佑这番没大脑的理论把我弄恼了。我说:"小公子,你有没有智商啊?今天晚上是你缠着我,不是我缠着你。再说,刚才走的那个人是我……"

我这个"哥"字还没出口,就被一个娇滴滴的女人给打断了。她说:"程天佑,怪不得最近找不到你!原来你是为了和这个狐狸精鬼混!"

我推开程天佑,冲着那女人笑,说:"你看咱俩站一起,谁更像狐狸精啊?"

程天佑一把拉住我,护在身后,说:"苏曼,你别在这里给人添笑话看。"

那个女人狠狠地看着程天佑,说:"你有种!"

然后，她从旁边拿过装饰用的维纳斯雕塑就向我打来。

那一刻，我想起小时候凉生对我说，城市的女孩儿都那么斯文。原来，他骗了我。至少，眼前这个，她就一点儿也不斯文。

雕塑落下的时候，程天佑将我护在身后，伸手去挡。但那女人好像练过什么武功秘籍，于是美人维纳斯"哐当"一声砸在程天佑的脑门上，瓷片四裂，像雪花一样扎进我的眼里。

剧痛之下，我尖声叫了起来。程天佑慌忙转身，看着蹲在地上紧紧捂住眼睛的我，迅速将我抱起，冲向停车场。

苏曼在一旁吓呆了——她没想到会伤到程天佑。

程天佑温热的血滴在我的脸上。他说："姜生，你忍着点儿，我们这就到医院。姜生，忍着点儿，别哭。"

说完，他就将我塞到车里，然后脱下衬衣包在头上，边开车边联系医生。

联系完医生后，他便腾出一只手紧紧地握住我的手。他说："姜生，别哭，咱这就到了，这就到了！"

迷糊中，我喊了一声"哥"。

那时，我想，凉生现在肯定在给未央打电话吧？他知不知道姜生受伤了呢？

因为眼睛的剧痛，我眼泪不停地流下来。

37
程天佑这厮绝对没碰上一个像我这么有智商的女子

我眼睛上缠着厚厚的纱布，眼前仿佛一个白色的天堂。

我从床上爬起来，用手小心地触摸纱布。我想，完了，我不会瞎了吧？只知道红颜祸水，却不知像程天佑这样好看的男人也是祸水！

突然，有一只手抓住了我正在摸索的手。他开口，声音因熬夜而略嘶哑，说："别动，会感染的。"

我紧紧地握住他的手，说："我不会失明吧？"

程天佑冷哼："我也想你失明。这样我随便找个地方将你一扔，你就再也找不到回来的路找我纠缠了。"

我皱皱眉头，也学他冷哼："纠缠？我对仇人向来采取漠视态度！某些人是被身边那些狂热的女人宠坏了吧？当自己是全天下女人的王子了？"

程天佑一把将我推倒在床上，说："姜生，你别跟我贫嘴。你再顶撞我，我就不给你治疗了！"

我转身，将面孔朝里，说："有本事你就将我扔出门去，我还真不稀罕你救我！我怕自己的伤还没好，就被你狂热的女子小分队给歼灭在医院里。唉，幸亏人的眼睛只长在脸上，要是全身都长，我现在还不被缠成木乃伊？！"

我敢说，程天佑这厮绝对没碰上一个像我这么有智商的女子，所以他总是一副很自得的样子。在同他一起的这十多个小时里，我用自己的智慧震撼了这个幼稚又狂妄的男人。

我本来想给北小武打电话，让他告诉凉生我在医院里。我怕凉生昨晚没找到我会担心。但最终我没有打——我固执地想知道凉生会有多担心。他会害怕，会惶惑，会哭吗？

第三天，医生将纱布给我摘下来，我的眼前又是一片澄明的世界，就是眼球上还残存着划伤时留下的红血丝，而且眼皮有些肿，有些像金鱼。

我在想，我回去怎么跟凉生说呢？说我因为遭遇一衰神男人而被误认为第三者，惨遭殴打，住进医院？

程天佑接我出院的时候，他的头上还包着纱布。只是，他戴着小运动帽给遮住了，并不影响他的魅力值。

我们从医院里走出来的时候，却见到了未央。

我和一个叫作程天佑的、好看的、年轻的男人一大清早从医院里走出来,碰见了我的同年级同学。

而且,我一副病恹恹的样子,眼睛红红的,眼皮肿肿的。由于程天佑的"虐待",我还没吃早饭,就这么有气无力地出现在未央的面前,她会怎么想?

就在那一刻,我主动上前澄清,老远就冲未央打招呼,满脸微笑。我说:"嘿,未央,怎么是你?我眼睛受伤了,在这儿住了两天院。"

未央微微一笑,并不搭话,而是对程天佑说:"天佑哥,我听姐姐说,我同学姜生住院了,就过来看看。姐姐说,让我接她回家养几天,正好和我做伴呢!"

然后,她热情地拉着我的手,跟久别重逢的老战友似的,对我笑着说:"对吧,姜生?一个暑假不见,可想死我了。"

说着,她就将我往车上拉。

天佑皱眉,说:"宁信是怎么知道的?那天她不是不在吗?"

未央笑:"多新鲜,你最近老往店里跑,还从店里风风火火地抱走一个人,我姐哪里能不知道?"

这时,我恍然大悟。凉生曾经问过我知不知道未央的姐姐是谁。我怎么也没想到,未央的姐姐竟然是宁信!

程天佑这个小人最终看着我上了未央的车,自己一走了之。他说:"姜生,再见!"

我皱了皱眉头,胡乱地说了一句:"程天佑,不见!"

未央在车里像公主似的坐着。她说:"姜生,你的眼睛还疼吗?"

我看了看她,点点头。这是第一次她对我说话这么甜美,甜得让我有些摸不着北。

未央埋怨我:"你不在的时候也不给凉生和北小武打个电话,都不知道他们多着急。凉生差点儿将北小武吃掉,一口咬定是北小武将你弄丢了。"

我说:"哦。"

未央笑，说："幸亏我姐姐让我打电话告诉他们，你这两天住在我的家里和我一起玩，凉生才安下心来。"

"啊？"我看看未央，不知该感谢还是该提问。

未央笑，说："我总不能跟凉生说，你半夜被一个大男人抱走了吧？这个样子多不好听！是吧，姜生？"

既然未央都这么说了，我也只好点头。

未央说："一会儿回家就这么跟凉生说吧。这样，你还少生一些事。"

我点点头。

离开前，我想起未央前些日子的离家出走，回头问她："未央，你家里没事了吧？"

未央一愣，说："没……没事了。"

38
反正我不允许任何人欺负姜生！

两天不见北小武，他不再那么神志不清了。他坐在我们暂时租住的小屋的露台上晒太阳，见到我，说："姜生，你回来了？未央没来吗？"

我摇摇头。我说："北小武，凉生去哪儿了？"

北小武说："哦，忘了告诉你了。昨天，凉生找了一份零工，帮人推销咖啡。"

我轻轻俯身，坐在北小武的身边。我说："有小九的消息了吗？"

北小武用力地吸吸鼻子，说："没有。"

他在地上不停地涂鸦，眼泪一滴一滴地滴在水泥地面上，又瞬间蒸发。他抬头看看我，说："姜生，怎么办？我把小九给弄丢了。"

说完，他像个孩子似的抱着膝盖哭。

我扯扯北小武的胳膊，问他："你相不相信小九会回来？"

北小武抬起头看看我，眼泪鼻涕一大把，说："为什么小九会回来？姜生，你是不是知道她在哪儿？姜生，你告诉我，我这就去找她！姜生，我那么喜欢小九，就像你喜欢凉生那样喜欢！不，虽然这两种感情可能不一样，但是，都一样的一碰就疼啊。"

我笑了笑，说："是的。小九说她两年后就回来，因为这个城市有她喜欢的男孩子。等他能像一个男人一样站在她的身边保护她的时候，她就回来！"

北小武就笑，说："姜生，你发誓你不骗我！"

我点点头，说："我发誓。每个女孩子都希望有这么一个男子，可以像一座雕塑一样守在自己的身旁，给自己像天神一样的保护。"

凉生回来的时候，北小武正在擦眼泪。凉生看着我的眼睛，说："姜生，你的眼睛怎么了？谁欺负你了？"

我摇摇头，说："没什么，我跟着北小武一起学兔子。"

凉生松了一口气，说："我还以为这两天未央又欺负你了。"

北小武推了凉生一把，说："你别说得跟真事似的。如果未央欺负姜生，你还能替姜生出头不成？"

北小武的话说得我心生荒凉——北小武有小九，凉生有未央，纵使他们再疼我，我们也回不到童年了。那时，他们俩是我的大马，我想骑谁就骑谁。我最喜欢用北小武做大马，因为他和我年龄相仿，身量相当，骑起来容易。

凉生看了看北小武，说："反正我不允许任何人欺负姜生！"

夜里睡觉的时候，凉生给我点了一支蚊香，无奈地摇着头说："姜生，你就是只小猪，连蚊香都不会自己点，将来怎么照顾自己啊？"

我正用手电筒照着看日历，抬头看看凉生，说："哥，你知不知道最近有个很重大的日子啊？"

凉生迷茫地摇摇头，说："不知道啊。国庆？元旦？好像都有一段距离吧。"

我气鼓鼓地睡下，不理凉生。

凉生给我关上门，边关门边念叨："哎呀，到底是什么重大的日子呢？什么重大的日子呢？我怎么没有一点儿印象呢？"

凉生走了，我的眼泪也落下来了。

39
凉生一直记得那个很重大的日子

北小武突然转变成了一个积极青年，开始和凉生一起做兼职。

其实，我骗了他——小九没有告诉我她会回来。我只是不想看着北小武一直难过。而且，我相信小九会回来的。

因为如果我是小九的话，从天南到海北，再从海北到天南，当所有繁华红尘都斑驳落尽的时候，就会回来的。人的生命中最不能割舍的就是最初萌生的感情，无论经历多少繁华，总会记得那个陌上少年清秀的眉眼。

因为未央，我在"宁信，别来无恙"隔壁的冷饮店做收银的兼职。这个冷饮店也是宁信开的。偶尔，我会见到程天佑去"宁信，别来无恙"。他路过时看我的目光很飘忽不定。在他的面前，我仿佛成了一个透明体。

有几次，宁信在门口见到他总是讶然，先看看他，最终目光落到我的身上。

我只管埋头收钱。一天下来，我最幸福的事情就是数钱，最痛苦的事情也是数钱——因为点数整齐后，我得一分不剩地交给值班经理。

回去后，我就跟北小武讲："北小武，你真不知道，粉生生的票子从自己的手心里过,自己却留不下分文,这感觉有多么痛苦!"

北小武说:"别跟我说这个,我和凉生明天就要发工资了!我们一点儿都不痛苦。"

凉生说:"姜生,快睡觉吧,天不早了,小心脸上生痘痘。"

"哦,知道了。"我晃晃悠悠地走回自己的房间,"哥,再见。哥,晚安。"

然后我仅存一线希望地转身,问:"哥,你知不知道明天是个很重大很重大的日子?"

结果他们已经把门紧紧地关上了。

第二天,我怀着极大的委屈起床,却不见凉生和北小武。我想,开工资的动力就是大,平时也没见他们这么积极过。

凉生给我留了早饭——一杯豆浆,两根油条。他在字条上写着:

姜生小朋友,我和北小武可能今晚不回来了。我们领工资后,可能直接去玩通宵。

——你的凉生大朋友

下午的时候,程天佑从我兼职的店前晃过两次,最后走了进来,趁着无人停在我的身边,审视着我的眼睛,半天才说:"姜生,你的眼睛没事了吧?"

我笑笑,摇头,说:"没事了。"

程天佑思忖了一会儿,说:"姜生,是我对不住你。"

我说:"真没什么,小公子,你别内疚了。"

说完,我才发现自己说漏了嘴,连"小公子"都喊出来了,好在程天佑没在意。

他手指不自觉地敲击着台子,似是在下什么决心。这时我才发现,他的手指是那么纤长而具美感,像极了某个梦境里,白色的钢琴旁,衣衫平整,手指翩然……等等!姜生啊姜生,你又犯花痴了!手指有什么好看的？！

他迟疑了良久，说："姜生，我这个人从来没跟人道过歉，今天是第一次。我是想说，我请你吃个饭吧。这样，我的内疚会轻一些，我没别的意思……只想跟你道个歉，真的。"

我笑，说："其实，今天是我的生日，可是，没有人记得。我本来挺不开心的，好在今天能听你说这么好听的话。"

这时，未央从门外直冲进来，脸色苍白，也不管程天佑还在，拉起我的胳膊就朝停在路边的车跑去。

我吃惊地看着她，问："出什么事了，未央？"

她紧闭着嘴巴。直到车七拐八拐地开到了一家叫"天心"的小诊所门前，她才下车跑进去。我紧跟在她的身后，心突然跌到了谷底。

凉生安静地躺在病床上，左眼青紫，肿得老高，几乎和鼻梁一样高。北小武身上也沾满血迹，脸上有擦伤。他看看我，又看看未央。

未央紧紧地握着凉生的手，心疼地落泪。

北小武说："我们今天发工资是在外面发的，被一群小混混给盯上了。我和凉生刚下班走到一个小巷子里，就被他们截住了。其实，给他们钱也就好了，可凉生死活不肯给。我的手机也被他们抢去了，我刚才给你打电话用的是一个过路人的电话。"

未央看着凉生，说："你怎么这么傻呢？"

我低低地俯下身来，用手轻轻地碰了一下他的伤处，说："哥，很疼，是不是？"

凉生摇摇头，用力扯出一个笑容给我看。可能扯痛了伤口，痛得他直掉泪。

然后，他伸出握得紧紧的右拳，缓缓地摊开在我的面前——两张卷得不能再卷的粉红色钞票绽放在他的手心。

他看着我，嘶哑地说："姜生，其实哥哥一直记得这个很重大的日子。哥哥没有忘。只是现在哥哥没法给你买礼物了。你喜欢什么就自己买吧。你这么快已经是个大姑娘了。"

他用力挤笑容给我看，眼睛却因为疼痛加剧而流着泪。

我喊了一声"哥"，眼泪也"吧嗒吧嗒"地掉了下来。

凉生伸手给我拭泪，钞票从他的掌心滚落到地上。他说："姜生，别哭，别人会笑话的。生日的时候是不能哭的。"

凉生，在我四岁时，你给我第一口红烧肉吃。那时的你踩着凳子，踮着脚，晃着胖胖的小胳膊，往我的碗里夹肉。从此，我喊你哥，我是你的姜生，你是我的凉生。

十岁时，你在魏家坪那几棵酸枣树上刻下"姜生的酸枣树"几个字，每根枝条如是！那时，露水浸湿你单薄的衣裳，沾着你柔软的发。你疲倦地睡着了，脸上却有一种满足的笑！

今天，你给了我一份礼物。这时的你为了这份礼物躺在病床上，满身伤痕，只有漂亮的睫毛还是那样浓密。你说"姜生，别哭"，我便泪水决堤！

那天晚上，我将凉生送回家，在"宁信，别来无恙"门前，遇见了程天佑。

夜色缭绕中，我趴在他的肩膀上哭着说："天佑，天佑，我保护不了他！可是我不愿意别人伤害他……"

那一夜，我在程天佑的肩膀上哭得像个猪头。

40
你们这个样子，是不是太激烈了一点儿？

凉生受伤的那天夜里，我没有回家。我想着他在昏迷中却一直喊我名字时的样子就心如刀割。

小九曾经跟我说，姜生，坏女孩儿不是谁都能做得了的。说这话的时候，她手里夹着烟。火光在她的手指中间明明灭灭，仿佛一道生命留下来的伤疤，明媚鲜亮。

是啊，我多么没用，连做坏女孩儿都做不了。

我靠在程天佑的肩膀上，眼泪不断地流。视线模糊后，我似乎能看到凉生对我笑，看见他的清亮的眼睛，漂亮的眉毛，高挺的鼻子。他一直在喊我的名字，姜生，姜生。

然后，我就在程天佑的肩膀上睡着了。半睡半醒间，我似乎问了他："程天佑，你见过姜花吗？"

他点点头。

我说："我想看。"

他说："好。"

第二天，我是在程天佑的大床上醒来的。

阳光透过水蓝色的窗帘，洒在程天佑的脸上。他站在窗前，清晨的风吹过他的白衬衫。柔和的阳光短暂逗留在他白皙的皮肤上，为他镀上一层淡淡的金色，让他看起来像一个童话里才能见到的王子，在清晨的城堡中等待公主的到来。

那天清晨，我从他的侧影中读到一种孤独的味道，无从遮掩。

可能是听到了我翻身的声音，他回过头来，眼中原本淡淡的孤单稍纵即逝，取而代之的是一种暧昧、玩味的坏笑。他斜靠在窗户边，双手抱在胸前，说："姜生啊，你是不是特喜欢我的床啊？你是不是对我有什么不纯洁的想法啊？我可还是……"

我顺手扯过一个枕头摔向他，说："去你的吧！"

程天佑一手就挡开了，身手之利落不是我能想象的。原来小九没有骗我，他确实是跆拳道高手，而且是高手中的高手。

现在这个跆拳道高手中的高手将我拎到窗户边，用手按住我的脑袋，说:"姜生,你信不信我将你扔下去?"

我被吓得直哭,却不肯求饶,嘴巴跟铸了生铁一样强硬。我说:"你把我扔下去吧,反正我活够了!"

程天佑说:"姜生,我就不信你不说软话!你不求饶,我就真把你扔下去!让你再也见不到你喜欢的人,更别说保护他了。"

我一听就明白过来,昨晚在"宁信,别来无恙"门前,我哭着对他说的那些话,让他以为我恋爱了。

所以我对着他很轻蔑地笑,也不跟他解释,冷笑道:"你个乌龟!你个猪头!你快放开我啊!"

事实证明,那些日子,我很想小九,所以语言总是带着她的风格。可是程天佑似乎跟我死磕,就是不肯放手。

那个时候,我并不明白为什么他期待我求饶、说软话。后来我才明白,因为在小公子的过往记忆中,所有人都是对他充满敬畏的,对他又爱又恨的。他满世界地招惹人,满世界的人就回应他的招惹。所以,这导致他自恋成灾,以为没了他,全世界的春色就失去了半园之多。

我闭上眼,睫毛不停地抖动着。我直着脖子同他叫:"程天佑,你有种就摔死我!你敢摔死我,我就敢眼睛一眨不眨地横在地上!"

程天佑很轻蔑地笑:"姜生,这是十七楼啊,你家摔死的人还能眨眼?"

我一怒之下用脚踹他!他可能是被踹疼了,就猛扯我的胳膊。只听一声裂帛的声音,我的衣服被他生生地撕裂了。

我愣了,程天佑也愣了。

这时门铃响了,程天佑估计是真愣过头了,什么也不想就直接去开门,没问是谁,也没通过猫眼看。我连忙扯下床单抱在胸前。

苏曼如同一条鳝鱼滑了进来,一脸媚笑地冲着程天佑。直到看到我,她愣在了原地,足足愣了半分钟。我因衣服七零八落,抱着床单可怜兮兮地站在程天佑的身后。床上也显得一片凌乱。

程天佑连忙解释。他揉揉鼻子,眼睛瞟向窗外,说:"不是你想象的那样……"

苏曼一头撞进程天佑的怀里，不停地撕扯程天佑的衣服。她说："程天佑！我怎么就没发现你有这种嗜好？你……"

我下意识地紧了紧床单，专心致志地看着这个来势汹汹的女人。

程天佑一把将她甩开，脸色异常难看，说："你闹够了没有？"

苏曼冷笑道："程天佑，我算是瞎了眼！我本是来跟你好生道歉的。宁信姐说你是个好男人，我不该将你想得那么坏。可是现在这人……"

苏曼还没来得及说完这句话，程天佑就狠狠地甩了她一耳光。

苏曼愣了。

他说："你把嘴巴放干净一些！她还是个孩子！"

苏曼的眼眶红成一片，她委屈地捂住脸，不敢相信地看着程天佑，说："你打我，竟然为了这个人……"

说完，苏曼就冲程天佑扑来，发疯一样地撕扯。

程天佑的白衬衫被她撕扯掉了一只袖子。

原来名牌衣服同我身上的地摊货一样，都会被撕裂。

衣服就是衣服，再名贵又如何？

当苏曼发现程天佑的脸色确实很差的时候，哭着离开了。她走后，门如同一道敞开的伤口，凸现在我和程天佑的面前。

程天佑走到我身边，说："对不起，姜生，你看，我总是把事情弄成这个样子。"

我蹲下，撇嘴，苦口婆心地教导这个"失足小青年"："你们这些老男人爱招惹，却不爱负责！"

程天佑抱起胳膊，看着我一副小大人的模样，似乎很有兴致，那表情就像是"你说来给寡人听听"！

我就笑着说："程天佑，你看刚才那女人，你说她丑，她可以去整容；你说她胖，她可以去抽脂；你说她'旺仔小馒头'，她可以去做成'中华大寿桃'；你说她不高，她可以做增高手术……"

我的话还没说完，程天佑就和我掐成了一团。

这时，宁信从敞开的门外走了进来，直愣愣地看着一身碎衣的程天佑和我，还有眼前的一片狼藉。她只有拼命地咳嗽，脸微微发红。一丝不愉快从她的眉梢闪过，可是她依旧微笑，说："你们这个样子，是不是太激烈了一点儿？"

41
我怎么可能跟你比呢？

那次之后，我在宁信面前一直灰溜溜的，像一只忘记了穿毛皮就溜达在街上的荷兰鼠。同时，我恨死了程天佑。你看，我们多么"郎情妾意"地在苏曼和宁信面前亮相啊，放在古时候，我们俩早该被浸猪笼了，铁定不会像现在这样还可以四处乱蹦跶。

宁信对程天佑说："我不是故意进来的。只是，我找不到未央了，以为她会在你这里。天佑，你知道未央这丫头，我怕她给你添麻烦。"

程天佑就笑，脸上笼着一种很邪气的美。在他看来，宁信这个人总是有道理的，黄鼠狼偷鸡，在她嘴里也会解释成黄鼠狼是为了它病重的老母才无奈做贼的。他说："宁信，你为什么不昨晚就来？"

宁信的眉心皱起，散开。她淡淡地笑："程天佑，你我也不是认识一天两天了，你怎么想随你，但是我回家的时候已经是凌晨三点了，总不能这个时候来找你吧。恐怕那样的话，你更添堵。"

说完，她拿眼睛扫了我们这对衣衫不整的男女一眼。

那天，程天佑一直对宁信没有好气——他总觉得，苏曼之所以会来到这里，完全是因为宁信的挑唆，而此时的宁信是来看好戏的。

我直愣愣地看着他俩，从他们的表情中，发现他们之间似乎横亘着什么解不开的心结。而且,面对程天佑的冷漠,宁信一直在避让。

宁信走的时候,我差一点儿告诉她"未央在陪我哥呢",可是最终还是将这话咽了下去。因为我被程天佑传染了,对宁信有着很大的戒心。我觉得她那么眼明心亮的女子,怎么可能不知道未央在凉生那里呢?周围发生什么风吹草动,她能察觉不到呢?这样的女人委实令人敬畏,也令人难以与之接触。

她走后,我边揉着刚才被他弄红的胳膊边傻笑,问程天佑:"宁信是不是也是你的盲目崇拜者啊?"

他没理我,走到楼下翻箱倒柜地找衣服,最后扔给我一件大T恤,说:"换上。"

然后他就独自走进了洗手间里。

我跟在他的身后,往洗手间里偷偷探头,说:"程天佑,你不会偷看吧?"

程天佑在刷牙,听完我的话,冲我展开一脸迷死人的笑,说:"姜生姐,姜大妈,姜奶奶,我寻思着去电影院看动画片都比看你有内容、有剧情得多。你告诉我,你全身上下有哪里是值得我偷看的?"

他一边说一边比量了一番,翻了个白眼继续刷牙。

这时我才发现,他手里的牙刷和我用过的完全不一样,是电动的。

我忍不住问程天佑:"它……很贵吧?"

程天佑看着我,吃惊于我眼里完全不遮掩的艳羡,财迷到这般坦白!其实,我只是想起了凉生曾给我买的那支最贵的牙刷。

我连忙躲回卧室,就像躲开了自己所有的心思。我将程天佑的大T恤套在身上,原白色,质地非常绵软。我穿着它,不停地耸肩膀,试图让它不要显得太肥大。

程天佑从洗手间走出,一脸牙膏沫。看到我滑稽的样子,他就笑着说:"姜生,你是不是就是传说中'天使的身材,魔鬼的脸庞'啊?"

我当时没听出什么不妥来,以为他在赞颂我"天使的脸庞,魔鬼的身材",心里还很不好意思。我美滋滋地说:"程天佑,你这样的人,家里怎么可能没有女人的衣服呢？给我找一件吧。我不能这么上街啊！"

我的话刚说完，程天佑的脸立刻变成猪肝一样，无比难看。他说："吃猪肉的人一定要养猪吗？喝牛奶的人一定要养牛吗？以后少问我这样的问题，我会讨厌你的。"

我端着脸看程天佑嘴角的牙膏泡沫，冷笑着说："那你使劲讨厌我吧，这样我会开心死！我不知道自己最近为什么那么邪劲，总是跟你这样的人纠缠不清。"

那一个早晨，我同小公子唇枪舌剑，刀光剑影的，侮辱完对方的人格后侮辱对方的智商，总之能侮辱的东西我们都侮辱完了，半个都没放过！

程天佑靠在沙发边上喘息，嘴角的泡沫已经干掉，让他看起来更加滑稽。半天后，他说："姜生，我输了。你是我的'姑奶奶'。以后我不跟你作对了！"

我一听，心里无比的爽，那么希望这个小太岁能在我的面前偃旗息鼓。他不讨厌，甚至有些可爱，但就是太自以为是了。

可惜的是，我高兴得太早，程天佑就是一个阴狠的角色。他说："姜生，姑奶奶，我怎么可能跟你比呢？你那魔鬼的面孔一笑，全天下的男人都打消了娶妻的想法，从此对女人断了念头。你那天使的身材一秀，全天下的男人的词典里再也没有'冲动'一词，从此人类绝种……"

虽然还没来得及弄懂"冲动"一词是什么意思，但是我能听得出程天佑通篇鬼话都是在讥讽我。所以我毫不犹豫地将床单蒙在他的脑袋上，一顿痛揍，然后飞奔出门。

程天佑的声音歇斯底里地在大楼里回荡，他说："姜生，我饶不了你！"

我很怕程天佑。小九说过，他是一个厉害的角色。如今我却在小太岁的脑壳上动了土，错，不是动土，简直就是动了一座山。万一他弄死我，我真的就"含笑九泉"了。我还没来得及对我那苍老而病重的母亲尽孝……而且，凉生的伤那么严重，我还得看着他好起来。所以，就目前的战况来看，我绝对不能栽在程天佑罪恶的小手里面。

所以，我一跑出程天佑的老窝，就飞奔到冷饮店里，跟店长请假。

宁信正好也在。

我说还有一周就要开学了，我得复习一下功课。

宁信看着我几乎及膝的大T恤，没等店长开口，就淡淡地一笑，说："好，等你开学后，有机会就来，这里的大门永远对你打开。"

那天，她多给了我一千块钱，说是给凉生看病。我当时心里犯嘀咕——原来她知道凉生受伤了，知道的话，就应该知道未央同凉生、北小武在一起啊。

程天佑说得对，宁信今天早晨极有可能是来看戏的，所谓的"找未央"只不过是个借口。可是，为什么未央不在，她会到程天佑这里来找，还说是怕未央给程天佑添麻烦呢？

唉，程天佑这个男人，真是麻烦！

42
只要你的名字不叫姜生

北小武说："姜生，你昨晚不在，凉生一直不安心。未央告诉他你去帮她姐姐的店里的忙，晚上不回来，他才安心地睡了。姜生，你说咱家凉生不会被毁容吧？"

我摇摇脑袋，说："怎么会呢？不会的。"

其实，我的心里很酸，凉生这么好的男孩儿，为什么他们还要欺负他呢？我恨他们！

北小武看了看我身上的大T恤，倒退了三步，说："姜生，你这是穿戏服唱大戏呢？"

他这么说，我才发现自己一直穿着小公子的衣服，所以悄悄地跑回自己的房间，打算换下这身行头。就在这时，我在门口碰到了未央。

她看看我，也是淡淡一笑，扫了一眼我身上的衣服，说："姜生，如果凉生知道你在外面玩得这么疯，他该怎么想呢？"

我说："未央，不是你想象的那个样子，真的不是。"

随后，我给她乱七八糟地解释了一通，最后发现自己越描越黑，直到自己都不明白，怎么会弄成现在这个模样。

未央还是淡淡一笑，眼里很明显有熬夜留下的红血丝。她说："姜生，当我没看见，你自便吧。"

我看着未央离开的时候，非常想找到程天佑，跟他说一句心里话。这句话，我估计只有他能懂。我想跟他说："程天佑，我发现，其实未央和宁信都是一个调调的女生。"

是的，她们的心思仿佛是变幻莫测的海，你看不见底，更望不到边。

当然，凉生和北小武肯定不会同意我这样的看法。未央是凉生的纯洁小天使，是北小武心中的冷艳小校花。如果我这么对金陵说，金陵这妞肯定会说"姜生，你这是忌妒未央"。

是的，我忌妒她。

我说过，在前世，我是一只叫作姜生的猫。我也固执地认为，凉生前世的妹妹不甘心在今生还做妹妹，所以她对那只叫作姜生的猫说来世替她做凉生的妹妹。后来，她用一条肥鱼收买了那只叫姜生的傻猫。所以，在今生，姜生这只傻猫变成了一个叫作姜生的傻女孩儿，做了凉生的妹妹。前世那个只能做凉生妹妹的女孩儿，却在今生成了可以随意喜欢凉生的女孩儿。

我固执地认为，这个女孩儿就是未央，或者还可以是别的谁，只要你的名字不是姜生：不是那个吃了十三年凉生做的水煮面的姜生，不是那个月亮底下赤着脚丫替一个叫凉生的小男孩儿罚站的姜生，不是那个吃麦芽糖吃到贪婪地嘬凉生手指的姜生，不是那个为了凉生可以同那些比自己高大很多的少年厮打的姜生，不是那个月亮底下让凉生撕心裂肺地喊妹妹的姜生……

只要你不是姜生，你就可以喜欢那个叫凉生的少年。

我一直想在某个时空可以交错的时候，找到那只叫姜生的傻猫，问问它："如果知道今生会这么忧伤，还会不会为了一条肥鱼做一个这样的交换？"

它用一条肥鱼，交换这一生永远无法言说的喜欢。

这些想法我都不能跟别人说，他们会笑话我是傻瓜，世上哪里有什么猫？世上哪里有什么前世今生？哪里有那么多冥冥注定？

北小武一直说我是个傻瓜，可是，现在的我们都是傻瓜。他在等一个叫作小九的女孩儿，而这个女孩儿可能一生都不会再回来。或许在不久的某一年，她已经是别人的妻，在异地寂静的深夜里会不会想起曾经有一个叫北小武的男生，对自己那么痴狂？会不会在想起他时清泪一把？还是在冰冷的岁月里已将他忘记？

当然，我同北小武的伤心是未央如何也理解不了的。这七天里她一直陪在凉生的身边，给他清理伤口，照顾他的起居。她常常给他读书上或者报纸上的一些笑话，凉生总是安静地听，安静地笑。未央也笑，像一朵盛开在凉生身边的漂亮的百合花。

这个时候，阳光总会洒满我的脸、我的发、我的衣裳。我隔着透明的玻璃窗看凉生清透的眼睛，看着他的脸慢慢消肿，看着他的手臂一天一天恢复。听着未央给他讲的笑话，他们笑，我也笑。

尽管没太听明白是一个怎样的笑话，但是我生怕错过了同凉生经历的每一个开心的瞬间。生怕很多年后，我再也不会有这样一个机会，可以和他在同一个时刻笑，在同一个时刻哭。那么多年，我们如同双生在一起的两朵冬菇，倔强而顽强地相依相偎。那些在魏家坪的暗夜里，两朵连根的冬菇，拔了任何一朵，另一朵都会感觉到疼痛。那是一种连体的疼痛啊！

凉生对未央示意，他的嘴巴轻轻地动，说："未央，我床下有一个小陶罐，你帮我拿出来好吗？"

未央就俯下身，帮他从床下拿出那个陶罐，疑惑地看着凉生，问他："这是什么？"

凉生笑，说："很多年前，我种的一株植物。"

未央呆呆地看着陶罐里绿油油的植物，转而笑："那是什么植物呢？"

凉生的眼睛晶莹起来，他笑了笑，但可能是伤口还疼，所以他的笑容在那一刻显得有些呆滞。他说："未央，这是一株姜花。"

"姜花？"未央的身体明显一颤，但是脸上还是堆着笑，她看似爱惜地抚摸着这株绿油油的植物，漫不经心地问，"这株姜花陪你多久了？"

凉生沉默着，不说话。

未央自嘴角荡开一个极其美丽的弧度，说："那它叫姜花，为什么不开花呢？"

见凉生望向窗外，我赶紧躲到一边。他说："未央，有些花，注定无法开放，就如这盆姜花，我每天能够看到它绿油油的样子，已经很开心了，并不指望它能够开花。不过，未央，听说姜花很美，有白色的，也有黄色的。总之，它那么灿烂，你如果看到，一定会喜欢上的。真的，未央。"

未央笑着说："我知道，就像你那个妹妹，是人见人爱，花见花开，石头见了也沉不下大海……真遗憾，那以后它还会开花吗？"

凉生愣了一愣，笑，说："未央，我告诉你，其实，这是一盆永远无法盛开的姜花，它永远都不可能开花的。"

未央紧紧地盯着凉生清亮的眼睛，问："为什么呢？"

凉生叹了一口气，说："没有为什么。"

未央淡淡一笑，说："凉生，你知道姜生为什么救我上来吗？并不是因为想救我，而是因为她怕知道，当凉生你跳下水，你会先救谁。"

说完，她的眼睛如同一张密密的网，紧紧笼住凉生的眼，她说："凉生，你会先救谁？"

凉生说："我不想讨论这些没有意义的问题，对不起。"

未央冷冷地笑，说："算了，我一点儿都不通人情，毕竟她是你的亲妹妹，骨肉相连，怎么可能要你为了我，放弃救姜生呢？我真不通人情。"

凉生沉默了半天，说："未央，你帮我从陶罐里拿出一粒沙，替我扔掉，好吗？"

未央说:"凉生,你说过,这么多年,你每天都要从这个陶罐里拿出一粒沙,然后扔掉。那你为什么不干脆直接倒掉呢?"

未央说完这话,抬头,直到看到凉生的脸色变得异常难看,才改口。她带着一脸谦和的温柔,声音盛满了甜蜜,说:"凉生,对不起,我只是开一个玩笑。我怎么会干涉你的想法呢?"

我在窗外安静地听他们对话,凉生总是将那只健康的耳朵侧向未央。

原来,在这个世界上,只有姜生每时每刻记得凉生的听力有问题,只有姜生对他说话的时候会将声音扬得比往常高,只有姜生不愿意凉生时刻侧着耳朵听她说话。

这会提醒她记起儿时的凉生为自己挡掉的那一记耳光。

43
没有程天佑来搅扰我,我的生活十分惬意

开学之后,凉生的伤势还没有痊愈。我和北小武像两个小跟班似的,跟在他的身边。哦,忘了说,我给凉生买了一顶帽子。那是我到专卖店里溜达了半天后,下了很大的决心才买下的——我担心开学后,凉生脸上挂着伤,就这样走在校园里会让他感到难堪。

凉生一直都是一个脸皮很薄的男孩子,这点我一直记得。

有了这顶帽子,凉生只要将帽檐拉低就可以挡住脸上的伤。这样他就可以从容地走在校园里。当然,这种经验是我从程天佑那里学来的。听未央说,程天佑最近一直在"宁信,别来无恙"里守株待兔呢。

北小武对我私底下说:"姜生,你看,这是刮的什么风?未央最近对你可是关怀备至呢。你说她怎么了?难道真的要为咱凉生'从良'了?"

我说:"北小武,你的嘴巴能不能干净一些?什么叫从良?你少来诋

毁凉生！"

北小武"嘿嘿"地笑，说："姜生，原来你还是承认未央的。我以为你这些日子被金陵那丫头灌了迷魂汤呢！"

我吃惊地看着北小武，说："怎么？"

北小武就笑："姜生，你就一傻子。金陵为什么整天黏着你？"

我说："因为金陵和我的关系好啊。我们之间有友谊的。北小武，你不能因为小九的离开，心理就这么阴暗，见不得人世间的美好啊！"

北小武冷笑两声，说："姜生，如果这个世界上，有一个人永远不会欺骗你，那么，这个人就是我。这一点，我想，凉生是做不到的。但是，如果这个世界上，有一个人可以为你的幸福和快乐不辞奔命的话，我不如凉生。但是，凉生可能欺骗你，我却不能骗你。从小到大，我当你是妹妹，怎么可能因为自己的偏见来影响你呢？再说，朋友是那么重要的财富，我怎么可能妨害呢？可是你看金陵，难道你就一点儿都看不出，她和你好并不是因为友谊？"

我撇了撇嘴，说："我懂。可是，北小武，你绝对对金陵有成见。如果你能好好地和她接触一下，就会发现她远比你想象的可爱得多。"

北小武说："好吧，我也不过是发表自己的意见。"

北小武离开的时候，我才想起，自己忘了告诉他我曾经听未央对凉生说过，小九以前在"宁信，别来无恙"待过一段时日。这也就是为什么暑假的时候，未央来魏家坪见到小九，会有似曾相识的感觉。

其实，我也不知道到底要不要告诉北小武。我想告诉他，是因为或许他能从宁信那里得知小九的去向。但是，我怕这件事情又成为他的新伤，让他更加难受。我想，既然凉生知道这件事情，如果适合告诉北小武的话，他一定会告诉北小武，如果不合适的话，他也就不会说。

一个多月后，凉生脸上的伤基本消退了，又恢复了本来的清秀。他笑起来的时候，真的无比温暖，就像一个小太阳。未央就是太阳下面的花朵，而姜生，却只能是墙角树荫下的一棵小草。

很多男生都说，凉生那顶帽子很漂亮。凉生对他们笑，说这是姜生给他买的高仿品。我当时就是这么跟凉生说的，怕他知道我花了那么多钱会心疼。

那之后，很多男生都对我殷勤不已。我想，他们大概是想知道从哪里能买得到这么真的高仿品。

哼，美死他们！在这个世界上，你确实要相信：一分钱一分货！

当然强买强卖不在此列。

那些日子，我一直过得蛮悠闲的，没有程天佑来搅扰我，我的生活十分惬意。我时不时对北小武这个心理阴暗的少年进行一些心理开导，期待他幼小的心灵不至于因为小九的离开而变得太畸形。但是依旧有令我忙碌的事情，就是各类试卷比高一的时候厚了很多。高一的时候，试卷的厚度顶多算是中雪，到了高二的时候，简直就是大雪纷飞。就算这样，那些老师还不忘吓唬我们，会说"这点儿试卷算什么？到了高三你们就知道什么叫冰雹"！

即使课业这样繁杂，我的生活依然趣味十足。我和金陵依旧会跑到篮球场上，看那些疯奔的篮球超男炫耀球技，兴奋得小脸通红。

我偶尔也会想到程天佑，想他的时候就会联想到小九。我不知道她独自一人飘零在外，是不是受了更多的漂泊之苦。如果我能见到她，一定要告诉她，北小武过得很不好，因为他很想她。

44

那一夜，我和程天佑在车上看了一晚上星星

关于我同程天佑的经历，我都告诉过金陵。处在那个年龄，每个人都需要一个分享自己秘密的小姐妹。

金陵说:"果真有这样的男孩儿,像极了凉生?"

我说:"是啊,至少在我的眼中,他同凉生很像。"

我告诉她:"最初在快餐店里宁信就将凉生错认了。当时,我和北小武都不知道她将他错认成谁,直到我认识了程天佑,才知道那天宁信应该是将凉生错认成了程天佑。其实,他们两个人也不是特别像,但是对我来说已经是不小的惊讶了。"

开学后,我再见到程天佑是在学校门口。

我拉着金陵出来买小贴画,刚对着贴画上的帅哥们大流口水,就见程天佑那张黑脸贴在我的耳边。他说:"我可爱的小姜生,很久不见,你还好吧?"

我一听是他的声音,手都抽搐了,拉起金陵撒腿就跑,却被程天佑一把拉住。他说:"姜生,今天我非用被单憋死你,让你跟我斗!"

说完,他就将我拽上车。我当时虽然挣扎,却不敢太用力,怕我的衣服在大庭广众之下被这浑球撕裂。

程天佑载着我扬长而去。我回头,只见金陵急得直跺脚。我转头对程天佑说:"你会害我缺勤的!"

程天佑冰冷着脸,乌黑的眼睛中闪过一丝得意,浑身散发着一种邪气的诱惑,让我的脸不争气地红了起来。

他冷笑道:"缺勤?都是要被人用床单勒死的人了,还在这里惦记上课,真是好学生啊。"

说完,他猛踩油门,敞篷车在公路上风驰电掣。

我紧紧地抓住安全带,唯恐自己被摔下去。我还没来得及多看几眼人世间的美好,难道就要晃到阎罗殿上报名?

我说:"程天佑,你这是去哪儿?"

程天佑笑:"不去哪儿,就是我活够了,又觉得一个人太寂寞,只好拉上你!这样,黄泉路上我们两个人可以双宿双飞。姜生,同我这样的帅哥一起，不是你这样的花痴一直以来的梦想吗？现在多好，我来帮你圆梦了！"

他说这话的时候，风正扬起他额前的发，露出他饱满的额头。

我当时真想拿锤子在它上面敲一个洞，看他还嚣张吗？

结果在高速路上，他接完一个电话，就对我笑着说："姜生，我有事，不陪你玩了。我就是估摸着高中生活压力太大，带你出来兜兜风，让你放松一下。你看你，紧张什么，我怎么会害你呢？太有辱我的英明了。"

说完，他将手机扔在车前，冲我美滋滋地露着大牙笑。

我随手捡起他的手机扔了出去，转头也冲他美滋滋地露着大牙笑。偷偷说一句，这种奢侈的行径让我兴奋得手心直冒汗。

程天佑的脸都变形了，两只眼睛几乎冒出火来，他说："姜生，回家后我非用床单勒死你不可！我让你跟我作对！"

我一声不吭。反正我都没有活路了，还是任凭他用各种语言来威胁我吧。正在我泰然自若准备破罐破摔的时候，程天佑的小跑车却在回去的路上抛锚了！

傍晚时分，我和程天佑跟两只孤单的猫一样，等在这人烟稀少的外环上。程天佑时不时踢这辆车一脚，然后舔舔干裂的嘴唇，看看我，说："姜生，姜生，招惹你真是我的灾难！你干吗要把我的手机扔掉？现在我们向谁求助？"

我边哭边骂他："程天佑，你才是我的灾难呢！我一碰到你就倒霉！你干吗总是招惹我啊？今天我又夜不归宿，会被开除的。你是猪吗？"

那天夜里，程天佑在路边没拦到一辆车，那些司机都不曾停下。我在车上冷笑，说："你看看你的样子，跟车匪路霸似的，谁会停下呢？除非他们想不开，想被打劫啊！"

结果，我左折腾右折腾，也没拦到车。

真奇怪，那些车本来跑得半死不活的，当司机一看到我明媚的小手，立时变成了飞车超人。真看不出我的手还有动力作用，可以做太阳能了。

程天佑就在我的身后冷笑，说："看到了吧？现在这年头，营养跟得上的小姑娘哪个不是出落得身板是身板、模样是模样的，随便拉出一个来，不是明星就是模特。谁跟你似的？快回来吧！别站在那里跟小纸片似的给我丢人现眼了。那些司机又不是傻瓜！"

我瞪了他一眼，说："你去死吧，有本事你就搬一奶牛过来给你拦车！"

程天佑看都不看我一眼，说："得了，嘴犟的家伙，等回家我被单床单一起用，非折磨你一番不可！"

就这样，我和程天佑没截到一辆车，却相互讥讽着彼此，不亦乐乎。

那一夜，我和程天佑在大马路上看了一晚上星星。

星空下的程天佑皮肤如同月光一样，得得人眼花。我抬头看看天上的星星，翻了翻白眼，又看了看程天佑，笑着说："真是浪漫大了。"

程天佑看看我，没说话，脑袋靠在方向盘上。这是我第一次看到这个强势的男人无奈的样子。我心里无比懊悔。真是的，我难道真的手贱吗？扔什么手机啊，我扔也该把他扔出车外。现在好了，在公路上浪漫吧。想着，想着，人就迷迷糊糊地睡着了。

夜晚总是比白天冷很多，我在睡梦中一直喊冷。程天佑将自己的衬衫脱下来裹在我的身上。迷迷糊糊中，我听见他说"姜生，对不起"。他的声音很小，仿佛是我的错觉一样。

45
有凉生在，姜生怎么会做坏女孩儿呢？

第二天，我回到学校的时候，看见凉生和金陵远远地守在门口等我。我的心"咯噔"一下，落在地上。

从头到尾，凉生看到我从一个陌生男子的车上下来，然后看着那个男子的手轻轻地拂过我的长发，再眼睁睁地看着他开车离开。尽管这一切都是一个远远的背影，可当我走近凉生的时候，还是能看到他眼中隐忍了良久的泪光。他一直看着我，眼中是一圈令人心疼的红。

他说："姜生，金陵这么说你，我不信！可是现在……你怎么可以这样作践自己啊？你喜欢什么，想要什么，可以跟哥哥说。哥哥就是不上学，去打工，哪怕去抢、去偷，也会给你想要的任何东西，但你怎么可以这样，姜生？我怎么跟爸爸妈妈说？都是我没看好你。"

他喉咙间满是一种压抑的声息，仿佛从骨头里剥裂出来，比哭泣的声音还令人难受。

我上前扶他，满心难过。我说："哥哥，不是你想的那样，真的不是。我们只是普通的朋友，他没有你听说的那么坏！真的，凉生。有凉生在，姜生怎么会做坏女孩儿呢？"

我说着，眼泪也流了下来。是的，有凉生在，姜生怎么舍得去做坏女孩儿呢？

凉生看着我焦急的眼，伸出手，用冰凉的指尖抚过我的脸庞。他说："姜生，你怎么学会说谎了呢？"

说完，他头也不回地跑出学校。我重重地倒在地上，一直喊他的名字，凉生，凉生。

凉生，你怎么会不相信呢？有凉生在，姜生无论如何也不会做坏女孩儿的。

金陵上前扶我，被我一把推开。我说："你少这样假惺惺！你怎么能对凉生这样编派我？你怎么可以这样？从今天起，我讨厌你，再也不要跟你见面了。我们不是朋友了！"

金陵委屈地看着我，直摇头，说："姜生，我没跟凉生说你和天佑的事情，他怎么知道的我也不清楚。他一直问我你前几次的夜不归宿是不是都跟程天佑一起，可是我一直没回答啊。我只是告诉他你被别人劫走了。结果，我们找了一个晚上。我那么担心你……姜生，我怎么会编派你呢？"

我冷淡地笑:"你怎么会?金陵,我那几次夜不归宿的真实原因只有你知道,可现在,凉生知道了。你说,难道是我自己告诉他的吗?北小武说得真没错,你真不是一个好人!"

说完,我一把将她重重地推开,站起来,头也不回地走了。

直到晚上,我也没见到凉生,便和北小武四处寻找。我对北小武说:"我怎么也没想到金陵会是那样的人!她太阴险了!"

北小武淡淡地笑:"阴险谈不上,不地道倒是肯定的。"

我们经过"宁信,别来无恙"的时候,却在门外撞见了更惊人的一幕。

大厅的回廊处,放着几个亚热带常绿盆栽,两个清丽无比的女子冷冷地走出门来。宁信伸手拉住未央,眼睛里闪过丝丝痛楚,说:"你看你刚才的样子像什么?"

未央扬手挣开了宁信的牵制,灯光映在她粉嫩的脸上。未央极其轻蔑地冲宁信笑:"我有你这样的姐姐,还能像什么?"

宁信的眼睛噙满泪水。我从来都不相信宁信这样的女孩儿也会流眼泪。未央拿着酒瓶冲店里走去,被宁信死死地拉住。她就将酒全泼在宁信的脸上,说:"怎么了?为什么你可以去做那些事,我就不能……"

没等她的话说完,满脸酒水的宁信就扬手给了她一巴掌。宁信冲未央喊:"你滚,你滚!我这里容不下你这样身娇肉贵的大小姐!你滚!"

未央用手捂住脸,反手给了宁信一巴掌,冷淡地笑:"你凭什么教训我?我告诉你,你没这个资格。"

当未央看到我和北小武近在眼前时,眼泪"哗哗"地流了下来。我看了看对面的宁信,她正在对着玻璃窗发呆,强忍着泪水,不想被外人看到。我和北小武一声不吭地带着流泪的未央离开了"宁信,别来无恙"。

那天夜里,未央一直在我面前哭。她红着眼睛看着我,说:"姜生,其实我和你一样,都不是什么幸福的小孩儿。"

未央这么一说，让我很难过。其实，很多时候，我们都是等爱的小孩儿，流浪在不同的街道，只是希望能找到一个可以给自己一双手的人，带着我们走向幸福。

我静静地坐在未央的身边，看她流眼泪。虽然很多时候都在忌妒她，但在这个时候，我知道她和我一样只是一个不幸福的小孩儿，随便一句安慰就会让她流眼泪。

那天晚上，我才知道未央同宁信之间的矛盾。原来，以前，宁信跟一个比她大许多的男人在一起，惹怒了她们病重的父母。就这样，在急火攻心的愤怒中，他们相继去世，本来尚好的家业也因此败落。

未央说："姜生，你说，我该原谅这个姐姐吗？我能原谅这个姐姐吗？虽然，这么多年来都是她供我花销，供我一切的一切，但是，每当想起父亲和母亲，每当在那个热闹的场所里看到那些人的眼神，我就无比恨她！"

我望着未央，心里一阵难过。原来宁信的身上还有这么一段故事。

北小武说："未央，好歹她也是你的姐姐，你不该那样对她。每个人都年轻过，都会犯下错误，你不该对你姐姐那么苛责。"

未央一直不说话，漂亮的眼睛望向我，似乎想起了什么，说："姜生，凉生去哪儿了？"

她一问，我的心无比酸楚，我摇摇头，说："我一直在找凉生呢。我惹他生气了。未央，我是浑蛋。"

未央跳下台阶，擦干眼泪，拍拍我的肩膀，说："姜生，我们一起去找凉生吧。我想，我应该知道他在哪里。"

说完，她就拉着我们向中心街走去。

我们是在中心街的一个雕塑下找到凉生的。他一直躲在下面安静地坐着，安静地流眼泪。他身后的雕塑是一个扎着羊角辫的小女孩儿，蹲在一片草坪上，拿着小木枝似乎在找什么东西。

我们第一次见到这个雕塑时，凉生愣了半天，然后指着雕塑对北小武说:"你看这个小女孩儿,像不像我们姜生小时候在魏家坪草地上捉蛐蛐的样子啊?"

那时,北小武也惊叹道:"真像,真的很像啊。"

如今,凉生一个人孤单地坐在中心街的雕塑下,陪伴他的不是姜生,而是一个和姜生小时候酷似的青铜雕塑。凉生,你在想什么呢?想那个小时候一直躲在你身后的小姜生吗?想她怎么可以转眼就变坏吗?可是,凉生,你要相信姜生啊!她有一个凉生这样好的哥哥,不敢更不舍得变坏!因为她害怕凉生伤心。这个世界上,在她的心中,有什么可以同凉生的眼泪相比的呢?

我慢慢地走到他的面前,喊了他一声"哥",然后就抽泣起来。我说:"我和北小武找了你一天了。哥,你还生我的气吗?我真的没有夜不归宿啊。那些晚上,我一直都和未央在一起,她不是也打电话告诉过你吗?"

凉生抬起头看着我,泪眼迷蒙地说:"姜生,你怎么变成了现在的样子?怎么这么喜欢撒谎?"

我急切地拉过未央来,说:"哥,你可以问问未央,前几次我没回去,是不是都同未央在一起。她还给你打过电话呢!"

未央看了看我,叹气,上前去拉凉生。她说:"你别生气了。怎么说姜生也长大了,该有自己的想法和自由了。你不能总是拘束她。"

然后,她又看看我,说:"姜生,你去哪里我不知道。上几次是你要我帮你骗你哥哥,我明明知道你那样子不好,但更不愿意凉生伤心。所以,我就帮着你骗他……"

我吃惊地看着未央。她刚才在我面前还那么委屈地流眼泪,现在突然对我说是我要她帮我骗凉生的。明明以前是她要我对凉生说在她家的,说是避免一些不必要的猜测,今天却对我来这一套。

她清澈的眼神让人忘记了她刚刚还在难过地哭泣。她上前来拉我,说:"快跟凉生道个歉吧,别让他难受了。"

我发狠地推了她一把。她软软地倒在凉生的怀里,眼睛犹如羊羔一般无辜。

凉生扶住未央，说："姜生，你疯了吗？你怎么可以这样对她？她这么说不也是为了你好！如果真的让你由着性子疯，将来受伤害的是你自己啊！"

我指着未央问凉生："你竟然相信她，不相信我？"

凉生的眼睛透着深海一样的绝望之色，他说："姜生，该看到的我也看到了，不该看到的我也看到了。如果你是别的什么人，我绝对不会多说一句话，可你是姜生，是我的妹妹。我看到你这样子，心就往死里难受，你知道不知道？"

我指着凉生就吼："凉生，我是你的妹妹？你算我哪门子的哥哥？去你的往死里难受！我告诉你，我爱怎么样就怎么样，用不着你像教育失足少年一样教育我。我不稀罕！"

说完，我就跑开了。北小武上来挡我，被我一把推开了。我也没看他是否受伤，就独自跑向漆黑的夜里，眼泪跟断了线的珠子似的落了下来。

凉生竟然不肯相信。

姜生怎么会做坏女孩儿呢？他不相信，有他这样的哥哥，我舍不得，我真舍不得。可是，今天我却骂了他，天知道当时我有多难受。从小到大，凉生不曾让我受过半点儿委屈！而在今天，他宁肯相信未央也不肯相信我！

身后，我却听见未央对凉生说："我去劝劝姜生，你别担心。我会好好劝她的。"

然后，我就听着她追着我的脚步而来。未央不愧是练过舞蹈的，很快就追上了我。

我发狠地看着她，说："你怎么能这样欺负人呢？我同北小武都对你那么好，当你是朋友，你怎么这样对我？"

我边说边流眼泪。

未央笑，看看不远处的凉生，然后转脸对我说："我也不愿意伤害你。但是从小到大，我想要的东西没有一件我得不到。可是，偏偏凉生，偏偏程天佑，这两个男人都拿你当宝贝！你有什么好的？你什么都不如我，为什么他们都可以对你百依百顺，而拿我当空气？"

我吃惊地看着未央，看着她清丽的脸庞，看着她脸上从容的微笑。她转头，将脸上最单纯的微笑抛给不远处的凉生和北小武。他们此时正在定定地望着我和未央。我仿佛可以看到凉生焦虑的眼神，盛满了忧伤。

未央嗤笑着说："你不过是放一个暑假，程天佑就跟一只没头苍蝇似的。谁能看不出来？你们不过就是两面之缘，他就那么喜欢你！可是我从小像跟屁虫一样跟着他，在他的身边长大——我喜欢他，他却不喜欢我。直到遇到凉生，以为有了他，我对程天佑的喜欢可以在他的身上收获圆满。可是那天在魏家坪，你发高烧，我也发高烧，凉生却一直守在你的身边。难道妹妹要比我重要吗？所以姜生，你根本不知道我有多么讨厌你，多么恨你！"

说完，她的手轻轻地放在我的肩膀上，她面带笑容，却狠狠地弄疼了我。

我吃力地往后退，她却依旧笑着说："姜生，他十三年养一盆姜花，每一天拿出一粒沙，十三个三百六十五天，十三个三百六十五粒沙。他丢掉了沙，却丢不了牵挂！"

然后，她轻轻地附在我耳边，说："姜生，我跟你说，凉生这次受伤，是我找人打的，因为我看不惯他为了你的生日而这样奔忙。我就是想知道，你的生日重要，还是他的命重要！现在，我都告诉你了。姜生，你打我啊！"

我愣在原地，看着未央笑靥如花。

她看着不远处的凉生，转脸对我笑着说："姜生，你打我啊？！你这就去告诉凉生，是我找人打的他，看看他相不相信你啊！"

说完，她就笑，笑得那么肆意，仿佛一个孩子得到了自己一直想要的糖果。

就在那一夜，中心街离凉生不到五十米的距离，我的心破了一个大窟窿，鲜血淋漓！我狠狠地推倒未央，看着未央将无辜的眼神投向奔来的凉生,看着她一脸柔弱的依赖和无助。我头也不回,狠狠奔离了这条伤心的街。

46
原来,我是一个这样小心眼儿的人

那个被称为"大雪纷飞"的一年,时光仿佛弹指一挥,匆匆地划过我们的指尖。因为中心街那个夜晚,我和凉生的关系变得那样疏离。

北小武在学校附近租了一个小屋,搬出了学校宿舍。他说学校宿舍熄灯太早,而他想好好学习,多学一会儿。我知道他不是说笑,也知道他是为了小九。

在那段年月里,我们不知道用怎样的姿态才能拥抱住幸福,只是听了很多故事。这些故事都这样教育我们,所有的幸福都会在你考上大学的时候得以触及。

因为想给小九一个更加坚实的肩膀,所以北小武只有让自己的基础更加坚实。要想获得这份坚实,目前的他唯一能做的便是好好学习。两者之间好像没有什么必然的逻辑关系,可是我又找不到更好的解释,姑且这样吧。

北小武温书的时候,常常会突然大笑出声音。他将小草扔到我的腿上,嘴巴里还叼着一根青草。他说:"哎,姜生,你说,如果我真考上大学,小九知道了,会怎么说?"

我合上书本,看看空旷的操场,然后看看他,摇头。小九会说什么?我已经一年多没有她的消息了。我不敢忘记这个穿着一套套主题套装从我生命中走过的女孩儿,不敢忘记她抽烟时孤独的模样,不敢忘记她喝酒时流泪的模样。可是,我却不敢记起她说话时夸张的模样,怕想起她眉飞色舞的生动表情，心就会难过得不成模样。

北小武眯着眼睛倒在草地上。阳光晒在他麦色的皮肤上，明晃晃的。他笑，说："姜生，我觉得我家小九会这么说，'北小武，我就一文盲，居然还泡上你这么个大学生！我这不是荼毒生灵吗？'"

说完，北小武就大笑，很开心的样子。他抬头看看我，说："姜生，我从来没听到任何一个女孩儿真实得像小九一样。"

北小武是个傻瓜，以为他咧着嘴对着我笑，我就看不出他眼圈发红，看不到他眼角零散的泪影。

我想逗他开心，就用书本拍拍他的脑袋，说："我还以为小九会说，'奶奶的北小武，是不是中国普及十六年义务教育了？轮到你这个猪头上大学了！'"

北小武听了，捞着我的胳膊狠狠地掐了一把。如果不是因为不远处的篮球场上站满了养眼的小哥哥们，我早就鬼哭狼嚎起来了。但是为了我巨大的帅哥梦想，我只好安如泰山地看着胳膊被北小武这个卑鄙小人给捏肿了。

北小武似乎对自己的作品很满意，说："哎，姜生你看，胳膊肿了。以后那些健美运动员也不用整天累死累活地运动了，让我挨个儿掐几把，就都掐得肿出肌肉块来了。"

我冷笑，一边冲胳膊吹气消肿，一边瞟向篮球场上的帅哥，还得腾出嘴巴来应付北小武的傻瓜问题。我说："你这么高的智商，还考什么大学？今天下午就发展个'掐掐肌肉馆'，这生意还不风靡全球？然后申请一个专利，后半生你就是第二个比尔·盖茨了。别的事情你也甭担心，光跟你妈坐在炕头上数钞票就行了。"

说完这话，我才发现自己多么惦记小九，连说话的方式都带有她的味道。虽然我们不曾深交，但是这么多年来，小九是唯一一个走到我的内心深处的女孩儿。我也相信，对于小九来说，我同样重要。

可是，北小武真是小人。他听完了我的"赞美"，并没有因为我说话像小九就对我手下留情。他瞪着两只眼睛看了我半天，笑了笑，然后小爪子一伸，又在我另一只胳膊上狠狠地掐了一大把。

那一整天，我支棱着两只胳膊像一只大龙虾似的在校园里晃荡来晃荡去，别提多么丢人现眼了。

有时候，我会想，如果凉生在我的身旁，他肯定会凶北小武。也就是因为凉生不在我的身边，北小武才敢这么气焰嚣张地欺负我。

想起凉生的时候，我的嘴角会上翘，淡淡的一个弧，眉心间却有两道深深的皱纹，只是我不自知。

在校园里，我经常会看到凉生，就这样远远地看着。如果是以前，我总会雀跃地跑到他的眼前，亮着声音喊他哥，然后没心没肺地和他闹腾一会儿。现在，如果碰见了，我们也会说话，跟没事似的说说笑笑，但总是那些无关紧要的、不痛不痒的事。

原来，我是一个这样小心眼儿的人。我一直不曾走出那个午夜，不曾走出那条伤心的街，不曾走出凉生给我的不信任和未央给我的伤害。

那天的凉生，那天的未央，那天在中心街上的雕塑，仿佛历历在目。那天夜里，我回到宿舍，在金陵的身边大哭。我怪未央，怪凉生的不信任，怪北小武的不仗义，大哭大闹，泪水流了满脸，仿佛整个世界都辜负了我一样。但我没有对金陵道歉，似乎我的咽喉对"对不起"三个字特别吝啬。或者，我怕这三个字太矫情。

金陵也跟着我难过。给我打洗脸水时，她说："别人说什么你就信什么，姜生，你是猪吗？"

然后，她将毛巾放在我的脸上轻轻地擦。

一直到现在，我都没对金陵说过"对不起"。可是我相信，任何人都知道我有多么内疚。我也相信，很多人这样任性过，伤害过自己身边的朋友。"抱歉"或者"对不起"说出来的时候，会不会令他们心酸呢？倒不如就这样留在自己的心里，让自己默默地心酸吧。

一直没有提过，金陵是文科生，同凉生和未央一样，而我是理科生。当初北小武讥笑我的大脑长在直肠上，不会转弯。

这个恶心的破比喻让我一周都处于反胃的状态中不能自拔。

原来时间真的就像流水,永远走得悄无声息。很多时光、很多人,永远只能存在于记忆里,渐渐地淡成一个影像,随时光走远,哪怕这样的现实会令你疼痛。

譬如,在魏家坪的草场上,那个叫凉生的小男孩儿,曾经像母鸡护崽一样护着一个叫姜生的小女孩儿。

47
其实,姜生,你也就是一花痴

暑假的时候,我没有回魏家坪。我不想吃凉生做的水煮面,怕吃着吃着就会神经质地流眼泪。你们看,我的眼泪是这样不值钱,说流下来就会流下来。

凉生同北小武走的时候,一直回头看我。他说:"姜生,爸妈的身体都不好。其实,我觉得你该回去看看他们。"

我抿嘴,低头,声音变得异常细小,说:"我会回去的。但是,现在我不想回去。"

金陵跟凉生说:"你不用担心,我会照顾姜生的。"

凉生点点头,说:"那好。只是姜生,你一个人在外面多吃饭,别饿瘦了,还有,好好照顾自己。"

北小武说:"凉生,你是不是觉得姜生傻啊?她这一年不是自己过得挺欢实的吗?别瞎担心了。咱的小姜花很快就有护花使者了。咱快走吧。"

凉生笑笑,从口袋里掏出一些零花钱放到我的手里,看了看我,没说什么。然后,他就同北小武一起离开了。魏家坪的绿草地在顷刻间,变得像梦境一样不真实。

我看着凉生的背影，将手放在自己眼前不停地晃啊晃，以为就能将自己晃醒了。然后这十四年，仿佛就是一场长长的梦。梦的此端是我此刻的疼痛，梦的彼端是我四岁前魏家坪碧澄澄的天空。

我想，这肯定是一个梦，梦醒的时候，我还是那个四岁的小女孩儿，脚边依偎着一只叫小咪的猫。很多时候，我会赤着脚丫奔跑在魏家坪的草场上，同北小武那帮小屁孩儿一起占山为王，玩过家家。魏家坪那场惨烈的矿难没有发生，一个清秀得仿佛从电视里走出来的、叫凉生的小孩儿也没有走进我的命运转轮。

金陵拉着我那只晃来晃去的手回到校园，我才知道，凉生同魏家坪的矿难不是梦，而是永远存在着的人和事，不可变更。

我真傻。

整整一个暑假，我都在金陵的带动下发奋读书，当然也发奋地吃蘑菇，因为金陵说她奶奶讲过蘑菇是有益菌。那些日子，我感觉自己都快吃成一朵水灵的小蘑菇了。

金陵是一个特别用心的女孩儿，但是精神太容易紧张。离高考还有一年时间，而她仿佛已经奔赴考场。那段日子弄得我也有些精神失常，常常看着新闻联播的两个主持人一唱一和的时候就开始想物理题，想这两个主持人若是碰撞后，会向哪个方向移动呢，碰撞做了多少功，产生多少热，根据动量守恒定律还是动能守恒定理呢？

金陵摸摸我的脑袋，说："还好，人还挺正常的，幸亏你没想化学题。你要是想把两个主持人放到玻璃杯里加硫酸，化学反应式怎么写的话，我就吓疯了，非得四条腿跑到精神科医院给你挂专家门诊不可。"

我笑："你当我数学学得不好啊，你明明是八条腿！"

说完，我就晕过去了。

那天，我是学习学过了头，中暑了，所以胡言乱语地说金陵八条腿。当然，金陵本来被我的回答吓哭了，但是一看我晕倒，又惊吓过度，哭不出来了。加上平时我给她灌输的镇定、临危不乱等良好的美德，所以在我晕倒的那一刻，她突然有了主意，拎起一桶水浇到了我的身上。

那真是透心凉啊。

我缓缓地醒了过来，晃晃脑袋，说："就是给我灌辣椒水，你也是八条腿。"

那天，金陵将我拖到小诊所里。经过赤脚大夫的检查证明，我中暑了，外加吃到毒蘑菇，产生了臆想症。

我指着那个大夫说："胡说，你才吃到毒蘑菇了呢！我中午吃的是美洲豹。"

那个大夫人很逗，边给我打葡萄糖边问我："那你今晚想吃什么呢，非洲象小姐？"

我"嘿嘿"地笑，说："不吃了，不吃了，我晚上就变成秃鹫了。最近秃鹫们都在减肥，因为要选秃鹫小姐，夺冠了就可以进军好莱坞，跟阿汤哥演情侣档……"

当然，这些都是我清醒后金陵告诉我的。她说那一整晚，她被我吓得又哭又笑的，真难受。

从那以后，我再也不吃什么蘑菇了。当然，更不像金陵同学那样发疯地学习了。我怕真将自己逼疯了，样子比较难看。

这件事情我告诉过程天佑，然后看着他张着血盆大口狂笑五分钟。那个表情让我想起一个成语，就叫"气吞山河"。估计老祖宗造出这么一个词，就是为了形容千年后我眼前这个男子夸张的嘴巴的。

第六分钟的时候，我问程天佑："你笑完了没有？"

程天佑才将嘴巴抿成樱桃状，含情脉脉地看着我。半天，他说："其实，姜生，你也就是一花痴，还总在我的面前装清高。你看你吃了毒蘑菇，变成秃鹫，都不忘记对着帅哥发花痴，有你这样的女人吗？"

我说："我就是花痴怎么了？我就是对全天下男人都花痴，就是对哥哥你有抗体怎么了？你气不顺了是吧？气不顺你也去吃毒蘑菇啊！"

程天佑叹气道："唉，我已经被你毒得要死要活的了，毒蘑菇就免了吧，留着您老慢慢享用。这次变秃鹫，下次变雄鹰……等你变完了七十二变，飞到天庭去，玉帝就封你做第二个弼马温。"

我冷笑着说："程天佑，等我变成孙悟空，先将你这货色打回猪八戒的原形，免得你整天自恋地以为自己是全天下女人的王子！"

就这样，我们你一言我一语，程天佑的房间变得人仰马翻，乱成一团。其实，我接受他的邀请来他家玩，完全是为了享受空调，顺便吃他家冰箱里的冰激凌。不知道为什么，我每次享受空调的美好时光总是在唇枪舌剑中度过。只要我同程天佑待在一起，就像火药上了枪膛，不发射也得走火。为此，我感到实在无奈。

好在冰激凌还是很好吃的，尚能补偿一下我幼小的心灵遭受的创伤。

我吃冰激凌的时候，程天佑在打扫战场，他的脸拉得跟马脸一样长。他说："姜生，你不觉得我们这个样子不好吗？我们都多大了，怎么还跟小孩子一样吵架呢？多丢脸！"

我说："我就是小孩子，你是大叔。总之，是你在装嫩，不是我。当然，丢脸的也是你，不是我。别总是用'我们'这个词，我们之间有代沟，很严重的代沟。"

唉，话不投机半句多。这下子，连可爱的冰激凌也加入了我们的战争。战争的结局是我胜利了。但是，被我用冰激凌弄脏的床单、毛巾被等一切东西，包括程天佑身上的那身皮，都得由我来处理。

整整一天我都在程天佑的家里，跟个小怨妇似的不停地洗东西，弄了满手满脸的肥皂泡沫。幸亏有空调，我才没有中暑。程天佑那个可恶的男人一直背对着我，悠闲地站在落地窗前对眼前的海景赞不绝口，还向我炫耀手里冰激凌的味道。

我被程天佑的衣服、床单摧残了一天，回到出租屋时，四肢疲软，一直躺在床上做僵尸。

金陵刚看完政治试题，见到我的时候，大笑着说："程天佑不至于摧残了你这一朵祖国的花朵了吧？"

我将枕头扔到她的脸上，说："你想什么呢？要摧残也得是我摧残他！"

金陵抱着枕头笑："唉，你这个破说法，还没有我的说法好呢！"

我板着脸不理她。她抱着政治试题依在我的身边，神秘兮兮地问我：

"姜生，你和程天佑在一起的时候开心吗？"

我没好气地说："开心个鬼！"说完又觉得这话对不起自己的良心，至少我在他家吃冰激凌的时候是很开心的，所以马马虎虎地接了一句，"还行吧。"

金陵就笑，说："那么，姜生，你对他是什么感觉呢？"

她这句话让我噎了半天，我愣是没回过神来。

48
有时候，我就是嘴巴比大脑快

开学前，我并没有回家。

北小武告诉我，凉生经常在清水桥上发愣，等我回家等了一个暑假。

北小武是提前半个月来到学校的，我们租住的房子隔了两条街。

金陵问我："开课后，是住在外面还是回学校住宿舍呢？"

我想了半天，说："我得问问凉生。如果他不允许我住在外面的话，我只能回宿舍。"

金陵说："姜生，我很想你和我住在一起。如果你不在的话，我容易害怕。"

我就笑："那你干脆同我一起搬回宿舍好了。"

金陵叹气，说："我的成绩又不像你的成绩那样好，所以我必须开夜车，才有考上大学的希望。如果回宿舍的话，熄灯那么早，我估计，大学是没什么希望了。"

我突然冒出了一个主意，说："金陵，你干脆和北小武住一起得了。"

其实当时，我并没有考虑什么性别问题，只是觉得反正两个人比较熟悉，恰好住一起有个照应。有时候，我就是嘴巴比大脑快，说话不经思考。

金陵先是愣了一会儿，然后说："姜生，你太不纯洁了！"

我当时还没转过弯来，说："怎么不纯洁了？就说让你跟北小武住一起我就不纯洁了？我又没说要你们住一起做什么不纯洁的事情。"

我刚说完这句话，北小武就抱着一个大西瓜跑进来了。他说："姜生，什么做不纯洁的事情？你俩在说什么呢？"

金陵看看北小武，脸变得通红。她说："没……没……没什么。"

北小武看看我。

我当时绝对是吃毒蘑菇留下的后遗症，脱口而出："我说，你和金陵就是住在一起，也不会做什么不纯洁的事。"

接下来是长长的死寂，北小武跟金陵面对面看了老半天，又看了看我眉飞色舞的表情，一直没回过神来。直到北小武怀中的大西瓜"啪嚓"一声摔在地上，我才觉得自己似乎一直在说一些不算很地道的话。

金陵慌忙上来收拾西瓜。

北小武说："金陵，你别听姜生胡扯，她从小就脑子有问题。"

他这么说惹得我特别不开心。我很想说："北小武这话说得也太过分了！你从小就是医生？否则你怎么知道我从小就脑子有问题？"但我没来得及这么说，北小武就出门了，说是要给他的老爸打电话，不知道他的老爸这一年多都在外面干什么，怎么一直不回家。

我看着金陵，笑了笑，说："我刚才真不是故意的，就是有时候脑子有点儿不够用。"

金陵笑："我哪会当真呢？你嘴巴就是吐不出象牙来！"

说完，她又跑到桌子旁边温书。电风扇"呼啦啦"地转着，汗水还是从我的脸上淌下来，我突然很怀念程天佑家的空调。我想起母亲，估计病床上的她从来不知道"空调"为何物吧。想起她时，我总是无比难过，仰起脸不让眼泪流出来。

下午同金陵一起逛街的时候，金陵买了一份报纸。她说："我最近开始买彩票了，想看看中奖号码。"

我就笑着说："我从来没有将你和买彩票这件事情联系在一起。金陵你是不是中邪了？你有这么需要钱吗？"

金陵说："是啊，我无比地需要钱啊。要不，姜生，我把你拐卖了吧？拐卖到深山里找个人家卖掉。"

我扯过她手中的报纸，举起来遮太阳。夏天的太阳真令人无奈，我又不懂得如何去防晒。我也没有凉生那么好的皮肤，怎么晒都晒不黑。我并没注意到报纸上我们都很熟悉的那位歌星的性感小照片正好贴在我的额头上。金陵看到后惊叫："天啊，那是她吗？"

我拿下报纸，看到她的相片，并没像金陵那么吃惊。金陵比我还古董，极少看娱乐方面的新闻。倒是我以前跟着小九鬼混，对八卦方面还是小有掌握。不过，这个掌握只限于我比金陵多知道了这位女明星的"七十二巨变"而已。

我记得这位女明星的巨变完全是因为小九。那天在快餐店里，小九一边喝可乐一边看杂志。突然，她指着"变身"后的女明星对我说："姜生，姜生，你看，原来的平胸小天后如今也好波涛汹涌啊！将来，这就是你的榜样！"

我斜斜眼珠子，闷着声音说："我才不稀罕呢。你少来祸害我了。"

小九笑，头也没抬，迎合着我，说："是啊，是啊，咱才不学她，谁要那些'违章建筑'呢？"

她这一句"违章建筑"令我将刚吸入口中的可乐一下子全喷到了她那张小脸上。那天，她穿得特"飘摇"，说这套主题套装叫"山雨欲来风满楼"。说实话，小九的心是蛮玲珑的，虽然她没有读过什么书。

我一边用餐巾纸给她擦脸，一边道歉："小九，我没想到，山雨这么快就到你脸上了。"

小九的脸气得跟包子似的，她说："姜生！"

如今，在报纸上，这位女明星依然风情万千。可是，我再也找不到一个叫小九的女孩儿对我凶巴巴地喊了。

合起报纸的时候，我突然在娱乐版的左下角看到一张再熟悉不过的脸——苏曼！

我连忙扯开报纸，傻傻地看。我才知道，苏曼原来也是一个明星啊。

49
世界上的爱分为三种：爱、不爱，还有不能爱！

得知苏曼是明星后，我突然觉得人生特别不真实。我跟金陵说："我怎么觉得前面发生的很多事情都好像在拍电影呢？我竟然和女明星演过对手戏？太不真实了。金陵，我今晚会失眠的，这个世界太神奇了。"

金陵说："这有什么神奇的？我觉得最神奇的倒不是你跟那个苏曼打过交道，而是你竟然跟程天佑这样的钻石王老五在一起。"

听她这么一说，我直直地从床上蹦起来，说："我跟他在一起？这绝对是绯闻！"

金陵笑成一团，说："你真要命，姜生。你该不是把自己当作什么女明星了吧？还'绯闻'呢？这个词也是你能说的？"

我问她："金陵，你才多大啊，就这么关心那些钻石王老五？难道你是想把自己早早地嫁入豪门？"

金陵先是一愣，然后说："程天佑嘛，这片地方的人哪个不知晓？只是我一直觉得这样的人该活在传闻中，不该出现在自己的生活里。"

说完，她就沉默了。

我突然想起小九对程天佑的评价——她说过程天佑就算不是坏人，也绝对谈不上是什么好人。所以我就问金陵："金陵，那么，你觉得程天佑是一个怎样的人呢？"

金陵欲言又止，最后摇头，说："我又没接触过他，不知道。"

我轻轻地"哦"了一声，就埋头睡着了。

自从得知苏曼是明星之后，我就对"宁信，别来无恙"产生了极大的敬畏感。

突然间，我想起小九以前给我的忠告——不要跟程天佑有任何的关联。我当时觉得她危言耸听，一直以为程天佑就是程天佑，一个很像凉生的男孩子，一个总是跟我针尖对麦芒的小人。现在我才知道小九是对的，他和我们不一样。他生活的圈子，有苏曼这样的明星，有宁信那样美丽而神秘的女子。他住的是最繁华地段最昂贵的公寓，而且据小九说，这个公寓不过是他自己常住的而已。那么既然这样，我算什么？

我算他的朋友吗？两个身份、地位差异这么大的人会成为朋友吗？

或者，我们之间什么都不是。他是生命给我的假象，而我是他生活中的消遣，好像也只能这样解释了。

其实，我跟程天佑的关系并不像金陵想象的那样亲密。譬如路过"宁信，别来无恙"时，程天佑每次顶多是跟在冷饮店里兼职的我打个招呼，笑一下。

有时候，我想起他乌黑而闪烁的眼眸，我的心也会突然沉下去。

生活似乎总是喜欢跟我开玩笑。

第一次，上天给了我一件心爱的礼物，但说："你不能碰。"

我问上天："为什么？"

他说："没为什么，这是世间的规定。世间万物皆有法度，对你，也不能例外。"

第二次，上天似乎特别仁慈，又给了我一件礼物，和第一件很相似。他说："你还是不能碰。"

我没问他为什么，因为知道我的身份衬不起这份华贵。灰姑娘之所以成为传奇，是因为世界上只有一个灰姑娘，水晶鞋的童话只能上演这一次，所以轮不到我。

我问金陵："你欣赏过什么人吗？"

金陵当时一直看着我，两只黑黑的眼睛在月光下忽闪忽闪的，异常美丽。她将下巴搁在我的胳膊上，悄悄地说："有过。"

我说："是凉生吗？"

金陵笑着摇摇头，说："其实，我并没有欣赏过凉生，不过是他的样子……"

说到这里，她将嘴边的话又咽了回去。

我说："那么，是北小武？"

她吐吐舌头，说："别瞎说了，都不是的。姜生，你还是……不知道更好。"

我突然紧张了起来，问她："你不会也欣赏程天佑吧？"

金陵说："得了，姜生，你还真当程天佑是万人迷啊？别跟我开玩笑了。我对你的程大公子没兴趣，你还是留着自己慢慢欣赏好了。"

我吐吐舌头，这个吐舌头的动作似乎也是毒蘑菇给我留下的后遗症。我说："金陵，你说这个世界上的爱分为几种啊？"

金陵说："爱和不爱，两种。"

我说："你错了。世界上的爱分为三种：爱、不爱，还有不能爱！"

上帝给了我这么两个不能爱的礼物，我却拒绝不了。

50
最近，我言情小说看多了，大脑有些扭曲

程天佑来找我的时候，我问他："你那天说的'冲动'什么意思？"

我当时的眼睛清澈得跟长白山的雪莲似的，问得程天佑直翻白眼。

他胡乱地说了一句："小孩子问那么多干什么？你需要这么好学吗？高考又不考这些。"

我说："程天佑，你不告诉我，我就一辈子不理你了。"

程天佑笑，揉揉我的脑袋，说："别说得跟真的似的，恐怕我告诉你是什么意思，你才会一辈子不理我。"接着，他话锋一转，说，"姜生啊，

你觉得我这个人怎么样?"

"怎么样?"我眨眨眼,"还能怎么样?人模狗样呗。"

程天佑这次没跟我吵架,只是看着我,笑笑,又低头看看车前的小人偶红红的脸蛋。很长时间以后,他慢悠悠地说:"姜生,如果,我是说如果,你是一个男孩子,不,确切地说,你是一个男人,喜欢上一个女孩子,会怎么做?"

我翻了翻白眼,轻蔑地想,这么低智商的问题还拿来问我。当然,我不能这么跟他说。我说:"还能怎么做?我总得先跟她说'我喜欢你',然后再做该做的。"

程天佑拿起车上的杂志砸在我的脑袋上,说:"真看不出来,姜生,你这女孩儿的脑子里怎么净是一些乱七八糟的东西?"

他下手真狠,我捂着脑袋,眼睛红得跟兔子似的,说:"我哪里乱七八糟了?我说得不对吗?难道能说做就做吗?就算为她做一百件事,一万件事,但你不说喜欢她,做得再多也是白做。女孩子就是千般矜持嘛!难道你做来做去地同她打哑谜,让她去猜谜底吗?'我喜欢你'这句话,应该由男孩子先说的。"

程天佑被我说愣了。事实证明,满脑子乱七八糟的应该是这个整天在我的面前标榜"黄花大闺男"的他。小样儿,他想什么去了?

他说:"姜生啊,对不起。刚才是不是很疼啊?"

我冷哼:"不疼的话,我干吗做兔子?不疼的话,你就使劲往自己的脑袋上抡啊!"

程天佑说:"姜生,你看,我们这两年来,见面的时间不多。我生活在你的生活之外,你也生活在我的生活之外。我们见面了,一定要吵得天翻地覆吗?我们只能这样吵架才能证明对方生活在自己的心里吗?再说,今天我来,绝对不是来跟你吵架的,而是想跟你说,我最近可能暂时要离开这座城市一段时间。"

我不作声。其实程天佑说得对,这两年的时间里,我同他在一起的时间可以用两只手数清楚。我挺自卑地想一下,或许只有他特别闲来无事的时候才会想起我吧。想这样的事情总是令我无比烦恼。所以，我笑笑，问他："那你什么时候离开啊？"

他说："就是最近。"

然后，他就沉默了。

沉默半天后，他说："姜生，我不放心你。"

我说："程天佑，你这个小人，绝对有什么事情来求我！要不，你怎么可能对我说软话？难道地球不自转了？还是太阳突然从西边升起来了？或是江河逆流了？"

他叹气道："姜生，你就是这么个没心没肺的丫头。好了，不跟你说了。学校的生活很苦，你注意身体啊。天也渐渐地冷了，你千万多穿点儿衣服，别感冒。还有，如果你不是特别缺钱的话，就不要到冷饮店里兼职了，对你不好。如果你需要钱，我可以给你。"

我说："你别说那么多了。你说那么多，我突然很不适应，怎么跟生离死别似的？程天佑，你不是杀人了吧？要躲到外面去？"

程天佑推了我一把，说："乌鸦嘴！"

他这么一推，我的脑袋"哐当"一声撞在车窗上，疼得我龇牙咧嘴。

我说："程天佑，你搞谋杀啊？！你把我撞傻了，我还要不要考大学啊？"

他"嘿嘿"地笑，说："撞傻了的话，我收留你！便宜你捡这么一个大帅哥。"

我揉揉自己被撞疼的地方，没好气地对他说："你就一老头子，还帅哥呢？这年头真流行装嫩。"

说到这里，我突然想起了苏曼，然后问他："程天佑，苏曼居然是明星啊。这么半天，都忘了跟你说这个事了。"

程天佑笑，说："是啊，她多么光彩照人。可是，这又怎样？"

我说："没什么，就是觉得你和她挺适合的。女明星嫁入豪门，又将成就一段美满姻缘啊。"

说完，我就美滋滋地笑起来。

程天佑的脸拉得跟马脸一样长，他伸手想再推我一把，又担心弄疼我，只好将手晃在半空中，说："我娶她，你呢？"

对于他这句话，我很久才反应过来，心跳得特别厉害，不敢看他的眼睛。程天佑真不是一个好人，无心说一句话，便让我欢喜伤心一齐来。

程天佑说，前些日子错过了我的生日，想给我补上。他问我："姜生，你有什么愿望啊？我帮你实现。"

我当时听得特别开心。如果这句话是上天跟我说的，我该有多开心呢？那样子，我会告诉他，一定要让他帮我实现愿望。为了这个愿望，我愿意付出任何代价。可是程天佑毕竟不是上天，只是凡俗间的一个男子。所以，我只能跟他说一个比较切合实际的愿望："我想弹钢琴。"

我说这话的时候声音特别小，生怕会遭到程天佑的讥笑。但是没人了解我多么渴望知道指尖触碰黑白琴键是什么感觉。很久很久以前，凉生就告诉过我"钢琴"这个名词。我觉得它特别美，经常会梦到弹钢琴的凉生，他细长的手指翩跹在黑白琴键上，眼睛里流淌着一种叫作美好的深情。很小的时候，他说他一定要教我弹钢琴。可是就目前来说，这似乎是一个难以实现的梦。

我每次想到凉生，心就隐隐地难过，隐隐地泛疼。我想起去年生日的时候，凉生那次令人心伤的遭遇，想起他手掌心中攥成团的粉红色的钞票……一切情景，仿佛历历在目。这样的感觉，真让人难以平稳地喘息。

程天佑温柔地看着我，笑着说："姜生，你会弹钢琴？"

我摇摇头，说："不会。"

可能我不该有这种莫名其妙的想法吧。我仰着脸对程天佑笑，说："算我突然脑子进水了，要不你就给我放烟火看吧。"

程天佑抬手看看手表，说："姜生，不早了，你赶紧回学校吧。我有事先走了。你真是小孩儿，愿望这么简单。等下次我来找你。"

51
姜生，你这个人，哪里都好，就是太记仇了

夜里回宿舍的时候，我感觉特别孤单。自从金陵在外面租房子住，我都没有说知心话的人了。白天的时候，我问她房子里有没有闹鬼，其实我的本意是想将她吓回宿舍里，同我住在一起。

去开水房打热水回来，我在宿舍的走廊处碰到未央。她看着我，表情冷淡，没有厌恶，更没有欢喜。她说："姜生，你怎么老躲我啊？"

她这句话说得我特别来气。我能不躲吗？我怎么也想多活几年。我低头，错开她的视线，说："我不能总是招惹你，让你烦吧？我再没有大脑，也得记得您老人家给我的教育不是？"

未央将书抱在胸前，对我笑，说："姜生，你这个人，哪里都好，就是太记仇了。"

我翻翻白眼——又来跟我扯哲理，要是我用热水烫你一下，看你记不记仇！而且，她用来烫我的估计是沸油，而不是沸水。不过，这个世界就是这么奇怪，她虽然这样伤害过我，可仍然不影响她的魅力。走廊淡黄色的灯光下，她确实漂亮得令人眼花。或者，她的坏只是针对我，而对更多的人来说她是好人。

我只能这样理解了。

未央见我沉默不语，就拎过我手中的暖瓶，拉住我的手说："姜生，对不起。我知道，我当时不该那样对你。我太冲动了，可能这就是忌妒心吧。其实，我更不愿意伤害凉生。毕竟，那天看到他伤成那个样子，我心里也自责得要死。我从小生活在一个人人宠着我的家庭里，见不得别人比我多半分。所以，姜生，我伤害了你，也伤害了凉生。但是，我并不是你想象的那么坏。姜生，你能懂吗？"

我傻乎乎地看着她。我这个人就是这样，见不得别人道歉，听不得别人说软话。她这样一说，竟让我觉得是自己不好，是自己扰乱了她的

生活。所以，我说："其实，我并没觉得你坏，你也不用说这么多。"

未央笑，说："这一年多来，凉生一直挺内疚的。他觉得当时自己不该那样凶你，毕竟你是大人了。"

她这话说得让我有些莫名其妙。凉生再怎么凶我，还不是拜她所赐？无论该不该，事情都落到我和凉生的身上了。

到宿舍门口的时候，我将暖瓶从她的手里拿过来，并没有邀请她进宿舍里。可是，她却像游鱼一样跟进来。我看看她，问："你有什么事情吗？"

未央笑笑，说："没什么，只是过来坐坐。"

那天，她一直在我的宿舍里坐到11点，大家一起起哄，谈了很多明星的八卦绯闻。我们宿舍的人问她是不是跟一个叫苏曼的女明星很熟悉，她就笑，说："你们想要签名的话，我给你们去要。"

那些女生立刻来精神了，纷纷表示想得到苏曼的签名。我一直不是很明白，明星的签名为什么会让大家都这么热衷。住在金陵上铺的女生叫于文，在我们的宿舍里算是新新人类，跟北小武一样是艺术生。

艺术生最大的优点就是可以随意地穿着打扮，不会轻易被学校处分。但是要说搞怪的话，她跟小九绝对不在一条水平线上。她探下头来问未央："听说，那个苏曼傍了一个富商，到底有没有这样的事情啊？"

未央看看我，淡淡地笑着说："什么傍了？她那是恋爱，只不过对方恰好是一个富商罢了。关于那些八卦爆料，你们不要那么相信。"

大家一听都来劲了，一个劲地问："他们现在还在一起吗？"

未央看了看趴在床上看书的我，说："这个，你们还是别问我了，问问姜生吧！她好像比我跟那个有钱人要熟悉。"

未央的话让我愣了一会儿。

同宿舍的人"叽叽喳喳"个不停，问我："姜生，姜生，快给我们讲讲苏曼和那个有钱人的事情啊。"

我说："我有什么可知道的？我不认识苏曼，更不认识什么有钱人，你们还是问未央吧。给你们要苏曼签名的是未央,不是我。我可不够这个档次。"

说完,我就钻进被窝里了。秋天的夜晚,空气有些凉。

未央笑了笑,对于文说:"得了,咱的姜生生气了,就是小心眼儿,开不得玩笑。"

然后她看看金陵空荡荡的床铺,一脸狐疑地问我:"金陵今晚怎么不在?"

我翻身看看她,说:"金陵这个学期不住宿舍了。"

未央就笑:"她早该不住这里了。"

然后,她很礼貌地跟我们宿舍的人道别,说是一定帮她们跟苏曼要签名相片。

她走的时候,轻轻地附在我的耳边说:"姜生,以后少跟金陵在一起。我们圈子里的人都知道,那妞不是什么好东西,跟小九没区别,都是混出来的小孩儿。"

未央的话听得我背后直发凉。我发现,在她的眼中似乎没有什么好人。

她说金陵不是好人,那金陵就不是好人了吗?我对未央真是无奈到家了——谁愿意别人在自己的面前,对自己的好朋友指手画脚呢?

52
所有的事情在这里结成了结,然后汹涌而来

程天佑很久没有出现,我不知道他是不是已经离开了这座城市。

每天,太阳晃到头顶的时候,我们从教室里走出来,然后跟着摇摇晃晃的阳光一起晃进食堂。我很少和凉生一起吃饭。他最近可能因为学习的压力比较大,瘦了不少,这样单薄地晃在太阳底下,令人心疼。

金陵的饭量很小，我的饭量却出奇地大。我想准是从小让凉生做的水煮面给撑着了，胃口变得特别大。想到这里我就特郁闷。如果以后我跟男生在一起吃饭时，吃得比他们都多，他们是不是会被我的豪迈吓跑呢？因为心情郁闷，所以我又多吃了不少饭。然后，上午学的东西全部跟着饭吃到肚子里了，我大脑空空的。

金陵的眼圈有些发黑，她整个人看起来像熊猫的造型，有些可笑。其实，我对她真有些想不通，她整天熬夜拼命地学习，却总隔三岔五地缺勤。尽管我同她不在一个教室里，但这是她一贯的作风，从高一就这样。而她总解释说是因为奶奶的身体不好。

吃过午饭后，我和金陵回教学楼，在楼梯口遇见了北小武。他挎着一个背包，里面装满东西，鼓鼓囊囊的。我奇怪地问："你这是打算野营去？"

北小武摇头："哪儿能啊？高考尚未成功，小武仍须努力啊。我整理这些东西，是因为最近我妈身体不好，总是来电话让我回去看看她。"

北小武说完，紧接着问我："姜生，你们重点班做的那份试题借我看看好吗？我带回家去看。"

我看着北小武，发了一会儿愣。这个曾经八门课冲击一百分的"天才"对我说这样有深度的话，让我有些不适应，所以回答的时候也有些结结巴巴的。我说："有有有……有啊，你……你你……跟跟……我我我来拿……拿吧。"

北小武看了看我，转头问金陵："她……她她，她……这这这是……怎怎么了？"

金陵摇摇头，说："我……我不……不知道啊！"

北小武用手拍了一下我的脑袋，说："姜生，你今天中午是不是吃豆芽吃多了，没好好地咀嚼一下，结果豆芽勾在一起，把你的舌头也给勾抽风了？"

我捂着脑袋，一脸委屈——没有凉生在我的身边，北小武俨然成了一个"暴君"。

我恨死这些总是喜欢拍我脑袋的人了!

可我还是乖乖地捂着脑袋回教室给北小武拿试题去了。当高考成了一门艺术,试题便成了艺术的里程碑,而我们就是匍匐在里程碑下挣扎的小灵魂。

哎呀,你真不知道,每天那些老师给我们发这样那样的练习题的时候,脸上的表情别提有多美了,就好像在给我们灌灵丹妙药似的。我每天将那些试卷反复在手里掂量,想起一个词——洛阳纸贵。我想如果现在的纸变贵的话,绝不是因为某个相如同学又写出了绝世好文章,而是因为纸都拿来印刷试题了。

我思维的跳跃性总是那么大,语文老师经常表扬我,说我联想力丰富,这样的人高考作文一定得高分。可能我被她表扬过头了,一骄傲,尾巴翘得特别高。从此以后,我无论写什么体裁的文章都是写得仙气飘飘的,连议论文都不放过,变通成神话故事来写,看得语文老师心惊胆战。

更可怕的是,我这个人总是一根筋到底,还把这种仙气飘飘的精神发展到英语作文上面去了。只要一写英语作文,哪怕是介绍学校景色,我的开头都是"很久很久以前,哪里哪里住着一个神仙。这个神仙来到我们的校园,一看,哇,这景色好漂亮啊……"英语老师最后看得眼都直了,实在忍不住了,也不管我写这样的文章查字典有多么辛苦,对我一顿劈头盖脸地批评。

他说:"姜生,你能不能不要写神仙?!"

我哆嗦着答应了,后来作文的开头就改成了"很久很久以前,哪里哪里住着一个精灵。这个精灵来到我们校园,一看,哇,这景色好漂亮啊……"这下,英语老师彻底抓狂了。

这件事情后来被传为笑谈,凉生曾过来找我,问我:"姜生,你最近都吃什么东西了?"

我连忙澄清,说:"我绝对没有吃毒蘑菇。"

凉生笑笑,说:"我知道。我是担心你最近吃得不好,营养跟不上……"

　　善良的凉生并没有说出下面那句"导致你的大脑出现问题"。他就是这样一个男孩儿，永远舍不得对任何人说任何刻薄的话。

　　我的神仙情结最后被语文老师治好了。她不能眼睁睁地看着我因为她的一句表扬而走火入魔，所以经常让我拿着作文本去她的办公室受训。可是，当时我受毒害太深了，加上大脑向来缺根筋，并没理会她委婉的教诲。最后，她急得要哭，说："姜生，我求求你了好不好？收起你的想象力吧！"

　　她这么直白地表示了自己的想法，我终于听明白了。原来，英语老师和语文老师不是讨厌我用神仙，而是不愿意我过度使用想象力。其实他们早说嘛，害得我每次都得寻思半天神仙的同义词来减轻文章的乏味感，从精灵到灵魂到魔鬼到阎王，就差拉出黑白无常来了。

　　学习的压力日渐增大，我决定辞去在冷饮店里的兼职工作。但是，我没想到，就在这个决定之后，所有的事情在这里结成了结，然后汹涌而来。

◀ 第四章 ▶

巷子弯

或许,真如他所说——姜生,我不会伤害你的。

53
姜生，咱们回家吧

在"宁信，别来无恙"的门前，我遇见了苏曼。

一直没有仔细地看过这个女人，当我得知她是明星的时候，才发现她还是很光彩照人的。我低着头与她擦肩而过，却被她喊住。她说："姜生，你最近好吗？"

自己的名字从一个明星的嘴巴里喊出来，我感觉特别不真实。未央说得对，我就是一个没见过大世面的人。当苏曼喊住我的时候，我特别手足无措，就傻乎乎地站在她的面前。

幸好宁信从里面走出来，见到我，微笑着招呼，就像对待自己的妹妹一样。她总是很细心，能让任何人都感觉到她的善意，而且不温不火的。哪怕你知道她的精明，都会被她的笑容和声音给感动上一番，觉得她特别贴心。我昨天给她打过电话，说有点儿事情要来找她。因为她总是很忙，我怕不提前跟她招呼，到这里也找不到她。

我跟她说，我最近学习的压力很大，暂时不想在冷饮店里兼职了，想好好地度过高考前剩下的这几个月。

她很理解地表示同意，而且笑了笑，说："姜生，其实我老早就想让你停下工作了，但是一直忙，也没有时间跟你说。我一直怕影响你的学习。"

然后，她就拖着我的手，和我说了很多亲密的话。

苏曼再次走到我的眼前的时候，宁信看着她笑了一下，又看看手上的表，说："苏曼啊，恐怕我今天不能陪你去了。你得另找人了。"

接着，她看看我，问："姜生，你有时间吗？有时间的话，就替我陪苏曼参加一个小活动吧。"

然后，她很歉意地看着我和苏曼。

苏曼看了看宁信，又上下打量了我一番，说："好啊，就是不知道我能不能请得动姜大小姐？"

我看着苏曼身边的一群工作人员，问："不是有这么多人吗？为什么还要我？"

宁信笑笑，为难地解释说："这是苏曼的大日子，我之前答应过苏曼作为朋友陪她……"

尽管不喜欢苏曼，但是面对宁信，我一时也不知道该怎样拒绝，最终还是同意跟苏曼一起。

我等了苏曼一个小时。经过化妆师、发型师一通捣鼓，她才从化妆间里走出来，发髻梳得高高的，黑色的华服，红色的唇，美得让人心颤。她挑挑眉毛冲我笑笑，说："姜生，我漂亮吗？"

我舔了舔干涩的嘴唇，点点头——她是漂亮的。在程天佑身边的女孩子，哪个不漂亮？记得我刚到省城读高中的时候，看着校园里那些漂亮、明艳的小女孩儿，还问过凉生："哥哥，如果我穿上漂亮的衣服，是不是也很好看啊？"

凉生的眼睛笑起来弯弯的，他说："我们的姜生怎样都漂亮。"

我现在想想，是凉生骗了我。如果我真的足够漂亮，那么，为什么还有这么多女孩子在我面前经过，骄傲得像一只孔雀呢？

唉，我确实该回家好好地自卑一番。她们穿着漂亮而金贵的衣裳，总是某个大品牌的最新款式，而我连买一支两块五毛钱的杂牌唇膏都要犹豫好久。今天我还没带唇膏，就这样像一株失水的小葱似的跟在水蜜桃般的苏曼的身后，一同上了车。

车上，苏曼并没同我讲话，她的助理和工作人员更不敢吭声，车里的气氛异常冷漠。我无比怀念在程天佑车上的时光，那场面别提有多么火热了。

车行二十分钟后，在一座大厦前停下了。门童赶紧走上前帮开车门，苏曼挽着披肩，仪态万方地从车里下来，而工作人员连忙蹲在地上给她整理礼服。她笑着，面对镜头。我倒是没穿礼服，却很狼狈地撞到了脑袋，真不明白，最近我的脑袋怎么这么倒霉，动不动就伤着了。

跟着苏曼走进大厅里的时候，我突然傻了。虽然在镜头面前已经傻过一次了，但眼前富丽堂皇，衣香鬓影，是我在电视剧里才能看到的场面。那些男男女女，一个个端着酒杯交谈着。苏曼进门的时候，一圈人围了上来，闪光灯亮成一片。苏曼在人前真是端庄大方，脸上的笑容始终淡定从容，完全不是私下那种刻薄的模样。我觉得自己与这里格格不入，穿着白T恤蓝牛仔裤的我似乎才是"焦点"，好在他们根本没有留意我。

苏曼一把拉住我，对我笑着说："姜生，你跟好我就是了，不用担心。"

我当时真傻，就这样跟着她走。其实，我该早点儿离开才对。她这么讨厌我，怎么可能让我好过？

当我看到她笑意盈盈地拉着我走向那个熟悉的影子时，突来的不安让我感觉到事情不妙。她喊道："程先生，好久不见！"

程天佑微笑着转身，身旁竟跟着许多保镖。当他看见我在苏曼身边的时候，脸色异常难看。这时，我发现现场的横幅上写着：热烈庆祝苏曼签约五湖星文化娱乐公司。

现场的记者似乎从程天佑的脸色中看出了微妙的变化，紧接着闪光灯在我的脸上不停闪烁。程天佑见状将酒杯扔在地上，在保镖的簇拥下冲开人群，用身体将我挡住，阻止他们继续对我拍照。他对身后的保镖说："拿下他们的相机！"

他的这个举动令很多记者不满，但他似乎顾不了那么多，直接大吼，斯文之气荡然无存。他说："我可以把相机还给你们！但是我告诉你们，她还是个孩子！要是把她的相片登报或者放在网上，那你们没有一个人会好过！"

然后他转身恶狠狠地盯着苏曼说："包括你。"

苏曼冷笑，一副鱼死网破的模样，不等下面乱成一团的记者发问，先开腔道："你们以后不要再问我，是不是同五湖星的老板程先生有什么关系。你们看到了，我们没有什么关系，也不存在任何纠缠。要说纠缠，你们还是问问现场这个小妹妹吧!"

然后,她冲我冷笑:"姜生,你躲什么躲?!有本事做没本事承认吗?"

我被突来的状况给弄蒙了,并不知道这件事对我的未来意味着什么,只知道在此刻,自己唯一可以依赖的是程天佑。所以,我将脑袋紧紧地靠在他的胸口上,唯恐他离开。我被这无端飞来的横祸压身。

程天佑紧紧地将我护在身后,飞快地将西服脱下来,挡住我的脑袋,护着我走出了乱哄哄的大厅。保镖和保安将记者们挡在身后,可是我仍能感觉有无数的闪光灯在闪烁。生活在那一刻乱成一锅粥,想到这里,我眼泪滚了下来。

程天佑一言不发,将我带上车。他看着我流眼泪,递给我一方纸巾。他的声音有些嘶哑,可能是怒火所致,他说:"姜生,你没事吧?被吓坏了吧?唉,都是我不好,给你带来了这么多麻烦事。"

我边抽泣边摇头,说:"程先生啊,我觉得我好像犯了很大的错误,让你损失很大的样子!"

程天佑对"程先生"这个称呼似乎很不适应,一时没有反应过来。这时,他的保镖跟了过来,他冷静地摆手制止了他们。

他低头,看看我红肿的眼睛,叹了口气,说:"姜生,咱们回家吧!"

54
姜生,那叫《水边的阿狄丽娜》

一直以来,只有凉生对我这样说过:"姜生,咱们回家吧!"

小的时候,在魏家坪的草地上,每当烟筒开始冒起青烟,小孩子便被自己的家人喊回家里吃饭,只剩下我同凉生。凉生这时就会拉着我的小手,说:"姜生,别玩泥巴了。咱们回家吧!"

初中的时候，母亲从邻村一位收破烂的老头那里给我们买了一辆自行车。虽然车子很旧，但是我和凉生高兴了很久。每到放学，凉生就在我们教室的门前等我。他见到我，就笑着说："走，姜生，咱们回家吧。"

这个时候，我就会跳上他的单车，车子总是"嘎吱嘎吱"地乱响。北小武从我们的身后飞车而过，嘲笑我说："哎呀，姜生，你好好减肥吧！看这辆可怜的车子，都快被你坐毁了。"

我在车上冲着他做鬼脸。凉生微笑，回头对我说："姜生，别听他的。咱们回家！"

现在，我跟凉生已经很少说这样的话了。再也不会有两个快乐的小孩儿牵着手一起回家了。

回家，家里有凉生做的水煮面，还有一只瘦瘦的小猫叫小咪。

想着想着，我眼泪流得更欢了。程天佑紧紧地握住我的手。他的手真温暖，温暖得像一个家。他以为我在为刚才经历的事情流泪。其实，他不知道，我所有的眼泪都与一个叫凉生的男孩儿有关，只有这两个字才能完全刺痛我的神经。

车行了很久，在一群别墅区减慢了速度。我擦擦眼泪，问程天佑："程先生，我只听金陵说过往深山老林里贩卖女孩儿的，没见过往别墅区里贩卖的。"

"金陵？"程天佑皱皱眉毛，"这个名字怎么这么熟悉啊？"

他一时想不起来，就看看我，说："你命好呗！那姜生，如果把你贩卖到这里好不好啊？"

他这样一说，我的脸立时红了起来。程天佑笑，说："姜生，你还是别叫我程先生了，会让我觉得自己好老。我不就比你大那么几岁吗？你以后还是叫我天佑吧。"

天知道我当时怎么突然变得兴奋起来，竟然脱口而出："我叫你佑佑吧？"

说完，我就自顾自地大笑起来。程天佑也笑，知道我在同他开玩笑。好像很少有人这么同他开玩笑，所以，他听了这么低劣的玩笑也笑得很开心。

车子七拐八拐，终于驶进一个院子里。自动门敞开的那一瞬间，我看了看程天佑，说："这是你的家？"

程天佑点点头，很奇怪地看着我，眼神似乎是在询问"有什么不妥吗"。

我吐吐舌头，说："唉，有钱人。"

一直以来，在我的眼中，北小武就是公子哥了。如今上天又塞给我一个更大的公子哥，我才发现自己与凉生的生活是多么窘迫。可是，我仍然觉得自己曾是那样幸福。

那天夜里，我第一次触碰了琴键。

程天佑将我带到三楼，距离阳台很近的地方。绿色的蔓藤爬满了窗台，半透明的白色窗帘在风中翻飞，像梦境一样。

一架白色的钢琴放置在阳台边，周围只有鸟鸣声，显得格外安静。

我愣住了。

仿佛一个梦境将被还原。

程天佑并没注意到我的神情，只是将我拉到钢琴边。他修长的手指轻轻地滑过琴键，一串流淌如水的音符跳入我的耳朵中。

他坐下，然后喊我来坐。

我就同他并排坐下，如在梦游。

他对着我微笑，说："姜生，伸出手来。"

我看着他，乖乖地伸出手。他的双臂环过我的身后，将我整个人包裹，却目不斜视。他的双手温柔地覆盖在我的手上，轻轻地带着我的手指一个一个地落在键盘上，音乐在我们两个人的指端放缓了节奏。他的呼吸声缠绕在我的耳边，与钢琴声、鸟鸣声混成一体。

在那一刻，我突然感觉自己成了公主，就像凉生说的那样。

那个从小在我梦里的成年男子，衣衫平整，手指翩然，在这一刻，仿佛突然之间有了脸。

我轻轻地回头，对着程天佑笑，眼中依稀有泪。我非常想告诉他，我真的很开心，因为我的指尖终于触碰到了钢琴的黑白琴键。

凉生，我的指尖终于替你触碰到了钢琴的黑白琴键。

很久之前，每次看到凉生在乐器行外的玻璃窗前对着钢琴发呆，我总是想，如果我有钱，第一件事情就是为凉生买一架钢琴。我总觉得像凉生这种气质的男孩儿，就应该坐在钢琴边，像王子一样，弹奏最优雅的旋律，嘴角微微上翘，将最美好的微笑在琴声中绽放。

程天佑问我："姜生，好听吗？"

我点点头。

程天佑的手从我的手上挪开的时候，我发现自己的掌心出汗了。

程天佑问我："你知道，我们刚才弹的曲子叫什么吗？"

我点点头，想掩饰自己的眼泪，装傻一般地说道："叫钢琴曲呗。"

唉，想想，我当时的回答真够煞风景的，好在程天佑的心脏有足够的抗击打能力，他还是面带微笑地对我说："姜生，那叫《水边的阿狄丽娜》。"

那天夜里，程天佑告诉我，他很小的时候家教特别严，父亲虽然在花花世界里游荡，但总让他跟弟弟两个人学这学那。他本来并没有什么钢琴天赋，但被硬生生地逼成了半个钢琴神童。

他欲言又止，话里却饱含辛酸。

那是程天佑第一次跟我讲他的童年。他说起往事的时候，眼神特别深情，令人恍惚不已。

55
只有见识过烟火和爱情的人，才知道人世间的美好与凄凉

那天夜里，程天佑拉着我到院子里放烟花。明亮的烟火在天空绽开最美丽的光彩，然后消逝。我在程天佑的身边开心得像个小孩子，蹦蹦跳跳的。整个夜空只有烟花绽放的声音和我欢呼的声音。

可能是太开心了，我就抢过程天佑手中的烟花，亲手点燃，结果……

可怜的程天佑，我发誓，我绝对不是忌妒他的美貌，更不是忌妒他

漂亮的衣服。可能是烟火忌妒了，也可能是我朝向的位置不对，要不就是这个烟花是假冒伪劣产品，所以它不顾一切地冲到了程天佑的西服上。

程天佑的脸都绿了，这个男人似乎对衣着有着洁癖般的爱护，如同鸟儿对待自己的羽毛，容不得半点儿伤害。我当然不是对这件金秋限量款的西服心存忌妒，非要烧毁了它不可，确实是火不长眼睛。

我甩了甩腿，想独自溜进屋子里，却被程天佑一把抓住。我心想，完了，他上次为了一部手机都想将我折磨一番，这次更别说了。

但这次，程天佑出奇地好脾气。他说："姜生，你今天开心吗？"

我看着他，点点头。我确实挺开心的，尽管下午的时候因为苏曼发生了那样的事情，但是在这里，这个叫程天佑的男子却满足了我两个愿望。这两个愿望虽然微小，但是对于我来说是那样重要。

有人说过，只有见识过烟火和爱情的人，才知道人世间的美好与凄凉。

我仰望着天空。烟花灿烂过后，果真什么都不留。

程天佑穿着破洞的西装陪着我站在院子里，久久未动。

秋天的夜晚，凉风习习，有种侵入骨髓的感觉。我望着冷清清的天空，眉心皱得很紧很紧。其实，我何必欺骗自己呢？我确实不快乐，确实不开心。但是我一直一直没有放弃学习快乐，学习开心。我需要走多久，才能对这份遗憾释怀呢？

程天佑说："姜生，你不要皱眉头，这会让你很早就变成老太婆的。"

我合上眼睛，试图将眼泪压入瞳孔中，嘴角微微笑，然后张开眼睛，看着天佑，说："总有一天，我会成为一个小老太，因为，天佑，我的心事如同一片浩渺的海。"

天佑笑，说："没关系，那时候，我已经是一个老头了。"

我冲着天佑很不自然地笑了笑，说："天佑，你说，世界上会不会有这么一个人，令你想弹指之间老去？"

天佑将手插入口袋中，看着脚下，然后转身走进屋里。在灯光下，他对着我微笑，说："我不知道。但如果有这么一个人的话，我想，一定是你,姜生。"

天佑的话让我愣了很久,很久。

那天夜里,我做梦,梦到了两朵连根生长的冬菇。原来,那两朵冬菇,一朵给了未央,一朵给了天佑。它们之间,什么也不能留。

56
金陵的脾气我太了解了

程天佑说他一直以来不常跟我在一起,是因为他不想给我带来麻烦。

他说:"姜生,我怕自己给不了你安全,所以很少去找你。"

但是他没有想到,他所有的坚持和忍耐,因为苏曼完全成了泡影。

他说:"姜生,我很担心你!"

我说:"我有什么好担心的?"

他揉了揉我的头发,说:"小傻瓜,小九肯定告诉你了,我不是个好人。"

我特别实在地点了点头。小九不在这座城市了,所以,我也不必担心程天佑听到这样的话而找她的麻烦。

程天佑就笑,说:"我的傻丫头,你难道就不能说几句假话逗我开心吗?"

我说:"假话逗你开心?好啊,我最会说假话了。"然后我就笑眯眯地看着他,说,"程天佑,你是我见过的最大最大的帅哥啦!"

程天佑笑,说:"姜生,我真拿你没办法啊。"

他看着我说:"姜生,我不在这座城市的这段时间里,你答应我,一定不要离开你们学校。我不是吓唬你。我不算是什么好人,很多人跟我有仇,但是他们不一定冲着我来,因为他们不敢。可是你,姜生,你不同,我怕别人会伤害到你。"

我听得一愣一愣的,被吓得忘记了说话。

程天佑叹气:"好了,姜生,我不吓唬你了。你也见过我在巷子弯的遭遇。我根本没想到自己能活下来。那件事并非因我而起,而是十几年前的一件煤矿惨案。我不过是想知道那场矿难到底是不是一场意外,就被那些不知来路的人伤害。这仇恨本来不深,甚至几乎与我无关,但在我的身上还有比这严重更多的复杂事情。所以,姜生,你知不知道,我真恨死了苏曼!"

当时,我并没有意识到程天佑说的话的严重性,只是当听了一个传奇故事,听得津津有味。我说:"天佑,天佑,怎么你还去查案啊?难道你是卧底吗?"

程天佑无奈地摇摇头,说:"好了,姜生,跟你说话是我最大的失败。你先睡觉吧,明天我得火速送你回学校,然后就要暂时离开一下了。"

我嘟嘟嘴巴,很不解地望着他,问:"你去干什么啊?"

"去采人参。"程天佑刮刮我的鼻梁,大笑着说,"笨蛋姜生,你不要问那么多了。我是奉了'太上皇'的命令出去找一个人。你还是早早休息吧!"

隔天早晨,我回宿舍的时候正好碰上未央。她抱着课本去教室,看到我的时候笑得特别甜,说:"姜生,昨天你哥哥让我给你送水果,我在你的宿舍等到大半夜,都没见你回来。你说,我今天该怎么跟凉生说啊?"

我心一沉,嘴上却很冷淡,说:"随你说好了。反正拜你所赐,凉生已经对我失望透顶了,也不差这一次。"

未央笑,说:"姜生,你别总是这样,把我想得那么坏。我都跟你道歉了,我不是故意的。这次,我一定不会跟凉生说的。我发誓。"

我笑:"你还是照实跟凉生说吧,免得再翻口供,让我在我哥面前更抬不起头来!"

说完,我就跑回宿舍整理课本,准备回教室上课。

宿舍里,我碰见了金陵,她正在收拾床铺。见到我,她打了一声招呼,就低头做自己的事情了。我问她:"咦,金陵,你昨晚在宿舍吗?"

金陵抬抬头,看看我,脸上的神色不怎么好,笑起来竟也显得勉强。可能是我被程天佑的话弄得神经兮兮的,所以,看任何人都觉得他们与往常不太一样。

金陵说:"是啊,昨天晚上我住在宿舍,还以为会见到你呢。"

她看看我,皱皱眉头,说:"唉,姜生,怎么事情这样麻烦?"

虽然好奇地看着她,不知道她怎么会发出这样的感慨,但是我没问。金陵的脾气我太了解了。如果不是她自己先说出来的事情,就算你问她一千遍一万遍,她也不会说一个字的。

北小武最近一直背着一个大包。我问他:"你到底是怎么回事?你背着大包不嫌累得慌?我们看着都觉得累。"

北小武说:"姜生,就你事多。我是随时打算回家,之前跟你说过我妈妈身体不好。"

这件事情我告诉了凉生。我问他:"咱妈最近身体好吗?"

凉生摇摇头,说:"不是很好的样子。不过,姜生,你别担心,妈妈不会有事的。"

我说我不担心,然后跟他说北小武的母亲最近一直在生病。我问他:"如果北小武回家看他妈妈的话,咱要不要也跟着回去?怎么说北小武他妈还留给你一个陶罐呢。"

说到这里,我声音低下去,说:"哥,其实我想回家看看妈妈。"

凉生点头,说:"好,姜生,等哥哥带你回家。"

57
我确实是一个容易耽于幻想的人,总期望好梦成真

总的来说,我是一个比较热爱生活的人。所以,我并没有听程天佑的话老老实实地待在学校里。星期六的下午,我找不到金陵,就将在教室里啃书的北小武拽出了校门。北小武一脸不乐意,嘴里说着:"姜生,

我考不上大学，你负责啊。"

我白了他一眼，这个世界真疯狂，难道就因为我这次拉他外出，耽误几个小时，他就考不上大学了吗？

其实，我只是喊北小武出来溜达溜达。巷子弯的小龙虾和田螺都很不错，但我最想吃的是烤地瓜。在我们小的时候，总是一窝小孩子在凉生和北小武的带领下跑到地里去摘地瓜，然后带到魏家坪的草场上，用砖头架在一起烤着吃。

地瓜只是我们的"战利品"之一，我们还去摘过菜田里的小葱、小萝卜、土豆、花生。当玉米熟了的时候，我们去摘玉米烤着吃；小麦熟了的时候，我们去掐麦穗回来烧着吃。魏家坪的童年，如今那么遥远。

北叔曾经说我们这些小屁孩儿从小不学好，批评完转眼又跟我们讲他小时候摘地瓜的经验，并且给我们提出了建设性的指导意见。很小的时候，我就将他当作父亲一样。因为，我的父亲给不了我的，在北叔这里我都能找到。北小武的母亲似乎并不喜欢我，但没有关系，我有一个很好的母亲，不缺乏母爱。

北叔对我的好也让村子里流传过很多流言蜚语。在长舌妇的口中，我成了他跟我母亲私生的"野种"。这是最令我不舒服的一种传言。小的时候我不懂，只看着别人的眼光中那些异样。长大之后，这样的传言消失了，但是留在我心上的伤害还是在的。没有任何一个小孩儿愿意别人诋毁自己的母亲。一个人对另一个人好一定要有原因吗？难道这个世界上所有的事情都见不得阳光吗？

我同北小武在巷子弯啃地瓜的时候，突然想起北叔在外地已经很久了，而且过年的时候都没有回家，他在魏家坪包下的煤矿厂子似乎也倒闭了。这些都是我听来的。村子里有传闻，说北叔犯事了，躲到外地去避风头了。我总是不愿意相信这样的事情——那些村里的人从来传不得别人的好。

我问北小武："你妈病得厉害吗？厉害的话，让你爸爸赶紧回来吧。她总一个人在家，多让人担心啊。"

北小武叹气，红色的地瓜香味四溢，粘在他的唇角上。我仿佛看到了童年的北小武站在我的身后啃烤地瓜的模样，愣了很久，直到北小武说话才从这样的恍惚中清醒过来。

他说："姜生，我爸不知道怎么的很长时间没回家了，我觉得特别蹊跷。唉，不说了，我们还是吃地瓜吧，早点儿吃完，好回去看书。"

我默默地点头。

已是深秋，烤地瓜的热气在空中飘散。小的时候，我总是喜欢看这种白气，常常在天冷的时候，嘴巴里就吐出这种白气，然后觉得自己是神仙，只要冲某个东西吐口白气，它便会变成自己想要的东西。凉生说我是看《西游记》看多了。我确实是一个容易耽于幻想的人，总期望好梦成真。

就在我将地瓜放到嘴里的时候，一只脏兮兮的手伸到我的眼前，一个须发乱成一团的人冲我乞讨。他身上的衣服很单薄，哆哆嗦嗦的，不成样子。他说："姑娘，可怜可怜我吧！"

说完，他用眼睛死死地盯着我手里的烤地瓜。

当我辨清他的模样的时候，惊叫了起来："何……何满厚？！"

北小武走上前来，挡在我的面前，看着伏在地上的人，也吃了一惊，说："怎么是你？"

何满厚灰溜溜地将脸别到一边去——他没想到，遇到的人会是我同北小武。

北小武跟我和凉生说过，何满厚是北小武的父亲一手提拔起来的，可是在外地的时候，何满厚却偷了北小武的父亲一大笔钱离开了。北叔为此在电话里一直叹息，说："用人不善啊。"

我当时还建议过北小武："你让你父亲报案得了。那么一大笔钱，怎么也得追究何满厚的法律责任啊！"

最后这件事情，被北叔硬生生地吞到肚子里了。至于具体原因，我也不清楚。

如今，何满厚竟然以这副面容出现在我们的面前。北小武不由得冷笑,转到何满厚的身边,说:"怎么?何叔,钱都花光了?"

何满厚羞愧满面地在地上爬,试图离开。这时,我才发现,他的腿断了,人瘫在地上,靠双手往前爬。

我的心不由得难受起来,似乎忘记了曾经游手好闲的他给我的母亲带来的羞辱,给我们家带来的不幸。我走到他的眼前,将地瓜放到他手里。北小武不满地瞪了我一眼。

何满厚看看我,又看看手中的地瓜,狼吞虎咽地吃了下去。我看着他苍老得不成样子,心里一阵酸楚。男人,总是到了山穷水尽的时候,才让人心酸不已,才肯将自己的狼狈示人。

何满厚,还有我一直瘫痪在轮椅上的父亲,都是。

58
好吧,希望将来我们不要比他更可怜就行了

我是一个同情心泛滥的人,北小武这么说的。

原因是我请何满厚吃了一顿好饭,还带着他去医院检查了伤口。医生说没有大事,并没伤到骨头,可能是太过疼痛,所以患者不敢走路,等吃几服药,治疗一个疗程,他会康复的。我帮他买了药,替他换了一身行头,还将他安置到北小武隔壁的一间空房里,让他暂时安身。所有的花费都是从宁信曾经给我的那笔钱里支出的。这笔钱我一直没动,本想找一天还给宁信。因为当时我救下伤痕累累的程天佑并不是为了什么奖赏,而是因为这个男子有像极了凉生的眉眼。还有,我确实是一个同情心泛滥的人。

北小武说:"姜生,你何必那么好呢?你忘记他是一个坏蛋了吗?"

我低头,说:"怎么说我们也是一个地方的人,何况他现在太惨了。"

难道我们能眼睁睁地看着他这样流落在街头不成？"

北小武说："反正，姜生，我心里堵得慌。好人也不是你这样当的。"

我说："反正等他腿好了，咱就让他回魏家坪，又不是要照顾他一辈子。他还有老婆、孩子呢。我不过是不想看到别人的可怜样儿。"

北小武说："好吧，希望将来我们不要比他更可怜就行了。"

其实，北小武还是一个好小孩儿，隔天就帮何满厚去旧货市场买了一把轮椅回来。何满厚有些受宠若惊。

北小武冷笑，说："别那么感激涕零地看着我，我不过是想你早点儿好起来，早点儿离开这里。我可没有姜生那份菩萨心肠。"

一周后，我将收留何满厚的事情告诉了凉生。

他的嘴巴张得好大，一脸不信任地看着我，半天，他才反应过来，说："姜生，你这么好心肠啊。"

他的话令我万分不满。我一直都是好心肠，难道他现在才发现不成？

结果凉生又说："姜生，其实未央一直很难受。"

原来，未央告诉凉生，她觉得那天不该戳穿我，让我这么痛恨她，还说她当时确实是为了我好。她可怜巴巴地说："凉生，我是为了她好，帮她隐瞒才是对她不好！"

她这耳边风吹的！

凉生说："你既然能原谅何满厚，也原谅未央吧。"

凉生的话让我的脑袋都大了——我最厌恶的就是别人跟我提起中心街那个伤心的午夜。我以为我会慢慢忘记，凉生也会慢慢忘记。可是，未央总是适时地兴风作浪一把，死扯着那个过往不放手。

59
程天佑能拥有的，我程天恩一样能拥有

我的生活似乎没有像程天佑担心的那样被扰乱，可能是因为我不太看娱乐周刊一类的八卦杂志，也不会知晓到底有没有什么八卦涉及我这株小青草。

学校还是一个相对安静的地方，至少能暂时将我同这样的流言蜚语隔离开来。我去给何满厚送饭的时候没有遇见北小武，本来想喊他一起回学校找凉生的，然后一同商量一下怎样给金陵过生日。

回学校的时候，我遇见了一个人，一个坐在轮椅上的人，一个与程天佑有着十二分相像的人。他冲我微笑，眼神中却带着一种天生的敌意。尽管他在压制这种敌意，但是这份敌意还是从他的眼睛里流露了出来。

他喊我姜生。

我吃惊地看着他，问："你怎么会知道我的名字？"

他笑，眼眸中隐隐有些鬼魅的气质，不如程天佑的乌黑纯净，更不是凉生的清澈透亮。他修长的手指在轮椅上来来回回地画圈圈，阳光洒在其略长的头发上，留下丝丝的光影，更让人不敢直视他的双眼。如果不是因为对他太过惊诧，我真该拉着金陵来看眼前的男孩儿，好好地花痴一下。他身上有一种天生的阴郁，令人发寒。

他看了我良久才说话，声音很温柔，就像一个秀气的女孩子，但可以听得出那是故作的温柔，因为声线中透着一分让人疏离的冷淡之意。他说："因为我叫天恩啊，程天佑是我哥。很多人说，哥哥有了一个很美丽的朋友，原来你真的很好看啊。"

他把手伸向我，微笑，然后说："姜生啊，你能不能把我扶起来？我想站一下。"

我仿佛被催眠了一般，握住他伸来的手。可当我发现他空荡荡的裤管时，背后泛起一阵刺骨的冰凉。我惊惶地退后，声音颤抖得一塌糊涂，

说："天……恩，你……你……的腿……"

天恩就笑，笑得特别畅快。然后他冷冷地看着我，几乎是咬牙切齿地说："扶不起是吧？你们谁都扶不起我来！"

他拉起我的手臂，狠狠地咬下一口。

我吃疼得把手缩回，手背上留下了一个红红的牙印，渗着血丝，我的眼睛开始冒泪。

他继续大笑，说："姜生，我今天给你留下一个印，做一个标记——我就是来告诉你，程天佑能拥有的，我程天恩一样能拥有！"

关于天佑有一个弟弟的事情，小九曾说过："天佑虽然难缠，但是唯独对他的弟弟程天恩出奇地好。程天恩才是出了名的难缠，那才叫真正的可怕。程天恩处处攀比着他，无非是因为在他们年少时出过一次意外。当时程天恩爬梯子上阁楼捉鸽子，程天佑在下面扶着梯子。一群鸽子受惊飞起的时候，从程天佑的眼前掠过，程天佑一时失手，松开了梯子，程天恩就从三楼重重地摔下。这一次灾难，导致程天恩的下肢终身残疾。"

小九说这件事情的时候还告诉我，怨恨真是一个魔鬼啊！

怨恨确实是一个魔鬼，可是原谅谈何容易呢？尤其面对那些最亲爱的人带来的伤害。

就像小九不能原谅她的母亲，我不能原谅父亲，而天恩不能原谅天佑一般。

程天恩看我一脸惊慌地杵在原地，轻轻地笑，声音恢复了原先的柔和。他拉过我的手，看着上面红肿的咬痕，说："姜生，你不必害怕，我是千万分不愿伤害自己的东西的。这不过是一个标记而已，我就有一个这样的爱好——是我的东西，我就会千分小心、万分小心地做上标记，怕程天佑跟我抢。"

说到程天佑，他竟然流泪了，像个无辜的小孩儿，无助地看着我。

我将手迅速抽回，想转身离开，却被程天恩一把抓住。他从身后拿出一沓厚厚的相片，还有一沓厚厚的报纸，说："怎么？姜生，你不相信我不会伤害你？你看看这些相片，这些报纸，如果我要伤害你的话，早就将这些东西发到你们学校的每个角落里了。我的哥哥是不怕的,可是你——姜生,你该怎么办呢?"然后,他继续笑,笑得很开心,把报纸和相片统统扔给身后的人,说:"将它们都烧毁了吧,别吓坏我们的小姜生。"

程天恩笑,温和地说:"看,姜生,你还是回教室好好放松一下吧。有空的时候,我会来看你的。"

我没等他的话落下最后的音,就狠狠地将他推倒在地,飞身离开了这个噩梦一般的地方。他身后的保镖们忙将他扶起,气势汹汹地向我走来。最终,他们被天恩摇手制止了。

或许,真如他所说的那样——姜生,我不会伤害你的。

60
这个名字太罪恶了

程天恩的出现让我心有余悸。那晚,我没有去上晚自习,也忘记了同凉生和北小武谈论怎样给金陵庆祝生日的事情,而是独自一个人缩在被窝里直发冷,梦魇随行。

那个该死的程天恩,将我这么一个热爱生活、满腔热情的小青年给活生生地吓成了林黛玉。

金陵那天晚上也很早回了宿舍,看着我病恹恹的模样,问我:"姜生,姜生,你怎么了?"

我就抱着金陵哭,给她看我手上的伤口,说:"从小到大,就没有人像程天恩那样这么折腾我。我真不知道这个男人是不是从小就没肉吃,怎么对肉这么感兴趣啊?!再说,我顶多是一个小排骨,有什么好啃的?"

金陵不知道是不是看了我的伤口的原因,身体一直在发抖。她握着我的手,久久不能言语。我想,金陵这样的女孩儿,跟我一样也没见过什么大世面。估计程天恩的彪悍行径也将她给吓傻了。

我最后靠着金陵睡着了,而且很安稳。当有一个人在你睡觉的时候,守护在你的身边,你总会觉得特别安全。迷糊中,我仿佛仍能看见她靠在床头,手里抱着历史书,嘴巴轻轻地开开合合背诵着知识点。但是,我似乎感觉她更像在梦呓,傻傻地念叨着"天恩,天恩"。

唉,这个名字太罪恶了,就是在睡梦里,都让我难以幸免它的荼毒。

61
一时之间,四分五裂

北小武终于像疯了一样奔回了魏家坪,因为,他的母亲这次不是病重,而是病危。我同凉生也跟着他疯奔回家。

那个原本张扬的女人躺在自家的大屋里,瘦得不成人形。

我突然想起她往日的凌厉样儿来——到别人家去,不带走点儿东西,是不肯离开的,而她同北叔吵架,每次都不死不休的感觉。

北小武抱着她哭,喊她:"妈,妈,我是小武啊!咱去医院吧!"

北小武的妈妈就睁开眼,看看他,脸上透出星星点点的欣慰来。他们的亲戚全都在周围,唯独北叔没有赶回来。

北小武不顾一切地拨通他父亲的电话号码,号啕大哭。他说:"爸啊,爸,你快回来吧!妈妈不行了。她以前再不对,你也原谅她吧。"

北叔一直对北小武的母亲心有成见,原因是她总是无中生有,给他添了很多麻烦。她总是四处宣扬她的不幸,宣扬北小武父亲的负心。可是眼下看来,北小武的父亲并没有给北小武带回什么小姨娘来。所以,这么多年来,他们夫妻的关系很僵。

电话那端，北叔似乎也哭了。但是，他并没有应承要回来，只是说他对不起她，让北小武好好替他陪陪她吧。

北小武最后对他的父亲破口大骂，骂他不是男人，骂他小肚鸡肠。骂着骂着，他又哭了，还是哀求父亲回来。我同凉生看着北小武鼻涕、眼泪流成一团，却不知道怎样去安慰，心里特别难受。北小武见求不动父亲，最后将手机摔在墙上。

一时之间，四分五裂。

北小武的母亲最终闭上了双眼。

她没有去医院。她跟北小武说她今天喝了一点儿农药，因为病痛实在太辛苦了。她说她要去天宫上做七仙女了。那时候她的意识已经模糊了，可是当众人给她灌绿豆水解毒的时候，她却将牙齿咬得死死的。

这个时候，我才理解她为什么要喝农药，因为她求死的决心是这样的大。但她又没喝太多农药，因为内心非常想见见她的儿子——她一直引以为傲的儿子。

在停止呼吸前的一段时间，她特别清醒。那时，只有我同北小武陪在她身边，别人都去忙着准备她的后事了，而凉生先回家照顾母亲去了。

她对北小武说，其实并不是她对北小武的父亲造谣。她干枯的手拂过北小武的脸，接着说："孩子，女人的直觉是很灵的。妈妈和爸爸的事情，不是你们小孩子能看得通透的。"

然后，她残喘着说："小武啊，这一辈子，你得做个好人。不要像妈妈这样，更不要像你爸爸。"

她看了看我，有些迟疑，但最终还是说了出来。她说："你爸爸，这辈子想出人头地，所以一直不择手段。很多年前，魏家坪的那场矿难，就是他跟何满厚，不知受了谁的唆使……给捣鼓出来的。他们将引爆炸药的芯子给截短了……所以，那场矿难，埋了那么多活生生的人。五十条人命啊……只是为了从姓杨的手里夺过煤矿的开采权……可我知道……他是被人利用了……"

我当时像傻了一样站在原地，突然理解为什么北叔一直以来对我这么好，对凉生这么好，对魏家坪所有的小孩儿都不错。原因是他内心的惶恐不安时时刻刻灼烧着他，让他不得不对我们这些失去亲人的孩子做一些补偿。这样，他的良心才能得以安慰。

北小武也停止了哭泣，傻傻地看着母亲。他根本不愿意相信，此刻母亲所说的一切。他同凉生，同我，本来是最好的朋友，而现在，却成了有着这样渊源的仇人。而他的父亲，那个他一直敬重的男子，顷刻之间竟然成了一个身负血案的杀人凶手。

北小武的母亲把目光突然落到我的身上，说："姜生啊……因为有人，想你爸死……"

这是她曾经在电话里偷听到的。但是，我并不知道这句没头没脑的话的来由，更不会知道父辈的恩怨纠葛、因缘际会，导致了我和凉生此生坎坷的命运。

北小武的母亲在咽下最后一口气的时候，紧紧地抓住了北小武的手，几乎用尽全身力气。她说："小武啊，无论别人和我多么恨你父亲，你都不要恨他啊！因为，你没有这个资格……"

话说到这里，她就不停地喘息，越来越凝重，越来越急促。

到最终，她也没将剩下的话说完整，就离开了。

是啊，世界上的子女哪有痛恨父母的权利？或者，我对父亲的痛恨也是这样没有道理的。毕竟，他赐给了我生命。

62

小九回来了

北小武母亲的离世让冬天提前到来了。

北小武变得异常沉默，常常对着书本发呆。每次从他们班门口经过的时候，看着他那个样子，我整颗心就无比酸楚。我想，如果小九看到了，会不会心疼，会不会流眼泪呢……

他一直没有再联系他的父亲，我也没有将北小武母亲临终的话告诉凉生。我宁愿那只是她说的疯话，也不想凉生再次难过。事情过了这么久了，就让它随时间湮灭掉吧。

雪花随着冬天的到来来到了北方的城市。北方一直缺少南方的山水清秀之色，但每年冬天的雪确实异常漂亮。

我同程天佑好像已经很久没有联系了，不知道他曾经说过的那些动听的话是不是还算数。如果是算数的那又怎样？我想同他在一起吗？我还记得在别墅的那个夜晚，他的手覆在我的手上，很温暖的掌心，很明净的微笑。至少，在黑白琴键流淌的悦耳音符中，我感觉到了无尽的幸福感。

我想，我一定一定要好好记住那个夜晚。对我这样的女孩子来说，无论当天谁是王子，我只要记住那个夜晚的瑰丽和梦幻就已经足够温暖了。美好的回忆就像一枚叶子，搁置在你心底最隐秘的地方，等到垂垂老矣的那天，你再拿出来看看。如果苍老的你还会因为这枚宝贵的叶子像一个少女一样微笑时，那么，这一生总算没有白过。

下课后，雪地里就堆满了脚印，大大小小、歪歪斜斜的。高中生活里，下雪是一件蛮令人开心的事情。

记得高中的第一年，我曾经在冬至时跟凉生赖着要礼物。凉生最终在学校周围的小饭馆里，请我吃了一道糖醋里脊。从那天开始，我就有了一些很异想天开的念头。我想如果天天是冬至该多好啊！那样，我能吃多少糖醋里脊啊！

这样的话，我没有说给凉生听。我怕他心疼，心疼我是一个拿糖醋里脊或者红烧肉做终极理想的孩子。

这件事情，我偷偷地说给北小武听过。北小武请我吃了小半月的糖醋里脊，直到那个叫小九的女生出现。他忘记了他的承诺，大脑直接成了空壳，将我扔在一边，天天同小九腻歪在一起。

或许，我对小九最初的不喜欢，也与吃不到糖醋里脊有关。

唉，私下里，我真是一个小人。

中午的时候，在宿舍里，金陵给我削好一个苹果放在手里，说："姜生啊，冬至的时候，要吃一个苹果。那么，下面的日子，你便会平平安安，所想的事情也都会有完美的结果。"

我冲她吐吐舌头，多少年了，吃了无数个苹果，也没见得我生活得多么平安啊。但是，我仍然对金陵的好心表示感谢。毕竟我得表现出自己是一个心存美丽愿望的女孩儿不是。

下午的时候，我也学着金陵的样子，送给北小武跟凉生每个人一个红苹果。他们都为我的体贴表现出无比开心，双双当着我的面，在冰冷的雪地里啃苹果。结果，他们双双啃出一条虫子来。

我的手怎么就这么背呢？刚从学校的商店里挑的两个苹果，我千挑万挑，竟然挑了两个长虫子的？我发誓，它们的表面光滑无比，形状完美，根本看不到任何疤痕和虫眼。

北小武把虫子挑出来，扔在地上，然后继续大嚼。我想他一定是记起那个叫小九的姑娘，因为小九也说过，冬至的时候，你一定要吃苹果。不过她的版本是如果那时候你吃苹果，你所期望遇见的人就会平平安安地出现在你的面前，而且，你们之间一定会有一个完满的结局。

忘了说，小九就是在那个冬至，啃着苹果满街乱晃的时候遇见北小武。北小武看见她红得跟胡萝卜一样的小手，搭讪了一句："你这样不冷吗？三九天啃苹果。"

我问过小九："那时候的北小武是不是特别暖男，让你一下子就融化了？"

小九说："没。我说：'冷你姐夫！滚！'然后我将苹果扔在他的头上。"

就这样，他们认识了。

所以，小九一直都这么跟北小武说，跟我们说。她说："冬至的时候，你一定要吃苹果。"

北小武现在在我面前一口一口地嚼着苹果。我知道，他肯定也想起了小九，否则，他不会嚼着嚼着，眼圈就渐渐变红了。

我扯扯他的衣裳，说："咱今晚去金陵那里聚会吧！一起放松一下，祝愿咱明年都能金榜题名。"

我提议到金陵那里去，是因为去北小武那里不方便。何满厚就住在他的对面。我知道，凉生不喜欢见到他。而我虽然救了他，但也不愿意见到他。有些人总是你的伤，让你不愿面对。

当天傍晚，我们四个人均跟自己的班主任请了病假，说是吃凉苹果吃得肚子疼，要去诊所里检查一下。现在想想，当时幸亏我们的学校没有诊所，要不我们怎么可能有这样合理而简单的借口呢？

当天晚上，我们像雀跃的小鸟一样飞奔出了校门。我们准备先到超市里买点儿水果、零食一类的东西，再飞奔到金陵的小窝。唉，我真没出息，一提吃的，脚上就跟长了风火轮一样。

学校门前三十米处是公路，路灯像一个个沉默的少年，对心事缄默不语。雪花依旧在空中飘飞，如同上帝撒向人间的花瓣。我的视线就在这漫天雪花和灯光下变得迷离。突然，我的脚步迟疑了起来，因为在正对学校大门的路灯下，我看到了一个孤单的人影不停地徘徊，心事满怀的模样。

不仅是我，我身边的北小武也停住了步子。我转脸看着他，他脸上的肌肉开始抽动，鼻尖开始冒汗，雪花一片一片落在他的肩膀上，时间仿佛定格在那一秒钟。

当路灯下的那个人影站定，抬头的那一刻，北小武再也停不住脚步，像发疯一样跑过去。他的声音颤抖得厉害，几乎压抑到嘶哑，他喊："小九！"

是的，是的。

是小九！

怎么会是小九？

竟然会是小九。

我看着北小武跑向那个孤单的女子时，眼泪"吧嗒吧嗒"地掉了下来。

我们的小九，北小武的小九，她竟然回来了！

在这个下着雪的冬至，她像一片洁白的雪花飘落在我们的面前，一身洁白，似乎全世界的纷扰都与她无关。

我的眼泪不住地往外流——小九，小九，她真的回来了。

63
对不起……雪王子爱不起你……

在金陵的房间里，红红的炉火映着我们三个年轻人红彤彤的脸庞。凉生同金陵在厨房里弄火锅材料，而我在桌子前做大灯泡，对着小九傻笑。她瘦了不少，不像以前那样丰盈了，但是似乎更清丽了。

听凉生在厨房里喊我，我很不情愿地挪到厨房里，看着凉生，问："干什么啊？小九回来，我还想多看几眼呢！"

凉生说："好姜生，你怎么就这么愿意做大灯泡呢？"

我偷偷地从他摆好的盘子里拿了一块瓜条，塞到嘴巴里，笑着说："哥，关键是小九不像未央那么难伺候，你看我什么时候给你跟未央做电灯泡了？我敢吗？否则，我早就被未央掐死喂鸟了。再说，我是北小武的'正室'，这是众所周知的。我家相公纳小妾了，我能不去看看吗？"

凉生无奈地笑，将一块蜜饯放到我的嘴巴里，说："姜生，你别对未央有那么多的意见。虽然她性格乖张一些，但人还是不错。"

我撇撇嘴，说："情人眼里出西施，我才不要管你呢。"

说完，我又打算跑到小九跟北小武面前见证他们的喜悦时刻。

凉生拉住我，说："姜生，走，咱到阳台上看雪花。你别去凑热闹了，好不好？"

我同凉生到阳台上看雪花。

那天的雪下得真大，空气却不是特别冰冷。我仰着脸，雪花落在我的眉毛上，不久，融化消逝，就像从来没有出现在这个世界上一样。

凉生站在我的身边，穿着厚厚的棉衣，鼻尖红红的。我看着看着，眼睛就发酸。唉，我吃了这么多年的苹果，愿望怎么就永远不能实现呢？

凉生看了看我，说："姜生，姜生，你怎么了？你是不是受什么委屈了？"

听他这么一问，我的眼泪就掉下来了，我抱着他"哇哇"地哭，就像小时候那样肆无忌惮地哭。很多年后的现在，这已经不是我熟悉的怀抱，更不是我可以取暖的怀抱，尽管在那些没有忧虑的日子，这个怀抱给了我世界上最大的温暖。但是，这终究不是属于那个叫姜生的小孩儿的。我一边哭，一边念叨着"哥哥"两个字。因为我找不出什么话来做对白，找不出任何借口来解释我的眼泪和悲哀。

凉生不知所措地看着我，却不知道怎样来安慰。雪花划过他天使一样的面容，落进我的衣领中，我的身体随之抖了一下。

凉生说："姜生，你是不是冷啊？要不，咱回屋吧。"

我摇摇头，说："哥哥，我想和你待在一起多看一会儿雪。"

这么长的时间里，我很少和凉生单独待在一起。以前同凉生在一起的时候，我总是看着天空，问他很多傻问题。有一次下雪的时候，放学的路上，他一直牵着我的小手，唯恐我滑倒。那时，我看着天空的飘雪，问他："哥哥，你说，天空为什么会下雪啊？是不是有什么神仙不开心了？"

凉生愣了一会儿，对着我笑，说："是啊，有神仙不开心了。"

我说："那哥哥，是哪个神仙不开心了呢？他为什么不开心？"

当时我只知道，七夕牛郎织女相会的时候，因为悲伤，他们会流眼泪。

凉生将我背过清水河，那时的清水桥特别滑，每年总是有一些小孩儿从桥上滑下去，甚至就这样失去了生命。凉生说我的小命很重要，因为我得留着小命将来吃他给我做的红烧肉。

凉生又想了半天，才慢吞吞地回答："因为天上的雪王子喜欢上了我们的姜生，但是注定不能娶她，因为，神仙是不能和凡人结合的。每当他想姜生的时候，就会下一场雪，只希望雪花能替他到凡间来陪伴他的姜生。"

我当时听得心里美美的，臭美地觉得自己的魅力真大，连神仙都对自己动了凡心。但我还是噘着嘴巴，对凉生说："我才不是他的姜生呢！我是凉生的姜生。"

凉生就笑，眼底闪过若有似无的悲伤。这是我发现不了的悲伤，就如同我心底的悲伤一样，永远见不了天日。

我看了厨房里忙碌的金陵一眼，转而望着凉生，嘴巴轻轻地嚅动，声音异常干涩，喊了他一声："哥。"

凉生低头看看我，轻轻地应了一声。

我眼泪流下，突然像小时候那样问他："哥哥，天空为什么会下雪啊？是不是有什么神仙不开心了？"

凉生身体一震，他的眼圈也红了起来，低头看着我，声音无比低沉，似乎是压抑了很多心事一般，句句艰难。

他说："因为……天上有一个……叫作……雪王子的神仙。他……喜欢……喜欢上了我们的……姜生，但是注定不能……娶她，甚至……不能去爱……她，因为，神仙是不能和凡人结合的……"

凉生说到这里，眼泪狠狠地流了下来，落在我的脸上，灼痛了我的皮肤，一寸一寸，迅速灼烧到我的心脏。顿时，我的心四分五裂，疼痛就像山崩地裂的伤，不可扼制地侵吞了我每一根神经，每一个细胞。

凉生一边流泪一边艰难地说完最后的话，他的嘴唇颤抖不已，每一字，每一句，仿佛是蹦出来的一般。他说："每当……雪王子……想姜生的时候，就会向人间……抛撒……一场雪，只希望，雪花能替他到凡间来陪伴他的姜生。他很难过，因为……姜生啊……对不起……雪王子爱不起你……"

这时，我只听到凉生的心跳声。他无助的眼泪就这样滴满了我的脸。

64
原来过了这么久，属于我的人和物，都没有改变

那一夜，我们五个人凑在一起吃火锅。我、凉生、北小武，还有小九的眼睛都红得跟兔子一样。

我最先止住了哭泣。我对凉生笑，接着说："哥哥，小九回来了，我们该开心才是啊！我不好，不该流眼泪，只是一想到小九受过那么多伤害，终于回到了我们的身边，就开心。开心就会流眼泪……"

凉生仰着脸，看看窗外的天空，天已初晴。他揉揉眼睛，说："没事，没事，只是，我刚才想起了你的小时候，就觉得没让你多吃几顿红烧肉，所以难过，就哭了。姜生，你别难过啊，今天难得聚齐，我们得开心呢。"

金陵看看我，又看看北小武，再看看凉生和小九。

最后，小九打破了沉默。她将脖子上的围巾扯下来，拿起筷子，冲我们吼："你们都哭什么？你们的小九姑奶奶回来了，多喜庆的事啊！你们还一个一个多愁善感地给我装兔子，小心我把你们给涮火锅！"

她这么一说，气氛突然轻松了好多。我们都动起筷子，畅快地吃起火锅来。红红的辣椒油，吃得我们直冒汗。

小九回来了，我那么开心。可是当她在我们面前沉默的时候，带着一种物是人非的沧桑感，我心里特别难受。现在，她突然又活蹦乱跳的，我心中顿时觉得踏实了不少，觉得无比开心，原来过了这么久，属于我的人和物都没有改变。

夜里，凉生和北小武回到北小武的小出租屋里。金陵睡在靠近暖气片的地板上，我和小九挤在床上说了一晚上的话。

我将脑袋靠在小九的胳膊上，轻轻喊她的名字："小九，小九。"

小九睁开眼睛，说："干吗？跳大神，还是叫魂呢？"

我吐吐舌头，说："小九，你回来了，我好开心啊！"

小九拍拍我的脑袋，说："姜生，你还真是兔子不吃窝边草，还是把我们家小武原封不动地给我保留着啊！"

我笑，鼻子有些酸。这个没良心的小九，就不想北小武的好。我说："是啊，是啊，我怕动了你心爱的北小武，你回来就拿刀把我大卸八块了。"

小九笑着说："姜生，你的嘴真甜。"

然后她指了指睡在地板上的金陵，附在我的耳边小声地问："姜生，凉生跟未央分手了吗？怎么换了一个妞？这妞眼熟啊。"

我说："小九，你认识她的。你忘了吗？"

小九说："我知道我认识她。我的意思是，以前我没留意，现在才发现她太眼熟了，但是我又想不起以前我们到底在哪里见过面。"然后她胡乱地把被子盖在身上，说，"算了，不想那么多了，这样就挺好的。"

说完，她就呼呼大睡了。

65
有一个叫作程天佑的男子，像极了凉生

我一直想，是不是小九回来了，北小武就可以放弃他考大学的梦想了。没想到的是，他竟然变得比以前还用功，而且搬回了宿舍，把自己的小窝腾给了小九。

我跟小九笑："看样子，你注定要做'状元夫人'了。"

小九笑："'状元夫人'？你不会说，就别弄出这些来路不明的词来糊弄我这个文盲。这叫'诰命夫人'，不叫什么'状元夫人'。你还'皇帝夫人'呢！"

说完，她特别鄙视地看了我一眼。

我本来打算让小九跟金陵住在一起。因为何满厚就住在北小武的对面，我总觉得这样不太方便。对了，何满厚的身体已经恢复得差不多，而宁信给我留下的钱，也刚好花完了。我想等元旦过后，就让腿脚利落的他赶紧回魏家坪吧。

而且，我觉得何满厚确实不是个好人。每次我和金陵去给他送饭的时候，他总是有些不怀好意地看着我们。如果说是因为青春期的小女孩儿太过敏感，我也只好承认，但是他的眼神确实让人感觉特别不舒服。

或许北小武说得对，我不该将一只白眼狼救回家。

不过，我还是没有将自己的担忧说出来。因为何满厚最近一直不在出租屋里，我也不知道他去了哪里。这样，小九住在那里，比较稳妥一些。

我经常过来看小九，看到她跟北小武站在阳台上对着彼此吹"仙气"。小九对着北小武吹一口"仙气"，说："变！变成猪！"

北小武就将自己的鼻子戳扁，扮成猪的模样。小九就很开心地大笑。冬日的寒气给她的脸涂上了粉红的胭脂，让她看起来非常漂亮。她在北小武的面前笑得跟个孩子一样。

北小武扮猪扮够了，就对着小九吹了一口"仙气"，说："变！变小鸡蛋！"

小九就踹北小武，说："你才是鸡蛋呢！"

看他俩掐架的时候，我突然想起了程天佑。以前我们俩凑在一起的时候，也是没有两句话就掐成了一团。但程天佑绝对没有北小武可爱——北小武总是让着小九，而程天佑总是想在我面前装霸王。

最终，我们不再吵架了，他却像从地球上蒸发了一样。我甚至怀疑，世界上根本就没有这个叫作程天佑的人，他不过是我大脑中的一个想象。我欺骗着自己，有一个叫作程天佑的男子，他像极了凉生。

我看着北小武同小九那么幸福地说笑着，也在远处跟着傻傻地笑。我在想，会不会有那么一天，我也像小九一样幸福……

想到"幸福"这两个字，我手背就隐隐作痛。我抬起手臂，程天恩咬的伤口已经结痂、脱落，在原本光滑的手背上留下了牙痕，看得我的心一直发冷。

再次遇见程天恩，是在金陵的房子外。周末有考试，而这丫头今天没有来上课，所以我不得不将准考证给她送过去，总不能让她耽误了明天的考试吧。

程天恩在我的身后出现。他喊我姜生，声音无比温柔，却让我出了一身冷汗。

我转头，看见他坐在轮椅上，冲着我很友善地微笑。他裹着厚厚的围巾，头发飘逸地落在围巾上，如同画中的男子一般好看。他说："怎么，姜生，这么快就将我忘记了？"

我收起了自己的花痴，转身想跑，却见一群男子从巷子里走出来，挡住了我的去路。我看着他们凶神恶煞的模样，心里一阵哆嗦，停住了脚步。

程天恩摆摆手，摆出一副故作生气的表情，对身边那个平头正脸、年纪稍长的男子说："平啊，你也不管管你的手下！他们这个样子，把我的姜生吓坏了怎么办？"

然后他慢慢靠近我，说："姜生，我们真是有缘分啊！所谓人生何处不相逢，说的就是你和我吧。来，让我看看你手上的伤口，还疼吗？我当时真是不该那样，弄疼了你。你不知道，回去之后，我的心有多么难过。我自责啊。"

说完，他伸出修长的手指，试图拉我的手，被我一把甩开。

我当时心想，大不了"英勇就义"，也不要再受这个变态小公子的骚扰，否则这样下去，我非发疯不可。所以，我甩开手后，就冲他吼："你这个人怎么心理变态啊？你到底有完没完了？非要看着姑奶奶死在你的面前，你才开心是吧？"

程天恩看着我，并没有因为我的反应而有任何吃惊的表情。他拍拍巴掌，说："精彩，真精彩！多么有个性的小姑娘啊，怪不得程天佑会喜欢。"

说完,他对着同来的人笑,说:"姜生,你刚才不冲我发脾气的话,我本来想将你让给我哥哥的。可是,你发脾气了,好威风啊,我就喜欢你这样。怎么办?"

程天恩确实是一个疯子,而且疯得不轻。他身上有一种将人逼到窒息的鬼魅气息,就像一股黑暗的势力一样,不知不觉间,扰乱了你所有的生活,所有的思维。

我看着他略带幽蓝的眼睛,感觉自己的心跌到了谷底。

他说:"姜生,你别这么幽怨地看着我,好像我虐待了你一样。我怎么舍得呢?你有什么事就去办吧。"他转动轮椅,准备离开。他说:"姜生,我想你的时候,就会找到你的。你别躲我,我会难过的,难过的话,容易冲动,冲动的话,容易做傻事。"

说完,他就像鬼魅一样离开了我的视线。

我跟跟跄跄地走进金陵的房子里。

她面容苍白,看到我,艰难地笑了笑,说:"姜生,你怎么来了?"

我说:"给你送准考证。"然后我们又聊了几句话,我就离开了。

程天恩好像一片巨大的乌云,在我的心里投下了极其浓重的阴影。

66
至今,我还记得你第一次哭的模样

考试过后,有几天讲评试卷的时间,这两天我们就比较轻松。

我表面上似乎没有受到程天恩这个疯子多大的影响,成绩依旧强劲。班主任很满意地看着我,说:"姜生,你跟你哥将会是咱们学校的骄傲,好好考!"

由他的话看来，凉生的成绩肯定也不错。北叔曾经说过："姜凉之是魏家坪唯一的文化人。姜生、凉生，你们俩将来会是魏家坪更厉害的文化人。"

我从来不敢想象，北叔居然是那场灾难的制造者。我只以为是上天给我和凉生的命运带来不幸，万万没有想到，导致了我的家庭悲剧发生的人竟会是北叔。

一直以来，我很犹豫要不要告诉凉生，要不要让他知道。可是，他知道了又能怎样？难道能将时光退回到十四年前的那个黄昏吗？

如果没有这场矿难，凉生应该很幸福地在城市里成长，像个王子一样无忧无虑，不需要经历这么多辛苦和酸楚。

而我会在那个阳光挂满半个山坡的美丽午后，和小咪一起等待妈妈从外面干完农活回来，然后甜甜地喊她一声"妈妈"。那么她这一生，虽然委屈，但不至于像现在这么痛苦。

我可以对着魏家坪上任何一个小男孩儿做鬼脸——他们都不会像凉生一样，被我难看的鬼脸吓得大哭，用胳膊挡住脸，努力地憋住声息。

凉生，至今我还记得你第一次哭的模样。当时我就告诉自己，一定不要让你再流泪了。

这是一个四岁的小女孩儿对一个六岁的小男孩儿萌生的最初的心愿，也将是她一生不会变更的心愿。

金陵的成绩似乎并不如意，她趴在宿舍的铺上哭了很久。我都不知道该怎样安慰她，只能拍拍她的肩膀。她突然抬头望着我，说："姜生，我问你一件事情，你要跟我讲实话。"

我不理解她为什么变得这么严肃，但还是很认真地点点头。

金陵说："姜生，你喜欢过人吗？你真真正正地喜欢过人吗？"

我难过地点点头。

金陵说："那么你会为你喜欢的人做任何事情吗？"

我还是点点头——是的，如果他能幸福，我可以做任何事情。

金陵笑，擦擦眼泪，说："那么姜生，你有好朋友吗？"

我点点头，毫不迟疑地回答："当然了，你和小九都是对我很重要的朋友。"

金陵的脸突然变得非常悲伤，眼睛紧紧地盯住我，生怕错过了我的任何表情，她说："那么你会为了你喜欢的人伤害你的朋友吗？"

我先愣了一下，然后笑，说："你这是开什么玩笑呢？当然不会了，而且这样的假设根本不可能存在。"

我小心翼翼地看着她，说："金陵，这些问题都与你的成绩有关，还是与牛顿三定律有关？"

金陵收住眼泪，说："姜生，你讨厌。我不是理科生，你别跟我讲什么牛顿三定律。"

我并没有关心金陵为什么问我这样的问题，因为北小武在宿舍楼下等着我。今天我们要到他那里找小九，他因成绩考得不错，想"大宴宾客"。

67
我只是觉得这一刻，世界上充满了血腥的味道，突然不见了阳光

当我同北小武兴冲冲地来到出租屋外时，就听到了小九发疯似的呼救声。北小武将手中的水果扔了一地，疯了一样地冲进去。我紧紧地跟在他身后。

推开房门，我们看见何满厚正将小九死死地压在身下，撕扯她的衣服。小九头发乱成一团，脸肿得厉害，可能是被何满厚打伤的。

北小武疯了一样将何满厚揪起来，狠狠地踹在地上。何满厚并没想到我们会回来，可能以为这个屋子已经换了人住。就像我根本不会想到，

他会突然回到出租屋一样。

小九躲在我的身后，嘴角噙着血丝，像一只受惊的小鹿一样，惊恐地看着北小武同何满厚摔打成一团。

何满厚虽然不高，但是力气很大。所以尽管北小武很高，但是毕竟精瘦，也占不了太大的上风。

我的脸热辣辣的，我觉得这一切都是我造成的。所以，羞愤之下，我抡起暖瓶"哐当"砸在何满厚的后脑勺上。何满厚重重地倒在地上，不停地喘息。

北小武冲我吼："姜生，你给我看看你救的白眼狼！"

说完，他将小九紧紧地抱在怀里，不停给她擦脸上的伤。小九一句话也不说，只是挣扎着要离开这里。

何满厚在地上咧着嘴冲北小武笑，晃着肥胖的手指指着北小武说："为了这种女人，你这疯小子跟我急什么？"

北小武又给了何满厚几拳。他像疯了一样，眼睛血红。他说："你再侮辱小九，我废了你！"

何满厚仍然笑，晃着脑袋冲北小武指手画脚，吃惊却轻蔑地说："怎么？"

何满厚笑得特别猥琐。整个楼里，只有他疯狂的笑声。他指着小九，说："北小武，你还真不知道她是什么人啊？"

他的话让周围的空气都凝固了。

何满厚说："你不会不知道她的妈妈跟你爸在一起吧？他身边的人可没有一个不知道的。你爸爸太不是人了。"

何满厚越说越得意，根本没留意自己的血已经淌了一地。

北小武像雕塑一样呆立在原地。小九的脸变得煞白。她怎么也不会想到，北小武竟然是将她的妈妈带走的那个男人的儿子，而她的曾经本来已经渐渐被我们淡忘，却在今天更清晰地放大在北小武的面前。更重要的是那个人居然是她喜欢的男孩儿的父亲。

就在这一刻，小九崩溃了。她凄厉地惨叫了一声，就冲出了门外。

北小武的血液已经开始倒流了，他整张脸都变得扭曲起来。他狠狠地将拳头砸在门上，鲜血直流，然后不顾一切地冲出门外。我不知道他是不是去找小九，只是觉得他像一头发疯的雄狮，充满了危险。

我当时觉得整个世界都乱了，看着何满厚在地上苟延残喘，不知道该怎么办，只是觉得这一刻，世界上充满了血腥的味道，突然不见了阳光。

从那天起，我一直活在自责之中。我觉得是我的愚蠢导致了小九和北小武的不幸。我真的特别痛恨我自己，就算有那么多同情心，为什么非要滥用在那个叫作何满厚的瘪三身上？就因为我的同情心滥施，我伤害了小九，也间接伤害了北小武。

那些日子里，彷徨似乎成了一个巨大的容器，我的整个心脏都被装在里面，除了彷徨还是彷徨。我想要的快乐和幸福，就好像在命运的翻手和覆手之间。我本来开心地在翻手的幸福中微笑，转瞬却在覆手之下失去一切。

我找不到小九，也找不到北小武。我天天在学校的围墙边看外面的世界，想象着北小武带着小九回来，然后，他们幸福地对我笑着说"傻姜生，那只是你做的一个噩梦"。

可是，他们一直没有出现。我只见到川流不息的车辆在这个城市里穿行，不知道装载着谁的喜悦抑或悲哀。

因为北小武的母亲已经去世，没有北小武父亲的具体联系方式，学校也无法找到北小武，更没有办法找他的家长对他进行思想教育。

我问凉生："哥，我是不是一个很讨厌的女孩儿啊？我怎么给大家添了这么多麻烦？是我害了北小武，害了小九……"

凉生紧紧地握着我的手，说："姜生，别胡说，北小武不会怪你的。这样的事情，谁都预料不到。"

我就哭了，说："哥，北小武都骂我了，他说是我害了小九。哥，其实我不想这样，我真不想这样的。我那么希望他们幸福。"

68
一切都会好起来的

北小武是在春节放假前回到学校的。他回来参加了考试，也接受了学校的处分。

我和凉生去找他的时候，他根本不肯看我。我站在凉生的身边，无限的委屈。

凉生问他："小九也回来了吗？"

北小武点点头，不说话。

我张张嘴巴，想同他说话，却被凉生轻轻地拉住。凉生说："那有时间我们去看看小九，她现在在哪里？"

北小武摇摇头，说："我也不知道。小九说她想见我的时候就会来找我。凉生，你别担心我了。我没事。"

说完，他看都没看我一眼就离开了。

我抬头看看凉生。

他转过脸，看着我说："姜生，别难过，一切都会好起来的。"

我相信凉生。他说一切都会好起来的，那就一切都会好起来的。

我是在巷子弯碰到小九的，她正在陪着一个疯疯傻傻的中年女人吃小龙虾。那个女人坐在她的对面，小九很耐心地给她剥开壳，放在她的嘴边。中年女人吃得很快，眼睛直直地盯着小九手中的每一只小龙虾。小九脸上的表情很安详，安详得就像一个没有童话发生的秋天一般，阳光和煦，轻风拂面。

当我走到她的面前的时候，她抬头看看我，眼神有些迷茫。似乎，我的出现又让她想起那个夜晚的惨痛，想起了那些污秽不堪的往事。所以，她迟疑了很久，才同我打招呼。她说："姜生，你们要放寒假了吧？"

我点点头，说："小九，对不起。"

小九笑："你没做错什么，北小武不该怪你的。"然后，她又笑着说，"姜生，一切都会好起来的，不是吗？"

其实，她的笑容并不如她的语言那样坚强，我能看出她眉头间的伤痕，能看到她的犹豫和忐忑。小九的眼睛是我见过的最清澈干净的眼睛，它们从来藏不住心事。

小九指指对面的中年妇女，对我说："我妈。"

两个字，简短明了，可能她怕多一个字自己的声音都会多一分颤动。尽管她百般掩饰，我仍能听出她声音中的哭意。

那一天，我和小九坐在巷子弯的小店里，为小九的母亲剥小龙虾。阳光辗转过巷子弯狭窄的过道，划过小九的睫毛，投下浓密的阴影。

我们就这样安静地坐着。

很久之前，我也常同小九来巷子弯，对这里的美食进行疯狂地"扫荡"，就好像两个饿死鬼似的。那个时候的小九，化着浓妆，染着鲜红的指甲，穿着各类主题的衣服，对每一个过往的男子评头论足，吐出的烟圈常常呛得我直流眼泪。

如今的小九，安安静静地坐在巷子弯，沉默不语。

那一天，我才知道，小九的母亲跟着北小武的父亲在外地的时候吃尽了苦头。那天在巷子弯程天佑受伤的事情，据说是北小武的父亲撺掇何满厚做的。因为，当时的程天佑想要查清十四年前魏家坪的那场矿难是不是有谁在主使。

我不明白为什么程天佑会同魏家坪的矿难扯上关系，或者他为什么会对魏家坪的矿难这么感兴趣。小九猜测说："为了钱吧。可能程家有意将势力扩展到矿业，所以对那些煤矿很感兴趣，而北小武的父亲又是魏家坪的势力人物，要想侵吞魏家坪的煤矿，必须先搞定北小武的父亲。所以，程家可能顺藤摸瓜，摸到了北小武父亲十四年前的那段过往，并把它作为要挟。然后，北小武的父亲决心拼个鱼死网破，来到省城对程天佑下了毒手，以警告程家。不过，你们魏家坪芝麻大点儿地，都不够小公子塞牙缝的！至于吗？"

小九说着说着自己也乱了，说："算了算了！我也不知道，管他呢！"

反正北小武父亲和何满厚后来去了外地，程天佑也并没有大碍。那天在巷子弯里，我和小九救了他。

我心里突然难过起来。小九说得对，程天佑虽然像凉生，但是他毕竟不是。在凉生的心里，我占了百分之百的分量；在程天佑的心里，我似乎只占了很小的一部分。他有太多想要得到的东西，太多的欲望，所以，可以分给我的地方，就变得那么小。

我没有告诉小九我与程天佑的事情，更没告诉她我遇见了一个更像魔鬼的人，他就是程天恩。

小九的母亲疯了，因为北小武的父亲最终将她抛弃了。她抛家弃女，陪他流亡，跟他受尽了漂泊之苦。而最终当程天佑找到他们的时候，北小武的父亲却用她来当挡箭牌，自己逃跑了。

说到这里，小九哭了。她的母亲却木木地坐在她的对面，依旧贪婪地看着她手里的小龙虾，并没有看到女儿脸上的泪水。

人世间，总是有太多的爱情幻灭。她用一份不可托付的爱毁掉了一个家，以及一个花一样的女孩儿。我不知道小九心里恨不恨她。小九是不是恨过了，剩下的就只有悲悯的血缘亲情？

69
命运是一个无常的轮盘

巷子弯是一个命运纠结成团的地方。在这里，北小武的父亲和何满厚对程天佑痛下毒手，而我和小九在这里救了程天佑一命。我还因此得到了宁信的金钱奖励，最后这笔奖励全花在了何满厚的身上。花了这笔钱的何满厚竟然伤害了小九，而我同小九今天又在巷子弯里陪着她疯疯傻傻的母亲吃小龙虾……

命运是一个无常的轮盘,你永远不知道下一轮,它会将你置身何处,置身何事。譬如,明天的我和小九又会怎样相遇?

离开小九的时候,我独自在巷子弯转了很久,很久。抬头看天的时候,我想起了程天佑,想起在这里,他的鲜血沾满我的衣裳。

小九让我不要招惹他。最终,我招惹了。

招惹后,我陷入了很多旋涡中——宁信与未央的旋涡,苏曼与天恩的旋涡。

或许,就像小九说的那样,如果那天我眼睁睁地看着程天佑躺在这里而不施救的话,那么现在的我该是一个快乐的姜生,而不是这样烦恼满怀、独自彷徨在每一条街上,却找不到回去的路。

70
这钱是她将一大包零票拿到银行里兑换来的

春节的时候,北小武没有回家。因为没有家,更因为他想留下来陪着小九。那个叫小九的女孩儿,有着世界上最清澈的眼神和最灿烂的笑容。没有人舍得失去她,也没有人舍得她失去最美好的一切。

我同凉生回家之前,帮金陵把宿舍的行李全部搬到了她的出租屋。金陵说:"姜生,我提前祝福你新年快乐,你要保重。"

我拥抱了她一下,笑着说:"宝贝金,你也要保重啊。等我回来,咱再凑到一起吃火锅啊。"

那天我很不开心,因为凉生让我等了很久才出现,他的身后还跟着未央。

我突然想起了《十八相送》。他们两个需要这么缠绵吗?光天化日的。

金陵笑，说："姜生，你公平一点儿好不好？人家两个人什么都没干，你就给人家扣上'光天化日缠绵'这样的大帽子。姜生，似乎很多妹妹喜欢吃哥哥的飞醋。你说，有这样的必要吗？"

我不理她，也冲着凉生黑着脸。

凉生说："姜生，你怎么了？"

我说："没怎么，就是快站成化石了。"

未央笑笑，对凉生说："我们的姜生就是词汇量丰富，联想能力强。"

然后未央很亲热地抱了我一下，说："宝贝，春节快乐啊！等你回来，记得一起玩啊。"

她这热情的拥抱真让我消受不起。我真不喜欢她总是当着凉生的面对我这么亲热，好像我们是失散多年的亲生姐妹似的，背地里却对我"飞小刀"。

我突然想起一个很好笑的点：如果是在古代，未央被送进后宫里，绝对是争宠的好手，她的对手都会死得很惨。当然，我估计会更惨，恐怕连宫门都还没进就被别人丢进护城河里了。

在车上，凉生见我一个人傻乎乎地发愣，就推了我一把，说："姜生，你想什么呢？一脸花痴的模样？"

我吐吐舌头，对他笑，说："哥啊，我刚才想，我没进后宫就被人扔进护城河里了。然后，我在替自己可惜。你想，要是当朝的皇帝恰好是一个大帅哥，我这不就错失了一辈子的好姻缘？"

凉生笑，说："姜生，我真怕了你了。你什么大脑啊，就不能想点儿别的吗？"

我说："想啊。我还想，如果我是女皇的话，该怎样扩充我的后宫，怎样防止那些男妃相互争宠，防止他们把一些漂亮的男妃在进宫的路上就抛进护城河里……"

凉生将头靠在车窗边，看着我傻乎乎的样子，不住地笑。

我说："有什么好笑的？难道哥哥你不喜欢漂亮的女孩子？其实，哥哥，你不要总是笑我浅薄。要说起来，你比我还要浅薄！"

凉生点点头，说："好了，姜生，算我浅薄好不好，最不喜欢你跟我说未央了。"

我皱眉道："为什么？难道我说她的坏话了吗？"

凉生说："姜生，你别急，我只是不想你谈起她不开心。"

大约在凉生的世界里，一个让你那么不开心的人，你没必要提起她，不值得。

我本来想跟他争论，这是什么破理论？那个叫未央的女生这辈子注定就是要活在我的生活里了。既然你将她带进了我的生活里，又要我对她视而不见，到底是我该选择性失忆还是让她去学隐身术呢？

最终这些话，我没有说出口。

新年快到了，我不想再同凉生闹别扭了。我们之间，在过去的两年里有太多的不开心发生了。再说，我只有半年就要同凉生相隔天涯——

我没法保证，我们会读同一个大学。

所以，我宁愿现在好好珍惜他的笑容，把它放在心里，将来没有他的冬天里，用来好好取暖。

整个冬天，我一直在母亲的被窝里取暖，像一只小猫一样靠在她的身边。凉生弄了很多的柴火，将整个小屋弄得暖烘烘的。这似乎是一个很温暖的寒假。

凉生、母亲，两个最亲爱的人一直陪在我的身边。

我和凉生围着炉火给母亲讲学校里发生的事情。母亲看着我，脸上的微笑很动人。似乎这暖融融的氛围，让她感到了无限的满足。只是，在半夜里，她咳嗽得特别厉害，整个人似乎会窒息一般。

除夕夜，吃过饺子后，母亲破天荒地给我和凉生封了红包。我打开来看，却见里面躺着一张崭新的一百元。凉生的红包里也是。这种红包是母亲亲手用红手绢缝制的。她说这样看起来比较吉利，财不能外露，否则这一生都不会有福气。

母亲还很害羞地说，这钱是她将一大包零票拿到银行里兑换来的。

我的眼睛酸酸的，我连忙转过头去盯着电视，生怕眼泪落到母亲的眼前。这二百元是病床上的母亲靠给别人穿项链换来的，每穿十根项链换五分钱。需要耗费很长的时间，她才能将一毛一分的钱全部积攒起来，然后再拖着生病的身体到县城的银行里，给我同凉生换成两张崭新的一百元。只是因为，新的纸币看起来才够好看，才够吉利。

当时，我的心无比酸楚，觉得自己特别没用，没有足够的能力让母亲过上好日子。

母亲似乎有些疲惫，看着我和沉默的凉生，靠在枕头上说："你们都长大了。姜生也是大姑娘了，总该买点儿什么自己喜欢的东西。"

然后她又看看凉生，说："凉生啊，妈一直觉得对不起你，让你晚上学了两年。家里也没有什么底子，没法给你盖新瓦房，给你娶媳妇。一切只能撂在你的肩上，看你自己努力了。妈欠了你两年时间啊，让你将来的生活会很紧张……"

凉生偷偷地擦眼泪，说："妈，你别这么说，说了我的心怪酸的。不是过年吗？就该高高兴兴的。等凉生将来工作了，一定将你接到城里去，给你在城里买一栋房子，也让你逛公园逛超市，让你坐出租车……"

说完这些，他就深深地低下了头。

71

北小武，你没给她画写真吗？

回学校的时候，我给北小武带了很多好吃的东西。凉生今年学会了炸年糕，金灿灿的，黏黏的，甜甜的。他围着锅台忙，我坐在他身边的小板凳上吃。

凉生揉揉被油烟熏红的眼睛，问我味道怎么样。我吃得狼吞虎咽的，嘴里却说:"还行,也就这么回事吧!"

凉生说:"哦。"

本来是要给北小武拿一些"也就这么回事"的年糕去,可是我嘴巴一抽风,全都塞进自己的肚子里了,为此肚子还疼了三天,直在床上打滚。凉生那三天只肯给我喂白水,不让我吃饭。他说:"年糕这东西在腹内不好消化,得完全消化了,你才能好起来。"

结果,那三天把我饿得死去活来的,一冬天长的膘全给饿没了。

可能是小九最近过得很好,所以,北小武见到我的时候,还像一个猴子似的,不停地将手伸进我的包里乱捞,捞出什么就啃什么。他说:"姜生,这个春节我就跟杨白劳似的,快饿毁了!"

我和凉生提前了两天回学校,就是为了能与北小武和小九在一起厮混上两天。我们将所有东西都拎到北小武的新出租屋——一个很漂亮很温暖的二居室,最大的遗憾就是离学校比较远。没关系,总的来说北小武还算是一个小大款。他可以打车来回,不必像我一样为一支两块五毛钱的唇膏犹豫上半天。

我问北小武:"怎么不见小九呢?"

北小武说:"小九不住在这儿啊。"

我说:"哎呀,我给忘了,你们俩这可是童男女的小感情,纯洁!"

说完,我就后悔了——我本来是想开玩笑,现在却觉得是在讽刺什么。

好在北小武并不是太敏感的人。他根本没有觉得有什么不舒服,而是一边吃我们带来的东西,一边让我和凉生看他最近的大作。

北小武的绘画天赋确实不错。直到今天,我才小小地震撼了一下。以前,我总觉得他不过是胡搞乱搞地信手乱涂而已。

靠近北面的房间里没有阳光,北小武一个寒假的画作全部在这里。每一张画上都是小九清瘦的模样,有微笑的、发呆的、玩游戏机的,还有一张是睡着的。这张画睡姿的,本来是背对着我们的,可能北小武并不想让别人看到这幅画,甚至不想让小九看到。但是,我的手就是喜欢翻东西，估计在我的周围，我唯一没有翻过的便是凉生的小陶罐了。

睡着的小九像一个天使。她长长的眼睫毛舒展着，长发散在枕头上，手靠在脸颊处，眉心有些皱，可能是梦里遇到了什么不开心的事情。

北小武见我翻出了这张画稿，不好意思地笑。我看看他，说："很好看啊，小九怎么看都好看。北小武，你画得真不错。"

突然，我的嘴巴又比大脑反应快了一步，我说出了一个很神奇的想法："北小武，你没给她画那啥写真吗？"

我当时绝对没有什么龌龊的想法，只是前几天看电视看到了那部传说中的好莱坞大片《泰坦尼克号》，被这个故事感动得痛哭流涕，又觉得北小武和小九的故事也够凄惨的，所以就这么类比了一下杰克和露丝。

可是我的话把北小武给问傻了——他绝对不会想到我会问出这样的问题。

其实我觉得没什么，不是现在都说那是人体艺术吗？要不就是人体文化。总之，他们都说是艺术的、文化的，为什么我说出来就不行呢？

凉生慌忙将我拉到客厅里，让我好好晒一晒阳光。他大概知道我是想起了《泰坦尼克号》里的桥段。当时，我还指着露丝问凉生："你们男人是不是都喜欢这一类型的女生啊？"

凉生说他去厕所，才逃过了我这么变态的问题。凉生觉得，我似乎很缺少男女大防这一种意识。所以，他想用阳光帮我驱赶掉因为《泰坦尼克号》而残留在身上的阴霾。

下午，北小武打电话找到了小九。

小九来的时候带了一身雪花，海蓝色的围巾更显得她的脸色青白。她看见我同凉生，忙说："新年好啊，新年好啊。"还没等我回应，她就伸出手来调皮地说，"拿红包啊，拿红包！"

我们见过财迷的人，没见过这么财迷的人。

那天下午，我们是到朱老大饺子村里吃的饭。听说朱老大饺子村的老板是一个女的，从沂蒙老区走出来的，似乎下过岗，然后白手起家创造了朱老大饺子村的神话。我一向敬畏那些精明强干而不妥协的女子。

有时候，女人身上表现出的那种坚韧，是令很多男人敬佩的。

那天吃饺子的时候，我一边吃一边祈祷将来自己也能这么有出息。这样，我就有能力捐款，让很多像我这样的小孩儿衣食无忧。尽管这些年来经济高速发展，但魏家坪还是一个很贫穷的地方，很多母亲像我的妈妈一样，无法得到该拥有的福利和保障。

朱老大饺子村里的灯光真漂亮。

凉生问我："姜生，你不是说今天金陵也会回来吗？"

我抬头，看看他，说："不知道，反正她没回来不是？可能明天吧。哥，你不关心未央，怎么关心起金陵来了？"

凉生刚想说什么就被小九打断了。她说："姜生，那个金陵，我突然想起来，我在程天恩身边的时候见过她。听说，他们之前就认识……只是，后来程天恩出了那样的事情……他们好像就很少再联系了。"

小九现在说话特别注意。她这样吞吞吐吐的，无非就是不愿意凉生和北小武太过清楚一些事情。当然，北小武和凉生正在海吞水饺，并不关心这个陌生的、叫作程天恩的名字。

那天吃过晚饭，我跟着小九回到她住的出租屋，见到小九的母亲正在给布娃娃梳头发。她一边梳，一边嘴里念念有词，说："小九啊，小九啊，妈妈给你梳头发啦。"

小九走过去，说："妈，你早点儿睡吧！"

她就连忙把布娃娃抱在怀里，低着眼睛看小九，满眼伤痕。她说："别将我的小九带走。我错了，以后不会把小九弄丢了。我错了，以后再也不会将小九弄丢了。我的小九……"

小九抽抽鼻子，给她的房间关了灯。巨大的黑暗包裹着她们母女。小九的妈妈缩成一团，将布娃娃抱在怀里。月光照在小九的脸上，小九眼里充满了巨大的苦楚和不知所措。

"小九，妈妈再也不会将你弄丢了"，这句话可不可以当作一个母亲对曾经被自己遗弃的女儿最大的愧疚呢？

72
你何必这么毁我?

从小九那里我得知了关于金陵的很多事情。她的父母常年在国外,她跟着奶奶过日子。从十一二岁的时候起,她便经历了一段很"飞"的过往。未央并没有骗我,金陵同小九一样,都有过一段凌乱不堪的青春往事。

可是,我还是那么喜欢金陵。有时候,我们走过的路常常会令自己充满幻灭感,但是这并不能说明我们是故意自暴自弃。如果有千万分的宠爱,我们也愿意自己像一个公主一样骄傲优雅着。

金陵认识程天恩,是源于之前久居香港的程天恩到他们的学校借读。那时的程天恩是一个纯白色的男孩儿。总有这么一个男子是魔力无限的。

可是,后来程天恩发生了那样的不幸……至于他们之间现在到底怎样,小九也不是很清楚。这时候,我才想起自己在金陵的住所外遇到过程天恩。当时,我只以为程天恩是在跟踪我,却不知道他同金陵的关系。

就在那一刻,我突然想起了金陵的眼泪,也明白了为什么她会对凉生有好感,因为在凉生的身上有着程天恩曾经的影子。

我们总是这样,一厢情愿地将自己不能割舍的喜欢,转到另一个与心爱的男子或女子有着相似眉眼的人的身上,企图能延续那份不可企或已经消失的爱和眷恋。

网上不是一直有这么一句话在流传吗?青梅枯萎,竹马老去,从此我爱的人都像你。

我暗下决心,一定要让金陵同程天恩这个魔鬼一样的男子脱离关系。

可是第二天,在"宁信,别来无恙"里,我还没来得及跟金陵说几句知心话,警察就将整个大厅团团包围了。

程天恩在一旁摸着嘴唇,饶有兴致地看着我,如同看戏一般。

一时间,整个大厅的灯全部亮起来。

这是宁信为庆祝未央的生日举办的派对，来的人大多同未央有关，或者同宁信有关，没有任何一个外来的客人。为了今天的派对，宁信停业一天。很显然，她对这个小妹妹宠爱有加。

当时，金陵的脸色异常苍白，她一面闪躲着程天恩，一面紧紧地握住我的手，力道太大，以至于我的关节有些吃疼。

为首的警察问："谁是这里的主管？"

宁信从人群里慢慢地走出来。

为首的警察拿出相关证件，说："刚刚有人打电话报警，说在你们这里丢失了一样很重要的物件。"

程天恩这时上前，说："是我打的电话。那物件是我们家祖传的翡翠扳指，只传给我们程家的女主人……我原是拿出来打算给我哥哥喜欢的女孩儿看看，不想却不翼而飞了。"

说完，他看了看我，又看了看宁信。

宁信看了一眼程天恩，对警察说："我们都会配合检查的。"

不多久，他们在一件外套里搜出了一枚晶莹剔透的翡翠扳指。程天恩上前确认，说这正是他丢失的那枚……

但是当他将目光落在那件外套上时，眼里微微有恨，斜了金陵一眼。

这时，警察扬起那件外套，冲所有人喊："这是谁的衣服？"

这是未央的衣服……我刚要开口，却被金陵一把拉住。

未央抬眼看着我，目光如刺。

这件漂亮的单品让我和小九在阳光百货的橱窗外看得流了一下午口水。所以，未央穿着这件衣服送我和凉生回家的那天，我才知道灰姑娘同公主的区别：灰姑娘是因为王子的仁慈才变成了幸福的公主，而公主本身就是公主，本身就拥有无限幸福，无限荣耀。

可怜的我现在连灰姑娘都不是。

未央还没开口，就见宁信将衣服拿过来，穿在身上，系好纽扣。她连看都没看未央一眼，就对警察说："我过去配合你们调查。"

说完，她就跟随警察离开了大厅。

作为当事人，程天恩紧随其后，冷冷地看了金陵一眼。

未央站在大厅里看着姐姐被带走，呆若木鸡。

随后，留下的警察又做了详细的询问。

未央这才回过神来，对警察说："我姐姐不会做这种事情的！一定是别人陷害她！"

警察说："你放心，我们会调查清楚。"

然后警察就去后台调取监控，却被告知今天因为没有营业，所以监控全是关闭状态。

那天，小九也悄悄地离开了，北小武则紧紧地跟在她的身后。

金陵唇色发白，看着程天恩离开的方向。

这时，未央的目光如同犀利的剑直插向我。

她走上前，举起手，给了我一巴掌。我当时就愣了。我本来还在想灰姑娘和公主的区别，就被她这一耳光给打傻了。

凉生一把推开她，紧紧地护在我的眼前。他并没有想到未央会有这样的举动。这是他永远也不能理解的，同样，我也无法理解。

未央说："姜生，人在做，天在看！你不喜欢我，也不必这么栽赃嫁祸！"

凉生这才明白：她怀疑我将那个东西从天恩那里偷来，放在她的口袋里，借此陷害她。因为她自认为今天在场的人里面，没有人像我这样对她有深深的怨恨。

她也太高估我的智商了——我绝对没有这份智慧研究出这样的毒计。再说，我也就是不喜欢她，要谈恨，她还真不够资格。

可是，这女人也太狠了，一巴掌将我打得晕头转向。

我估计我上辈子做猫的时候可能不小心抓了她很多次，以至于她总是想将我给人道毁灭了。

她可能很不满意凉生这么袒护我，所以也冲凉生吼："你这么袒护你妹妹，为什么不去喜欢她？你们给我滚！"

她的话戳中了我的痛处，所以我就很适时地流出眼泪。

说完,她就后悔了。她抓住凉生的胳膊,说:"凉生,对不起。"

凉生推开她的手,拉着我就离开了"宁信,别来无恙"。他说:"你骂我可以,不准侮辱姜生!"

未央再次被激怒,瞪着眼,吼道:"我侮辱她怎么了?侮辱她怎么了?你打我啊!凉生啊凉生,这两年多,你当我是白痴吗?你当我是瞎子吗?你当我看不出你的心思吗?因为喜欢你,所以你一皱眉,一眨眼,我都能清楚你心里在想什么。你是一个将感情隐藏得很好的男孩儿,所以别人都以为你对我好。可是,你对我好吗?我根本就不如你陶罐里的那株姜花!未央同凉生,本来就是一个给人看的假象,对不对?凉生啊,你真不是人!"

她一边流泪一边抓凉生的手,尖锐的指甲在凉生的手背上抓出淋漓的血痕。凉生没有反抗,任凭她抓,脸上的泪痕明明暗暗。

我看了异常难过,上去拉未央,说:"未央,未央,你别不要凉生啊!他那么喜欢你。"

未央将所有的戾气都爆发在我的身上,狠命地踹了我一脚。我感觉小腹剧痛,失去平衡,就直直地倒了下去。垃圾桶的把手恰巧抵上了我的后脑,我眼前一片暗红。只有凉生痛苦的呼唤声,顺着额角温热的鲜血,绕在我的耳际。

73
我的生命力那么强,怎么能让未央给摧残死呢?

"她不会失忆吧?"这是我清醒后听到的第一句话。小九问凉生,一脸担忧之色。

我的生命力那么强,怎么能让未央给摧残死呢?我心里这么想,可因头部传来的剧痛而想呕吐。如果可以失忆的话，我会很开心的。失忆多好啊，我可以忘记那张刻在我生命里的脸。

凉生见我醒来，慌忙找医生。

医生给我检查了一下，说："没有大碍，小丫头命大。"

凉生一再追问："真不会有什么事吧？"

直到医生再三肯定，他才放下心来，来到我的床边。他说："姜生，你还好吗？"

我笑，因为怕他担心，可是笑起来的时候头皮就刺痛刺痛的，我的眼泪就被这样的疼痛揪了出来。

凉生说："姜生，我知道你疼，但你别哭啊。都是我不好。"

说完，他就用手轻轻地擦我的眼泪。冰凉的指尖触上我的脸庞，我仿佛嗅到童年时麦芽糖的香。

小九看着我，一脸的难过。她说："姜生……"然后欲言又止，最后，她吸吸鼻子说，"姜生，你好好养伤啊。不用怕花钱，北小武他妈留给他的钱够一百个你住院的！千万养好身体，未央让你受的气，姐姐我帮你还给她！"

我忘了自己头部受了重创，下意识地摇摇脑袋，疼痛铺天盖地地袭来。我说："小九，过去的，就让它过去吧。"

倒不是我突然原谅了未央，而是想起了那天她绝望的眼神。自己最不愿意面对的伤疤，却要自己亲手揭开，那样的绝望一直存在于我的心里，所以，我知道她当时有多么痛苦。诚然，她有千般的不对，但这一切似乎又源于对凉生的喜欢。

接下来的几天，凉生一直陪在我的身边，在我身边温书，偶尔抬头对着我发呆。

金陵来看过我几次，每一次脸色都那么苍白，苍白得好像没有灵魂一样。

未央来的时候,夜已深沉。

她仿佛做贼一样来到我的病房门口,不带任何声息。那时凉生正在帮我擦脸。不知道未央练过什么鬼功夫,她当时给我这一耳光的时候,我都感觉自己的脑袋离开了身体一样。

我对着凉生笑,说:"哥啊,我是不是很像猪头?"

凉生说:"哦,有这么好看的猪头吗?真新鲜。"

当看到未央站在门口的时候,我也情不自禁地说了一句:"哦,真是新鲜啊。"

难道她嫌将我踹进医院里还不够,还想再将我踹进太平间里?想到这里,我就开始发抖。生活多么美好啊,我还真不舍得就这样说再见了呢!

凉生顺着我的视线看到了未央,他的脸色异常难看,指着门外说:"请不要打扰我妹妹!她在伤着呢。"

未央张了张嘴巴,喊了他一声"凉生"。只说了两个字,她就沉默了。

凉生生硬地转过头,不肯看她。他一边给我擦脸,一边说:"我不想把话重复一遍,这会让我看低了你的身份的。"

未央一直站在门口。

我看了很不忍心,就说:"哥,你别这样。未央来找你,一定有事的。"

我真是一只猪,一只伤疤没好也会忘了痛的猪。

未央摇摇头,说:"姜生,我不是来找凉生的,只是来看看你。姜生,对不起,我并不想那样伤害你。我真不是那样的坏女孩儿。"

我说:"没关系,我很快就出院了,你不用担心。怪只怪我当时重心不稳,如果重心稳的话,也只是挨你一脚罢了。"

未央说:"姜生,真的请你原谅,我当时傻了,我的情绪太激动了。我……"

我说:"难道要我骂你,你才肯相信我真的不再在意了吗?"

未央沉默。

我笑笑，说："你有什么事情就跟凉生出去说吧。"

然后我就看看凉生，希望他能原谅未央。以前，我真不喜欢这个女孩儿。可是又确实想不出凉生该同怎样的女孩儿在一起，我才能欢心。所以，未央何尝不是适合凉生的人呢？如果不是心底有着这样的情意，两个人怎么可能在一起这么久呢？唉，未央这一撞，好像把我撞聪明了。我开始明白有些无可奈何的事是必须面对的。

未央将水果和花放在我床边的小桌子上，说："凉生，我有事情要同姜生单独说。请你离开一会儿好吗？"

凉生迟疑了一会儿，估计是怕未央再对我下毒手。

其实，我现在似乎明白了未央为什么一直讨厌我，这完全是因为她对凉生的喜欢。就像她说的——其实，她并不是一个坏女孩儿。有谁天生就那么坏呢？

我跟凉生说："哥哥，你先出去一下吧。一会儿，未央就去找你了。"

凉生再三犹豫，最终还是出门了。

74
原来这个世界上比我和凉生还传奇的事情多的是啊

未央的手抚过我的额头，她温柔的样子令我突然不适应起来。她说："姜生，在求你之前，请先允许我道歉。对不起，姜生，我不想让你这么惨。有很多时候，我都不知道自己在做什么，或做过了什么。以前，我只是不愿意凉生总是把你看得那么重要。所以，我想尽办法，让他觉得你不好……可能，我的心理有问题。我总是觉得，全天下的人都欠我的。就像我的姐姐，我怨了她那么多年，一直不肯正视她的无奈和伤口。"

她苦笑了一下，接着说："我总是说自己不是坏女孩儿，却做出那么多令人痛恨的事情。唉……"

她沉默了一会儿，看着我，说："姜生，有一件事情请你千万相信，我怎么也不会做出那种事的。可是那个东西怎么会出现在我的衣兜里，我真是无从知晓，大家的衣服都挂在那里，为什么单单是我的呢？而我的姐姐就算再觊觎程家的女主人身份，再喜欢程天佑，也不可能做这种蠢事。所以姜生，你得相信，我们千真万确是被人栽赃陷害了。"

我看着她，不知道该不该去相信。如果是陷害的话，那为什么要陷害未央？她又没得罪什么人，要说得罪的话，只是得罪了我。可是，我真够不上陷害她的档次。所以我说："未央，你应该明白，就算杀了我，我也不敢做这种事。"

未央说："我知道，也想明白了，不可能是你。所以，我错了。现在不管怎样，我们已经到了这个地步。姜生啊，我很担心姐姐……原本这只是误会一场，但是程天恩像疯了一样，一直不肯善罢甘休，那东西的估值又高……我害怕姐姐会因此……我没了主意……所以，姜生啊，你找找程天佑吧。天恩谁的话都不听，但听天佑的。"

"程天佑？"我看着未央，喃喃，"我找不到他。我已经很久很久没有见到他了。你不是有他的电话吗？你可以找他啊。"

未央跟泄了气的皮球一样，说："我联系过他了，但他可能换号码了。或者有事，他并不希望被联系到……"

我突然想起了什么，说："未央，程天佑能管得了天恩，你何不让程家的其他长辈出面帮你办呢？譬如，程天佑的父亲……反正都是一家人。"

未央叹气，说："你根本不清楚，姜生。程家是不会帮宁信的，因为，姐姐曾经跟天佑的父亲之间发生过很多事情。"

说到这里，她很吃力地才把自己的意思表达完整。她说："整个程氏家族都对宁信有很大的成见，天佑的母亲受了很大的委屈。"

突然，我回过神来，说："未央，既然宁信曾经对不起程天佑的妈妈，那么程天佑怎么可能帮她呢？"

未央低下头，说："其实，姜生，我也不想骗你，因为程天佑和宁信年轻的时候深深地相爱过。只是，后来我们父亲的公司因为经营不善破产了，姐姐为了帮父亲还债才不得已离开他。你知道吗？程天佑以前也不是这个样子。他同凉生一样，也曾自在地走在校园里，笑容纯净。"

当时我听得简直热血沸腾——原来这个世界上比我和凉生还传奇的事情多的是啊！

未央走的时候一直心酸不已——她唯一的期望就是程天佑能原谅她的姐姐并施以援手，也希望程天恩能收手，别为此咬着宁信不放。

程天恩何等聪明啊，这原本就是一个可大可小的事情……

一切绕不过他，翻手云，覆手雨。

我也心酸。因为我一直觉得宁信不简单，但是不知道宁信那么不容易。尽管我明白苏曼做出的很多事情可能都是宁信撺掇的，因为宁信有这样的高智商，而苏曼顶多就是一个会移动的花瓶而已。可是，我仍然不能恨宁信。

但是，我确实没有程天佑任何的联系方式。

75
小九懂得，朋友算什么，还不如自己的小命重要

第二天，我出院了。

未央前来看我。她一直忧心着宁信的事情，整个人肉眼可见地憔悴起来。

我看着她，心里异常难受，胸口特别堵。

那天，凉生陪着未央去看宁信，我独自去了巷子弯。

哦，忘了说，凉生同未央和好了。

在医院里的那天，我跟凉生说："哥，你别恨未央了好吗？"

凉生看着我，我却不知道如何告诉他。

在巷子弯的时候，我感觉自己不孤独。因为，在这里，我总是能感觉到程天佑的存在。我不知道他那么久去了哪里。

我想程天佑如果知道了宁信的事情会不会难过……

那个他最初喜欢过的女孩儿，因为人世沧桑，命运叵测。

当我经过巷子弯最狭窄的一段胡同时，身后有人在温柔地喊我："姜生，你还好吧？"

我不用回头，都知道这个不阴不阳的声音来自谁——除了程天恩，没有人可以让我如此发冷。

我回头，却见小九站在他的身边，脸色苍白。

我说："程天恩，你不要再欺负小九了！你欺负我一个人，已经足够了！"

天恩就笑，拉着小九的手，说："姜生，我最不舍得的就是伤害女孩子了。况且，小九这么乖，我怎么舍得伤害她呢？"

他对小九笑着说："是吧，小九？"

小九镇定地看着我，但是我看得出她的呼吸起伏很大的样子。

天恩看了看我，说："姜生，你怎么不去替我的哥哥看看宁信呢？怎么说她也是我哥哥的前任，你一定得拜访一下才是……"

我打断了他的话，说："你少在这里胡说八道！"

天恩的脸上依旧保持着最温和的笑容，他说："唉，姜生，你最不乖了。可是，我还是那么喜欢你啊，还想着把我们程家的女主人才配拥有的翡翠扳指给你。你说你这样的女孩儿怎么能让人不喜欢呢？但是，你确实该去看看宁信的。"

他看看小九，一脸微笑地说："是吧，小九？"

小九的脸愈加苍白，她不肯看我。天恩身后的一个男人猛地扯起小九的头发，让她的脸对着我。

天恩似乎很满意他的保镖的做法，手有节奏地敲打着轮椅，嘴上却佯装生气，说："平啊，怎么教手下的？这么不温柔！"

然后，他转脸看着被掣肘得不得不屈服的小九，说："唉，小九，这就对了。你以前挺乖的，不能被姜生带坏了啊。"

我一头雾水地看着程天恩，看出他眼中报复的快乐来。

他转头又看向我，说："怎么？姜生，你很迷惑是吧？"

他看看小九，说："来，小九，给咱的姜大小姐讲讲。"

小九的眼泪滚滚而下，她闭着眼，不肯看程天恩。

天恩叹气，对我说："姜生，我最见不得女人哭。你看看，唉，小九本来说得好好的，会将翡翠扳指藏在你的衣服里的。我太想看看盗窃价值连城的珠宝这个罪会得到怎样的惩罚，太想看看我的哥哥会为你怎样焦急。我的哥哥着急的样子一定很迷人！我想看看他无力的模样，对！就像我一样无力，永远长不出双腿，走不了路！"

他越说越激动，几乎要从轮椅上跳下来。失去双腿是他永远的痛苦。

我看着他，似乎已经明白了什么。可是，我不相信是小九做的这件事。我不相信！而且，小九并没有把翡翠扳指放在我的衣服里啊。所以，我一直摇头，说："程天恩，你撒谎！"

程天恩的心情似乎平静了下来，他说："姜生，其实你没交到什么朋友。你不要以为小九是那么好的人！倒是金陵那笨丫头，我一直让她帮我，可是她死活不肯。唉，看来她嫌弃我是个没腿的人。还是小九好，小九乖啊。小九懂得，朋友算什么，还不如自己的小命重要。是不是，小九？"

他回头看着小九。小九被身后的人牵制着，只是闭着眼睛流泪，不肯看我。

可是小九，你看看我啊，看看姜生啊，告诉我程天恩所说的都是假话啊！你怎么可以……怎么能……？

程天恩一把将小九推到我的身上。我扶着小九，紧紧地盯着她的眼睛，生怕自己残存的信任就这么瓦解了。

程天恩说："姜生，别看了。小九确实将翡翠扳指放到了你的衣服里，我很满意，所以我不会伤害她的。可恶的是金陵——她这个笨蛋，竟然敢紧跟着将东西从你的衣服口袋里拿出来，胡乱地放到别人的衣服里。不过也好，宁信也总算是同程天佑有关系的人。倒也有趣！"

说着，他拨弄着自己的手指，如同拨弄着别人的命运一般。

他说："好了，姜生，你好好地跟你的小九谈谈心吧！明天，我就将她和她的妈妈送到别的城市去。这是我答应她的，一定做到。"

说完，他身边的人就推着他准备离开了。

最后，他说道："姜生，答应别人的事，我一定做到！说过的话，我也一定做到！"

说完，他微笑着离开了。

76
从此，我们两不相干

那天在巷子弯，小九收住了眼泪，说："姜生，你不用这样看着我。这是我的命，也是你的命！咱们不必相互埋怨！"

我不敢相信地看着她，从来没有想过有一天小九会拿着最锋利的匕首割破了我的心脏，眼睁睁地看着我鲜血直流。

我很想问她，她在将那价值连城的翡翠扳指放进我的衣服里的那一刻，有没有想过我们曾经的好，有没有想过如果金陵没有将东西拿到别人的衣服里，那么面临这些遭遇的将是我，将是那个同她一起哭过、笑过的姜生？

我没有问她什么。因为我突然感觉到世界一片灰暗，不知道还有什么可以作为我最终的信任。或许我不该埋怨小九，就像她所说的，这是我们的命，不必埋怨。

那天，我和小九背道分开。她走向了路的北方，我走向了路的南方。我是这样不争气，眼泪就这样滚落在春天的风里。我没有小九的洒脱与坚强，不能面对背叛和无视还走得慷慨从容。原来，果真如此，巷子弯最终也是我们命运扭转之地。从此，我们两不相干。

我想去见见宁信，想跟她说出一切的真相。

可是，当未央费尽周折地让我把一切都告诉宁信后，宁信竟然还是那么平静。她说："我早知道的。"

原来，那天在巷子弯，小九说得很对。她说："像宁信这样的七窍玲珑心，怎么可能看不穿这件事情呢？她看似是为了替未央顶罪，其实是替程天恩顶罪，以此向程天佑和程家谢罪。而且，这件事原本就是一场闹剧……宁信的聪明，永远不是我们能估量的。"

小九说："姜生，你没必要再去折腾了。宁信完全是心甘情愿的。"

当时，我很想问问小九，是不是在她的眼里，我对她的好，也是我心甘情愿、自作自受呢？

可是我没有问。我怕小九冷笑着回答"是"。这会让我心如刀割。

宁信说："姜生，你要让凉生替我照顾好未央。从小到大，她要什么我就给她什么，连程天佑我都舍得。可是，我们姐妹没有这个福气。"

说完，她落泪了。

这是我第二次见她哭。

她说："姜生，不要告诉程天佑这件事情，我不想让他背负心理负担，受煎熬。程天佑再坚强，也不过是一个玩性十足的男孩儿。还有，姜生，同程天佑这样的男子在一起，你必须好好保护你自己……"

宁信走的时候，一直反复强调："姜生，一定不要告诉程天佑这件事，不要！别让他和天恩发生矛盾……"

我不敢相信地看着她。她为什么要如此自苦，自我惩罚？

宁信苦苦一笑，说："我本来就欠他的，欠程家的。所以，结果是什么，我都认！"

最终的最终，就像小九说的那样，这是我们彼此的命。这件事的真相将永远埋藏在这个玲珑的女子的心里了。

77
幸福啊，到底是什么模样

那段日子里，凉生一直陪在未央的身边。幸福的样子大抵就是这个模样吧。可是我的心还是隐隐地痛。

小九和她的母亲离开了这个城市，就这样消失了。关于偷梁换柱的事，只有我知，金陵知。她搬回了宿舍，经常在噩梦中醒来，一直喊"对不起，对不起"。我就当不知道，但心里明白，她当时想的可能只是保护我。

或许，金陵也只是无法释怀，自己曾经认识的那个叫程天恩的男人，怎么变成了这个样子？

虽然这件事最终是闹剧一场，却检验了人心。

这世界上有两件东西不可直视：一个是太阳，一个是人心。

每日每夜，我们都抱着巨大的心事入眠。

梦里，小九对着我哭，说："姜生，对不起。我真不愿意伤害你啊。"

她的眉眼那么清透，让我忘记了第一次见她时是怎样的情景。我唯一记得的就是她像一只蝙蝠一样挂在北小武的身上，眉眼如画。

我安慰她，让她别难过。我明白，她在巷子弯之所以说出那样的话，是因为她宁愿我恨她也不愿意我跟她一起悲哀。程天恩一定是拿她的母亲做要挟，她才违心地做了这一切。我们曾经是那样好的朋友，她怎么可能说伤害就伤害呢？

小九在我的梦里变得越加透明，就像一个浅淡的影像，最终消失在我眼角的泪水里。小九，我可不可以当我们还是很好的朋友，只是这一生，未必再能相见？

关于小九离开的真实原因，我并没有告诉北小武。

我只是说小九会回来的，等她淡化了所有的伤。如果你下一个冬至的时候再吃一个苹果，她就会像去年那样出现在飘雪的路灯下。

我说："北小武，你相信吗？"

北小武没说话。他依旧努力地学习，努力地画画，等待高考的到来。

有没有人告诉过你呢？

所有等爱的小孩儿都会在下雪的冬至抱着一个红红的苹果，等待心中的公主或王子再次翩然而来。

母亲去世的消息在高考前传到了校园。我疯狂地从教室里奔出，跌跌撞撞。凉生拦住我，说："姜生，你要冷静，我们这就回家！"

我盯着凉生，所有因为母亲而产生的怨毒都集聚在我的心口，因为在我的潜意识里，如果没有凉生，母亲就不需要那么辛苦地操劳，更不会这么早就离世。所以，我冲着凉生口不择言地吼："那又不是你亲妈！"

吼完，我就疯跑出校园。

凉生紧紧地追上，从身后抱住我，他的声音那样地痛苦："好姜生，你冷静，哥哥这就带你回家。"

回到家，我见到母亲的遗体。她那身体已经佝偻得不成样子，满脸菜青色。我突然想起，在我很小的时候，她还是那么丰腴、美丽，仿佛一夕之间变得如此沧桑。

我轻轻地用手碰她的手，希望她像以前那样能够醒来，看看我，说："姜生，你回来了？学习是不是很累啊？"

可是她没有。她就那样佝偻地躺着，脸上毫无血色。

我一声都不肯哭，倒是凉生，哭得那么厉害。

因为要参加高考，母亲下葬后我和凉生便匆匆回校。那时候，我突然学会了一个新的表达：来不及悲伤。

离开家时，父亲坐在轮椅上，一夜苍老。他一寸一寸地挪到我的身边，举起没有手掌的残肢，像个做错事的小孩儿，试图拉住我的衣角。他哆嗦着，声音断断续续，喊了一声"孩……孩子"，便老泪纵横。

我看了他一眼，心里那么酸，却仍旧没喊他一声"爸"，更没有留步。

凉生清澈的眼里蓄满泪水，久久不坠。

◀ 第五章 ▶
牵 挂

  我能每天在他面前傻瓜一样地笑,却挡不住自己痛苦时流下的泪。
  他能倒尽陶罐里的沙,却倒不尽对一个叫姜生的小女孩儿的牵挂。

78
姜生，答应天恩的你一定要做到

我再见到天佑，已是高考结束后。

我在校门前见到在门外徘徊的他。他低着头，似乎满怀心事。那一刻，我不敢确定他是不是来找我的。我们这么久不见，突然有种千山万水的感觉。我喊他，他却匆匆地转身，企图离开。

我不顾一切地跑到他身边，拦住他，问："你为什么躲着我啊？"

程天佑看着我，满眼慌乱，甚至还夹杂着微微的恨意，令我感觉到莫名其妙的窒息。

这时，天恩不知从哪里冒出来，他的微笑那么甜蜜，仿佛是一个纯洁的天使。他说："哥，这就是我跟你说的姜生啊。原来，你也认识姜生啊。"

他喊我的名字时，仿佛在喊自己生死相许的人一般。

我突然觉得事情变得很玄妙，不由得紧张起来，拉住程天佑的衣袖，说："天佑，天佑，你说话啊。"

天佑望着我，那双如同凉生一般的眼里装满了忧伤。这是我第一次从这个强势的男人眼中读到了绝望的情绪。

天恩拉住我的衣角，继续装作无辜的样子，笑着对天佑说："哥，我本来打算过几天再把姜生带给你看呢。没想到，今天居然就让你们这样见面了。"

他装作很害羞地跟程天佑说："姜生很漂亮吧。哥，我们认识了快三年了，她一直这么漂亮。"

我不顾一切地推开他，说："你是个疯子！疯子！"

天恩又摆出哀伤的样子望着我，一副不相信的表情，拉着我的衣角，说："姜生，你怎么了？你怎么这样对我？你不是说永远都和我在一起吗？姜生……"

他的声音哽咽得不成样子，泪流满面，他说："姜生，你手上还有我的印记，我们说一辈子死也要在一起的啊。"

说完，他就扯起我的手。太阳下，他留给我的伤痕闪着微弱的光，映在程天佑眼里，是越来越沉重的冰冷与沉痛。

我狠狠甩开他，知道我与天佑入了他的套。他利用天佑的内疚和对他的纵容，假惺惺地告诉天佑他有一个交往了三年的女朋友，然后要求天佑来看看我。可是，天佑啊天佑，你为什么这么傻啊？

天佑离开时，在我耳边留下这样的话："姜生，你给我好好对天恩。否则，我绝饶不了你！"

夏日的熏风吹过他微乱的头发，挡住了他的眼睛，使我看不到他的表情，看不到他是恨还是痛。但有一点可以肯定，他相信了天恩的话。

我觉得天昏地暗，一直在盼望程天佑回来，希望能告诉他这些日子里我过得多么不好。我是那样信任与依赖着他，可事情竟然在他回来的这一刻变成了这种模样。我失去理智一样对着他们吼："你们都是疯子，一家全是疯子！"

天恩受惊吓一般，绝望地看着天佑，说："哥哥，姜生她变心了！姜生她怎么会变心了呢？"

说完，他疯了一样地转动轮椅，冲向马路！

天佑被吓坏了，不顾一切地将天恩扑倒。天恩被他扑倒在地，脸重重地划在轮椅上，鲜血淋漓。程天佑心疼地看着天恩，一边胡乱地给他止血一边说："好天恩，姜生这一辈子都不会对你变心的。你要相信哥哥。"

几乎昏迷的天恩睁着无辜的眼睛望着天佑，满眼信任。

天佑一把拉起我，他的声音冷酷异常："姜生，答应天恩的你一定要做到！"

我一字一句地说:"天佑,你凭什么这样对我?"

天佑硬起心肠,不肯看我满眼的泪水,说:"今天天恩跟朋友说好了,要把女朋友带给他们看。你不是答应了吗?你既然喜欢这么做,就必须为你所做的事情负责!"

说完,他就拽着我上车。

我死命地后退,不肯就范。我恨死了程天佑,大骂他是疯子。程天佑用手紧紧地锁住我的胳膊,他的眼睛开始冒火,说:"姜生,你别任性了!否则,我不客气了!"

这时,凉生和北小武从学校里走出来。凉生一见我被欺负,飞快地冲上来,狠狠地给了天佑一拳。北小武把我从天佑的手里救下来。

天恩像个疯子一样指着凉生和北小武,对天佑哭喊:"哥哥,就是因为这些男人,姜生变心了!"

79
天恩是一个魔鬼

因为伤到了程天佑,我和凉生还有北小武被他的保镖给按住了。

黄昏时分,在一栋烂尾楼里,程天佑走上前,轻抚着下巴,看着我。那双漂亮的眼眸里是微微的感伤,可是,当他望向天恩楚楚可怜的模样时,目光不由得坚硬了起来。

他托起我的下巴,问道:"你辜负了他?"

我摇摇头,说:"不是!"

天佑看着我倔强的模样,忍着难过,问道:"这俩人,你选一个?"

当我看到一把利器出现在北小武和凉生的眼前时,不由得向天佑哀求起来。我说:"天佑,天佑啊,求求你,求求你,别伤害他们,我求求你了!"

天佑额上的青筋凸起。他没有想到这两个人会让我这样性格的人不顾一切地哀求他。他冷冷地看着我,几乎咬碎牙齿,一字一字,那么艰难地说:"姜生,你这辈子都不许对天恩变心!"

我号啕大哭,拉着他的手却触碰不到一点儿往昔的温度。我说:"天佑,天佑,只要你不伤害我哥,我什么都答应你,什么都答应你啊!"

程天佑冷笑,捏住我的下巴,说:"哥?"

凉生听了我的话,发疯一样挣扎,说:"姜生,姜生,你傻啊!"

然后凉生冲着程天佑吼道:"你放开她!"

天佑冷冷地看着凉生,说:"如果我说不呢?"

说着,他就冲着凉生走去。

我生怕他伤害到凉生,紧紧地抱住他的腿,泣不成声地哀求他:"天佑,天佑,你若伤害了他,我一辈子都不原谅你!一辈子都不原谅!"

天佑停下脚步,眼里出现了犹豫。三年前,我像一个迷途的精灵,在夜深时分昏昏地赖在他的身上,一脸无助和依赖地喊他哥。我求他带我回家,睡在他的大床上,像个小无赖一样令他头疼,让他这样冷漠的人说出了"如果世上一个人会令我弹指老去,那一定是你,姜生"这样的话。

可是我忘了,天恩是一个魔鬼!

他一见天佑心软了,便不顾一切地冲到窗前,打算往下跳。被一群人抱住后,他"无助"地哀号:"姜生变心了,你们让我去死吧!我不想活在这个世界上了,让我死吧!"

天恩的泣血呼喊让天佑眼睛里的火苗再次升腾。

他紧紧地盯着我,说:"姜生,你真能永远对天恩不变心?"

我迷幻一般只顾着点头,说:"我能,我能,我真的能啊!"

他说:"好!我收下你的誓言!可是,你也得给我一份凭据。"

我惊恐地望着天佑,不知道什么才是他所说的凭据。天佑慢慢地指着凉生和北小武，说："他俩的手指，你要谁的？"

我被吓到发疯，扯住他的衣袖哀求不止，说："天佑啊天佑，我谁都不要啊，求求你了。"

天佑不肯看我，冰冷无情地说："不选择就是两个都要了？"

我看着他，想起了小九的话。她说过"程天佑长得再像凉生，也不是凉生！姜生，你不能同程天佑交往的"。

我最终大哭着说："我要，我要啊。我要……我……要北小武的！"

最终，我的手指指着北小武，眼睛里流下了血一样的泪水。

"放了他们俩。"程天佑突然说道。

我一怔。

"哥……"程天恩急了。

天佑给了保镖们一个眼神。所有人都退去，包括一直哭闹的天恩，也被他的保镖给带离此地。

黄昏的斜阳照在程天佑的身上，他伤感地看着我，说："我只是想检验看是不是真的如宁信所说的那样，原来是真的。姜生，在你的眼里，我程天佑就是这样的坏人！"

"检验？！"我无力反驳也无力吐槽。

我看着被放开的凉生和北小武，看着他们完好无缺的样子，号啕大哭，无心听程天佑的任何一句话。

这时北小武拉起我，我拉起凉生。北小武狠狠地瞪了程天佑一眼，说："我们走！"

然后我们唯恐生变，飞快地向楼梯奔去，以至于凉生失足滚下楼梯那一刻，我和北小武都被吓呆了。

凉生满头鲜血地晕在那里，我和北小武不顾一切地冲下去。

"凉生！"我惊恐地喊道。

我抱着凉生哭，不停地撕扯自己的衣服给他缠伤口，觉得自己的心脏疼痛到消失了一样。一寸一缕，都是我无尽的愧疚和心疼。我宁愿自己死去，也不愿凉生遭遇这样的苦楚！

衣服被我撕扯到露出了皮肤。可是，我仍然像中邪一样地撕扯着，仿佛这个世界上所有的事情都与我无关，没有羞耻，只有麻木。

听到动静，程天佑第一时间冲下来，将衣服脱下，披在我的身上。他将手搭在我的肩上，试图安抚我疯狂的情绪。

程天佑看着我怀抱着凉生，突然抓起我的肩膀，用力摇着，说："姜生，姜生，你说什么？他叫什么？"

我说："他叫凉生！他是我哥！"

天佑声音开始发抖，说："程卿是你们什么人？"

我恨恨地说："我不知道什么程卿！"

他说："那姜……姜凉之是你们的什么人？"

我说："他是凉生的父亲。"

到现在，我仍不愿意承认他是我的父亲，因为他带给我和母亲太多的伤害。

天佑疯了一样地一把抱起凉生，冲出了门。

80
我那说不出的秘密同凉生的一样，是无尽的忧伤

天佑很久之前就跟我说过他最近会很忙，将会离开这个城市，就不能陪我了。那天，他给我放烟花，我们在那个别墅的院子里，笑容如花。

我还问过他要忙什么。他说他在忙着找一个人——他的小姑姑最亲爱的儿子。

说这话的时候，他将一支包装精美的电动牙刷递给我，我一时不知该拒绝还是接受。

他就这样闯入了我的生活里，优雅地坐在钢琴旁，穿着破洞的西装，

明明那么像小丑，却更像是王子假扮的。

宁信说他话少，他在我的面前却像个话痨。

他的身世像个谜，他从不说与我听，但那天他却告诉了我一件事。

天佑的小姑姑曾经未婚生下一个孩子，天佑的爷爷一怒之下跟她断绝了父女关系。十四年前，因为一场突来的灾难，小姑姑去世了，天佑的爷爷那时太固执，不肯收养他们的孩子……多年后，爷爷老了，总是想起自己死去的小女儿，也开始惦记自己流落他乡的小外孙，便要天佑四处打听。

那时，天佑并没有告诉我，他要找的那个孩子叫凉生。

凉生安静地躺在医院里，不见丝毫痛苦的表情，就像他小时候睡着了一样，尽管脸色很苍白，眉眼却那么生动。

我隔着病房的玻璃看着他的样子，心里无比痛苦。天佑在我的身后，悄无声息。我不肯看他，不跟他说话。我不知道如何原谅他，原谅自己。

凉生的眼睛有时是睁开的，可是一片茫然。我就在玻璃窗上反复地写"哥哥"这个词，一笔一画慢慢地写。我多希望他能看到，多希望他能马上好起来。

凉生。哥哥。

我相信凉生能看到的。因为每当这个时候，我能从他的眼中看到大团大团的雾气渐渐地变成大颗大颗的眼泪。如果他当真没有意识，又怎么会流泪呢？

等凉生的病情稳定后，我和北小武回到了家。我一直在想小九说的话，她说过怨恨是一个魔鬼。

我对父亲和凉生何曾没有怨恨过呢？我这样痛恨天恩，而天恩不过是我的心理阴影的一个放大。其实，我想做一个天使。

我问北小武："你恨我那天的选择吗？"

北小武摇头，说："如果我是你，也不会让人伤害凉生的。"

可是，我终究伤害了他。

祭奠完母亲回家时，父亲似乎在院门前不停地张望，直到见到我的影子才低下头，像个犯错的小孩子一样，用手扶着笨重的轮椅，悄悄地回到家中。残缺的夕阳下，他已垂垂老矣。

我想，是不是会有那么一天，我会喊他一声爸，然后用柔软的手握住他伸向我的那双残肢？因为十八年的陌生，他在老去的那刻是多么想同自己的孩子亲近啊！我会听他哆嗦着嘴唇，半天喊出"孩子"。然后，我流泪，他也流泪，我们像一对失散十八年的父女那样抱头哭泣。

可是我根本没有这个机会了，因为父亲早在母亲去世前就因肢体感染去世了。母亲死后我与他见面的情节都是我一厢情愿的杜撰。我以为他能等我，以为他足够硬朗到完全可以等到我忘记对他的怨恨。可是我错了。母亲说父亲去世的那天夜里，一直哆哆嗦嗦地喊我的名字。他说他这辈子最对不起的人，就是姜生——他的小女儿。

在他生前，我没喊他一声爸。

到了今天我才知道，其实我多么想他，多么需要他。

我依旧会爬到屋顶上看星星。

我想象着凉生就在家里，他随时可能端着红烧肉爬到屋顶上，喊我一声"姜生"，看着我像小猫一样将红烧肉全部吃到肚子里。然后，我们就一起在屋顶上看星星，一边看一边许愿。

我该许一个怎样的愿望呢？

我就许，凉生，你不是我的哥哥吧。我开始流泪，开始想凉生。六岁的凉生，就这样走进了我家的院子里，喊我姜生。我冲他做鬼脸，把好看的他给吓哭了。

冬天的夜里，我挨着他睡，黑色的小脑袋靠在他的肩上。我们的小脑袋就这样在冬天的夜里紧紧地挨着，像两朵顽强生长着的冬菇那样。

凉生的生姜一直没有开花。

他曾问过我："姜生，你知不知道，为什么它一直不开花啊？"

我摇头。

他很认真地告诉我，因为它知道了他的秘密，一个永远不能说出来的秘密，一个那样忧伤的秘密。所以，它也学会了忧伤，便永远告别了花期。

因为，我那说不出的秘密同凉生的一样，是无尽的忧伤。

我能每天在他面前傻瓜一样地笑，却挡不住自己痛苦时流下的泪。他能倒尽陶罐里的沙，却倒不尽对一个叫姜生的小女孩儿的牵挂。

81
姜生，这样好吗？

凉生由于脑部受到了重创，失去了记忆。他唯一记得的就是他有一个陶罐，陶罐里盛满沙，长着一株叫姜花的植物。

接到大学录取通知书的那天，我将通知书展开在凉生的面前给他看。

他默默地看着通知书发呆。然后，他用手指划过通知书上有我名字的第一行，轻轻地念："姜生。"

姜生。

我突然很开心，觉得凉生失去了记忆，就不必再为曾经的所有苦楚而心酸。在这里，在程家，他会有自己全新的生活，只是他的生活中再也不会有一个叫姜生的女孩儿喊他哥。

九月份，我离开了这个地方，远赴南方去上学。金陵考去了一个沿海的城市，未央和北小武都考进了省城的一所大学，就在我们中学的对面。

未央不想离开，是因为凉生。

北小武说，他也不能离开，要留在这里，因为担心如果自己去了别的地方，小九回来的时候会找不到他。

面对这个城市，我心里只有两个字：不留！

是的，我什么也不留！

在上火车的前一刻，程天佑钻出人海，跑到我的面前，汗水沾湿了他的头发。他拉住我拖行李的手，说："姜生，这么长时间，我一直没有勇气同你说话。"

他急忙从口袋里掏出一个手机，上面凝固着黑色的血迹。他说："姜生，你还记得巷子弯时我用过的这个手机吗？记得我那个暑假对你的无理取闹吗？其实，这个手机根本没有丢，只是，只是，我找不到一个合适的借口给你打电话……如果一个二十五岁的男人用这么蹩脚的方式，只为了能跟那个女孩儿说一句话，你明白他的心吗？"

说完，他满眼期望地看着我。

我一直沉默，直到他眼中希望的火花一点点散去。他叹气说："对不起，我伤害了你。我不再奢望其他，只是，姜生，请你原谅我好吗？"

我说："天佑，这些年里，我走过很多路，过了很多桥，看过很多风景，却只爱过一个人，一个长得像凉生的人，那就是你，天佑，你懂吗？"

天佑愣了一会儿，说："我懂。这些年里，我做过很多坏事，欺负过很多人，认识过很多女人，也只爱过一个人，一个把我当成凉生来喜欢的人，就是你，姜生。"

我说："天佑，给我一段时间，好吗？如果，我再走四年的路，再过四年的桥，再看四年的风景，还能想起你的眉眼，还能想起回来的路，那么我一定回来找你。"

天佑松开手，说："我给你四年的时间。在这四年里，我不再做坏事，不再欺负人，不会有别的女人。我等你想起我的眉眼，等你想起回来的路，等你回到我身边。"

他说："姜生，这样好吗？"

82
他们也喊我姜生，可是都没有你喊得那么好听

从此，我跟那座城市别离。

唯一联系着我们的是一张银行卡。程天佑总是将钱划到那张给我的卡上。我们之间没有任何的哪怕电话的问候。

常常，我会惦记凉生过得好不好。

很多时候，我想跟凉生说说话。我想告诉他我学会了使用香水，也用很温润晶亮的唇蜜；学会了穿高跟鞋，但是容易脚疼。大多时候，我还是穿平底鞋。魏家坪出来的小姑娘还是改不了原有的习惯。

还有呢，有很多男孩子对我示好，但是他们都没有程天佑像你。

我也在他们的单车上穿过这个城市的每一条街。他们也喊我姜生，可是都没有你喊得那么好听。他们送给我玫瑰花，送给我很多漂亮的礼物，可是，却没有一个男生请我吃红烧肉和糖醋里脊，而是将我当兔子，给我喂蔬菜沙拉，说是女孩子得保持体形。天哪，凉生，你是知道的，我有多么瘦。你也知道的，我是猪。所以，每次和他们从馆子里出来，我都会找遍周围的街道，去吃那些零碎的小吃。我找不到卖烤地瓜的地方，所以久别了那种香味。

对了，我还忘记告诉你。大三的时候，我选修的是声乐。我终于学会了弹钢琴，虽然只是皮毛。

我也终于像一个城市的小姑娘那样生活，却并不是很快乐。

我没有谈恋爱，不是因为别的，只是因为在原来的地方，有一个像极了你的男子在等我回家。

他那么像你，有着与你相似的眉和眼。

凉生，我已经忘记了所有的过往，就像你从来不曾在我生活中经过一样。这样，我们是不是扯平了呢？

这样，我们的将来是不是会很开心呢？

还有，凉生，我很快要回到原来的城市了，因为毕业了。

四年，就这样过去了。我仍然找不到比程天佑更像你的人。

我将会见到你，见到金陵，见到北小武，见到未央，还有程天佑。

当然，我不知道小九有没有回来。我希望她已经回来。其实，我早已经在睡梦里原谅了流着泪的她。

不过，我回家的时候，你不要问我的名字，反正你已经忘记了。

你忘记了一个叫姜生的姑娘在你的生命里走过。她喊你哥哥，是你曾经最痛不可抑的心事。

未央说，不要让你记起我，不要记起我是谁，这样，我们都会很幸福。你的外祖父也是这么要求我的。

我答应了，没法不答应，因为我实在不想再看到你的眼中闪烁任何忧伤的光。

那太残忍了。

可是，凉生，我总觉得你在欺骗我，你根本就没有失去记忆。否则，玻璃窗前我写下"哥哥"时，病床上的你为什么会流下大颗的眼泪？你只是想要我忘记那些不能背负的记忆。你只是想告诉我，你的记忆是纯白的，没有任何伤害的存在。更重要的是，你要让我知道，你已经忘记了我，丢失了所有关于姜生的记忆。这样，我便可以更好地生活，不必因为两个人共有的伤痕而自苦。

83
凉生走丢了

在第四年的夏季，我回到了程天佑所在的城市。

当他在机场对我展开怀抱的时候，我仿佛看到了凉生的模样。爱情，就是一场令人心疼和心动的替代。

我没有接受他的拥抱，因为突然之间，这个城市对我来说变得有些陌生。

程天佑帮我拿行李。在车上，他一直看着我。他说："姜生，我以为你不会回来了呢。"

我说："哪能啊，不过幸亏你没有换手机号码，如果换了的话，我肯定漂泊在外，回不了家了。"

晚饭的时候，我见到了很多人，他们都还是我熟悉的模样。我唯独没有见到凉生，也不敢问。因为从四年前开始，凉生便不再是我该关心的人了。

散席的时候，我终是忍不住，问程天佑："凉生呢？"

程天佑忍了很久，不知道该怎样回答我。他说："姜生，我告诉你，你不能难过，好吗？"

他真笨。听他这么一说，我就已经开始难过了。

他说："凉生走丢了。"

原来，在我去南方上学后不久，凉生就走丢了。因为，程天佑的爷爷为了让凉生能彻底忘记那段不该有的过往，将那株一直陪伴在他身边的姜花给搬走了。

当凉生睡醒的时候，发现那罐姜花不见了，就四处寻找，几乎翻遍了整个屋子。所有的人都告诉他根本没有过什么姜花。

结果他仍然四处寻找，最后一次离开后，就再也没有回来过。

我流着眼泪，问他："你怎么可以把凉生给弄丢了呢？"

程天佑说："对不起，姜生。这四年来，我们一直都在寻找凉生。请你相信我，我一定会找到他的，我们一定能找到的。"

我相信程天佑。他说一定能找到，那就一定能找到。

面对着空空的城市，我常常想，到底我的生命中是不是真的有一个这样的男孩儿走过,我喊他凉生,他喊我姜生。

凉生是哥哥,姜生是妹妹。

或者,这只是一场梦,一场很长很长的梦呢?

工作之余,我总是留意每一条经过的街、走过的桥,希望能找到那个像雪一样清冷的男孩儿。我和程天佑一起在院子里栽下了大片大片的姜花。我希望,一直在寻找姜花的凉生能找到回来的路。

如果你在长长的街上看到一个四处寻觅的男孩儿,他有着忧伤而漂亮的双目,请你一定帮我问问他是不是叫凉生。如果他冷了,请你帮我给他加一件旧衣;如果他饿了,请你帮我给他一块干粮。

最重要的是,请你告诉他,那个叫姜生的女孩儿,一直在等他回家。

【凉生1·完】

◀ 出版番外 ▶

一　生

在我至死不渝的想念里，是永远少年的你。

01
一辆车仿佛幽灵一般从天际而来

她始终记得那一天。

那时,她还是个高中生,和金陵一起在校门口的便利店前,对着贴画上的明星美男正大流口水,就被那个叫程天佑的男人给劫走了。

仿佛命中宿敌的两个人,在车上拌嘴不停,恨不得将对方揍一顿。

跑车却在路上抛锚了!

傍晚时分,他们两个人像两只孤单的猫,在这人烟稀少的外环上等待着。

刚刚两个人在车上斗嘴时,她被他惹急,一时头脑发热,将他的手机给扔掉了,以致现在连求助都无门。

程天佑看看她,说:"姜生!招惹你真是我的灾难!"

她看着渐渐黑下去的天色,不由得急哭了,说:"你才是灾难呢!一碰到你,我就倒霉。你干吗总是招惹我啊?今天我又夜不归宿了,你是猪吗?"

那天夜里,程天佑在路边没截到一辆车,司机们都不曾停下。

她在车上抹去眼泪,抱手冷笑,说道:"你的样子跟车匪、路霸似的,谁会停?"

程天佑冷笑,让她去拦车。结果,她左折腾右折腾也没拦到车。

那些车本来开得半死不活的,司机们一看到她明媚的小手,立刻变成飞车超人了。

程天佑在她的身后冷笑,斜靠在车边,冲她招手,说:"你快回来吧,别丢人现眼了!"

她瞪了他一眼，带着少女特有的清高，说："你有本事搬一只奶牛过来给你拦车！"

她话音刚落，一辆车仿佛幽灵一般从天际而来，突然停了下来。她一怔，刚要转头向程天佑炫耀的时候，车上的男子下来，一把抓住她的胳膊，说："走！"

仿佛天命难违一般，就如她四岁那年。她还没回过神来，就被男子劫上了车。未等一旁的程天佑反应过来，这个陌生的男子已经风驰电掣地离去。

02
我是凉生

"你是谁？！"她害怕极了，却故作胆大。

男子专心地盯着前方，侧颜极好看，唇角不知不觉间勾起一丝笑。二十七岁的男子带着男孩儿与男人混合的年纪里特有的味道。

他看着后视镜里在车后狂追的程天佑越来越小，感受到她的惊悸不安，意味深长地说："原来你知道不应该和陌生人在一起。"

她一怔，说："放我下车！否则我报警了！"

这孩子，原来八年前就这么倔强啊。

他亦仿佛解开了八年前的那个谜团——那一天，因她彻夜未归，校园里，他像热锅上的蚂蚁，跑遍了所能想到的街，一遍又一遍地找。

黑了的夜，红了的眼，最终亮了的天。

他笑了笑，释然，转过脸看了她一眼，眉宇不凡。

他转脸的那一瞬间，她几乎愣住了——这张脸，那么熟悉，却又那么陌生，似曾相识，却不曾相识。

他握着方向盘，那般安静，良久才说："我是凉生。"

"凉生？！"她的下巴几乎掉下来，然后她不屑至极，几乎忘记害怕，撇嘴，说，"我哥才没有你这么老！"

对！开什么玩笑？她的凉生才十九岁，是校园里冰冷惹眼的少年，而眼前这个他……最多算是个俊秀的……老年人。

不过……他和凉生哥哥又真的……好像很像的样子。

老？这个修饰词……怎么说呢？挺特别，每个人都夸他风华正茂、年岁正好，现在这个蠢货居然嫌弃他……老……

他笑笑，想起刚刚被自己扔在路上那个不知怎样的程天佑，依旧意味深长地说："你也知道老啊……"

她怔了怔——这个人好奇怪，总是这么话里有话。

她说："喂！你要带我去哪儿？"

他说："送你回学校。"

03
如果是梦，就别醒

这是梦吗？

如果是梦，就别醒。

他如此贪婪，却又如此清醒。他舍不得再打扰她，纵然是梦。

刚刚他还行驶在高速公路上，要去参加公司的年会，天气已冷，呵气成霜。

这一年，所有的尘世纷扰都已落幕，无论你有多少甘心，多少不甘心。

车上有个红苹果，安安静静地躺在他的眼前。

在这一天，你记得吃一个红苹果，那么你想念的人就会出现在你的眼前。

用了多少年，他终于相信了这个传说，想念的人却再也不会出现。

城市霓虹灯的流光，划过玻璃窗，掠过这个红苹果。他的眼尾泛着泪光。

突然，天空中下起了初雪。

他出神地望着窗外飘零的雪，车上的雨刮器轻轻地自动开启，摇摆着，刮着车窗上的微微落雪。

他想起了很多，想起了雪王子、西南山、风雪路，想起了"霜雪吹满头，也算是白首"这句话。

风雪突然铺天盖地而来，他如同进入了风暴之眼，一道骤然亮起的光突然出现。就在他不知是不是该停车的刹那，一切骤停。

车仿佛穿越了风雪之眼，周围突然安静了下来，像是变化了季节一般，他仿佛来到一个陌生又熟悉的地方。

他来不及思考，就看到了车外，那个在高速公路上拦车的姜生。

那是八年前的姜生。

她身上的那件衣服他记得，那是她高中时代为数不多的衣服之一。她总是将它们洗得干干净净的。

他几乎怔住——这是梦吗？

他看到了她身后斜靠在车上的程天佑，随后几乎是本能一般地下车，将那个还懵懂不自知的傻姑娘一把拉上了车。

他说："走！"

仿佛天命难违一般。

那时候，他曾憎恨这个年长自己几岁的表兄，对方带着年龄的优势，在自己的生命之中杀伐决断。

而如今，即使是梦回，他总算也赢过这一场。

他从程天佑的身边带走了她。

04
这个记忆中是他们学校的地方竟然不是他们的学校！

凭着记忆，他寻找着他们高中的地址。

她在一旁依旧嘟着嘴，气鼓鼓的像只青蛙。

凉生觉得自己特别无辜，明明是程天佑得罪了她，却好像是自己犯了错一样。此刻，他不过是她的一个"家长"，把她送回学校而已，省得她被一些社会闲散青年扰乱了成长的步调。

顺便，他想去看看，八年前的那一天，因为寻她不见而急红了眼的少年，想拍拍少年的肩。

他想对那个十九岁的少年说："将来会有一张去往巴黎的机票，一定要撕掉。"

她在座位上，看着他沉默地开车。

突然，她看到了那个红苹果，不由得眼睛发光——这个红苹果看起来不错，吃起来应该也不错吧。

他看了她一眼。

她佯装看车外，佯装自己并没有打那个红苹果的主意，转过头来，却见那个红苹果已经安安静静躺在自己的手里面。

她看着他。

他依旧开车，没有说话。

她衡量了一下，在饥饿和淑女形象面前，决定还是不饿肚子更重要。然后，她就跟只鼹鼠似的狂啃起苹果。

她饿了一个下午了。她大约是用脑过度，总觉得饿。这个自称凉生的奇怪的老男人应该不是坏人，苹果里应该没有毒药……吧。

苹果啃到几乎只剩一个核儿时，她才想起女孩子在陌生人的面前该优雅一些，于是决定给他讲一个优雅、浪漫的传说。她清清嗓子，抬手擦擦嘴，说："你知道吗？在冬至的时候你吃一个苹果，你思念的人就会出现在你的面前……"

一张纸巾安安静静地落在她的膝盖上，她低头，看着那张洁白的纸巾，它柔软得像云一样。

她转脸，看着他。

他依旧安安静静地开车，岁月不惊的样子，还真是有些像凉生。怎么会？！凉生才没有这么老呢！

她拿起纸巾，胡乱地擦擦嘴巴。

他用余光悄悄地扫了她一眼，努力地忍着，眼睛却不由得红了一下——这是他的姜生啊，永远都这么乱七八糟。

她看着他眼睛微红的那一刻，愣住了——这是她熟悉的凉生的样子。她看过了太多次，从小到大，倔强的凉生，强忍着所有不快乐的凉生，眼睛微红的模样。

一定是错了！他不是凉生！

一个二十五岁的程天佑大叔已经是超级老人了，她才不要生活里总出现这些奇怪的超级老人呢。

记忆里，在高架桥下就是他们的高中，八年前，他、她、北小武和金陵……他们的青春就在这里度过。最近两年因为城市规划，学校搬迁到了高新区，这里成了高档的购物中心。

拐下高架桥时，沉默了一路的他终于开口："以后你不能随便跟陌生人走。"

她在一旁冷笑了一下，说："大叔！是作为陌生人的你非要把我带走……"

他抿紧了唇，感到深深的无奈。

十岁的差距，她喊他一声"大叔"，好像也没有太错，可听起来真让人不痛快……

他说："作为陌生人的我也是为了避免你和你程大叔在一起，你们俩现在就很熟了吗？"

为什么他会说这么多奇怪的话？他觉得自己都不认识自己了。

她奇怪地看着他，半天才说："和他？很熟？你说程大叔？他那么自恋的人！我才不会呢！我永远都不会和他很熟的！永远！"

在她嫌弃的话语中，车子停在了校门口。他转脸看着她，如同握着一根救命稻草。尽管他明白这是多么可笑，还是忍不住说："永远都不会？你要记好了你说的话！"

说完，他就下车，并给她打开车门。

他抬头，却呆住了——这个记忆中是他们学校的地方竟然不是他们的学校！

这……

05
这难道不是梦？

指示牌上准确无误地标示着这是吴江路，为什么这里此时是购物中心？

在这个梦里，他明明来到了她的高中时代！这里怎么会是购物中心？

这难道不是梦？

他愣在灯火通明的城市里，抬头，想要掐一下自己，却没有下手。目光触及她的脸那一刻，他知道，自己多么害怕梦醒。

她从车上跳下来，大叫道："这就是你要送我回的学校？我就知道你是坏人！"

说完她就开始跑。

这孩子还挺机灵的。凉生觉得挺欣慰。虽然到现在也没弄明白这是怎么回事，但是他很开心姜生还是有点儿生存智商的。

一辆突然闯红灯而来的渣土车呼啸而来，在陌生的环境之中，那个有点儿智商的女孩儿显然蒙住了，直接被吓呆在了原地。

凉生一看不好，不顾一切地冲了过去，一把将她揽入怀里。

渣土车擦肩而过，两个人狠狠地摔在地上。

身体的疼痛感让他清醒过来——这不是梦！

她从他的大衣之中抬起头来，看着他擦伤的脸，蒙了。

他看着她，说："你没事吧？"

她摇摇头。

他的心脏突然像重新活过来一般，他感到轻松了起来。

她爬起来，说："难道，你是个好人？"

凉生无奈。

这时，他才发现她的膝盖处已经碰破了，血慢慢地渗了出来。

她低头，看到自己的伤口才大叫起来："啊！我的腿！"

06
他也不知道该如何跟她解释此刻的这一切

那天，他将她带回家——这座城市里的一所高级公寓。

他们刚刚在医院里拍了片，显示筋骨正常，然后做了简单的包扎。

她看着检查报告上的日期彻底傻了眼。

凉生飞快地将她抱回车上,说:"可能机器出了点儿问题。"

因为他也不知道该如何跟她解释此刻的这一切。

她一瘸一拐地从沙发上跳下来,看着他酒柜里的各种酒,说:"你很喜欢喝酒?"

他看着她,摇摇头,又点点头——他是喜欢吗?不是吧,只是在睡不着的漫长夜晚里,像是呼吸不畅的夜晚里,像是此生早已完结的整个夜晚里,陪伴自己的大概只有这一杯杯孤单的、用来忘忧的液体。

"这个好喝吗?这个的名字好特别……"

他拉住她的手腕,说:"你好好休息吧,我想办法……送你回去。"

她转脸看着他,点点头,嘟囔了一句:"凉生该担心坏了吧……"

他看着她那张小小的微微皱着的脸,良久,似乎想起了那个曾经彻夜煎熬的夜晚,点点头。

07
一夜星光

那个夜晚,他关掉了手机,静静地坐在客厅里。

在客卧里的她早已没心没肺地睡了过去。

八年前的那个夜晚,如果不是如今日,他能将她带走,她应该和程天佑看了一夜星光吧。

那个男人对她最初的不同印象,是不是就从这一夜星光开始的呢?

08
你想永远留在这里吗?

早晨,他做好早餐,看见她跳着下楼。

"水煮面?"她愣了愣。

他没说话,慢慢地将煎蛋、培根、水果、牛奶、柳橙汁放到桌上——他就是这样啊,想让她知道真相,却又不想让她知道。

这些年他都是这么过来的啊。

她小口小口地嚼着面条,摆出若有所思的模样,望着他昨夜被擦伤的脸,说:"大叔……嗯……"她将他不喜欢的这两个字又吞回了肚子里,说,"你的脸好些了吗?"

他点点头。

她说:"你这个人好奇怪,不喜欢说话。"

他看看她。

她说:"你这样子,生活岂不是很闷?"

他笑了笑。

她见他笑了,似乎也很开心,说:"原来你会笑啊。有没有人告诉你,你笑起来很好看?"

就像春暖花开,就像冰雪融化,就像凉生……

当然,这一大串的形容词她都默默地说在心中——她才不想让自己显得那么花痴。

吃过饭,她问他:"我会永远留在这里吗?"

虽然他说是机器出了点儿问题,但是她还是懂的——她似乎到了一个陌生的时空里。

他看着她,说:"你想永远留在这里吗?"

她摇摇头,说:"凉生会担心死的。"

她的眼眸若点漆,眼眶的红让她显得楚楚动人。

他看着她，良久，仿佛是挣扎，亦仿佛是割舍，更仿佛是理智，是克制，是清醒。他说："我会送你回学校的。"

她说："你是谁？"

他看着她，说："一个……大叔吧。"

她笑了，那么没心没肺的表情，仿佛这才该是她的十七岁，这才该是她有的澄清明净。

她说："大叔，你姓什么？"

他看着她，说："程。"

她笑，嘟囔了一句："又一个程大叔。"

他仿佛没听到。

09
可你是陌生人啊

他带她重新回到那条高速公路上——他误闯入她的时空里捡走她的那条高速公路。

时空真的会交错吧？所以才会有这么一个人，让我们一眼万年。

他们来来回回了十多次，从高架桥下来的地方依旧不是她的学校，依旧是高档购物中心。

他看着她，她装作不知道。

她没心没肺地笑着，体贴地不想给他压力。

这就是姜生，他的姜生，一路上跌跌撞撞、伤痕累累，却从来没有放弃自己的姜生。

他突然有了个大胆的想法，于是重新驶上高速公路。

她问他："你要去哪儿？"

他没说话。

车子出了城,她突然有些不安起来:"大……大叔……你不是想把我给卖了吧……我……"

他笑笑,语气淡淡地说道:"以后记得不要轻易相信陌生人。"

后视镜里,她的小脸变得苍白。

他了解她,从小就了解,这丫头一向不按常理出牌,万一来个恶向胆边生,给自己添乱,两个人还不命丧高速公路?

于是,他说:"我不会害你的。"

她撇嘴,说:"可你是陌生人啊。"

他说:"那你可是睡在陌生人的家里,还吃了陌生人的早餐。"

她想了想,觉得他说得好有道理,自己竟然一时无法反驳。

10
因为是你,所以,我总不敢奢求太多

天色向晚,她醒来的时候,车子已经停在一个陌生的小镇上。

她惊慌地弹起,说:"你不是把我卖了吧?!"

他看着她,心里想着我怎么会舍得?你是我多么宝贝的一个人。但是他脸上表情极淡地说:"我不赶夜路。"

她翻了翻白眼,说:"就是说,明天才到把我卖掉的目的地?"

他笑笑。

二人站在新开的红杏招待所前,他走进去。

原本在看电视剧的胖姐姐,一看到这个画中仙一般的人,竟忘记了嗑瓜子。

他要了两间房。从小到大，无论情愫如何肆意生长，他都时刻谨记着尺度。因为他是这个世界上离她最近的异性，是至亲的人，必然也是可以最轻易伤害到她的人，最隐秘，最不易被发现。

　　他不允许这种罪恶发生。所以，这么多年，他逼自己时刻记住，保持距离，绝不挑战尺度。

　　纵使他最终失去她，亦不舍清白，不舍磊落。

　　因为是你，所以，我总不敢奢求太多。

　　胖姐姐将收据递给他，打量了半天，说："我好像见过你！"

　　他微微一怔。

　　胖姐姐连忙说："你还带着你弟妹……"

　　他皱了皱眉头，似乎突然明白了什么，心脏是一阵尖锐地痛。

　　胖姐姐一看他的身后，说："怎么？今天带的是另一个弟妹吗？她也太小了吧……"

　　他正色，说："你认错人了。"

　　见她将脑袋凑过来，他镇定地将钥匙递给她，说："你的房间。"

　　她心下嘀咕：坏了！看样子我真的遇到坏人了！

　　时空仿佛碎了一个洞，在某一个缝隙时光里，你会洞穿。

　　那个夜晚，他胸闷到睡不着。

　　他是想将她带回魏家坪，因为无论在哪一个时空，魏家坪永远是她的家。

11
那一夜，他一直守在她的门外

　　半夜，她开门想偷偷地溜走，却发现他靠在她的房门前，身影被拉长，如此孤单。

"你怎么……？"她吃了一惊。

他没说话。

她说："我梦游。"

然后，她就将门关上了。

那一夜，他一直守在她的门外。他知道，在这时空里，她若蜉蝣，微小至极。他想保护她。

她却想着自己大概遇见了史上最可怕的坏人了！

第二天吃早餐时，她准备偷偷递给胖姐姐一张字条："救我。"

字条刚要被递出，他的大手突然覆上了她的手，那么自然地将她拉到一旁，他唇角带笑，摇摇头，示意她别闹。

于是，那天她被他带上了车。

车行驶在路上，两边是郁郁葱葱的树。

她叹气，像个泄了气的气球，说："凉生该担心坏了吧。"

他转脸，认真地看着她，良久才说："你不怕他担心吗？"

她愣了愣，说："你说谁？"

他说："昨天和你一起在路上拦车的人。"

他吝啬于提程天佑的名字。

她恍然大悟，说："你说程天佑啊！那个笨蛋、白痴、倒霉熊！他才不会担心我呢！他担心也只会担心我不倒霉！你知道吗？他想用被单勒死我！"

他说："哦，那你还和他在一起？"

她想了想，有些烦躁的样子，说："我也不知道为什么，总是这么倒霉地碰到他。"然后她撇撇嘴，说，"他估计也是这么觉得，觉得自己好倒霉，总是碰到我……"

他抿紧嘴唇，嘴角带着笑。

12
某种亲密，仿佛天成

车行一路，到魏家坪的时候，他愣住了，她也愣住了。但瞬间过后，她无比开心起来，骗他说："你看那个村子，那可是有名的美人窝，听说里面的姑娘都好漂亮。"

他看着她，说："你是在夸自己吗？"

她摇头，说："我又不住在这里。"

他笑，并不戳穿。

车子缓缓地行驶进魏家坪的时候，她有些蒙了，眼前的这个地方，熟悉又陌生，熟悉是因为这个地方带着小时候的味道，陌生是因为这个地方不是现在该有的模样。

何满厚挂着两个玉米和一只鸡从巷子里走出来的时候，她本来还犹疑着要不要呼叫，身体却本能地往凉生的身后靠了靠。

何满厚斜着眼睛打量着这两个陌生人，却没有说话，剔着牙就走开了。

她下意识地靠近，他也下意识地护了她一下。

某种亲密，仿佛天成。

13
姜生，别乱跑!

她推开熟悉又陌生的门，看到踩着凳子做水煮面的小孩儿，直接愣住了。

凉生？不，这是小凉生！

在小凉生的旁边是一个四五岁的小女孩儿，正在抱着她的猫，嘀嘀咕咕地说着话："小咪啊，妈妈去医院陪爸爸了，我会被凉生饿死吗？"

小女孩儿怀里的猫摆出一脸嫌弃的表情。

她愣住了，深深地震惊了。回头看着身边的男子，在那个男子凝视着那个小女孩儿的眼神里，她看到了化不开的温柔。

"你们是谁呀？"小女孩儿摇摇晃晃地抱着猫走过来。

她刚想开口，却见小女孩儿的身后，小凉生像箭一般疾步过来，将小女孩儿护在身后，仿佛有种天生的保护欲。

小凉生说："姜生，别乱跑！"

身后，他也拉了拉她，说："听见没？姜生，别乱跑！"

14
哥哥，陪我

她想自己一定是做梦了，否则，怎么会……遇见小时候的自己？

他说："你一定觉得自己是在做梦吧？"

她点点头："我掐你一下，你试试疼不疼好吗？"

他笑。

然后，她就真的掐了。

他眉头微微地皱了皱，嘴上却说："不疼。"

"那就是梦了。"她说，"你到底是谁？"

他看着这小小的院落，看着那对小小的孩童——小小的姜生、小小的凉生，还有那只本该早已不在人世的小咪。

他缓缓地俯下身来，轻轻地蹲在一旁，抚摸着小咪毛茸茸的身子，不再回答。

那一天，他脱下了大衣，放在院子里的石磨上，将那个踩着凳子做水煮面的小凉生抱下来，看着小凉生，说："我来。"

小凉生看着他，黑白分明的眼睛里满是戒备。

"你去和妹妹玩吧。"他说，"一会儿喊你们吃饭。"

小姜生没心没肺地上来，拉过小凉生的手："哥哥，陪我。"

他在灶台处忙碌着，看着空荡荡的厨房，突然想起了什么。交代了姜生，照看好小凉生和小姜生，人就跑出门了。

15
喊哥哥

当他拎着从何满厚那里交换来的肥鸡回来的时候，院落里已经空空的了。

他刚要焦急，却发现草垛后有人影晃动，便也释然。半个小时后，厨房里的香气飘满小院。

四十分钟之后，他端着一盆香喷喷的炒鸡站在院落里，特别开心地说："太好了！没有人跟我抢这美味。"

小咪是第一个叛徒。

早在第二个叛徒小姜生同学从草垛后闪出前，它就"喵"的一声冲了出来。

小姜生紧随其后，也不顾刚刚那个大姐姐告诉她"那个美男子别看那么好看，其实是个人贩子"的话。

小姜生眼巴巴地看着美男子，更多的是望着那盆热腾腾的炒鸡。她说："叔叔，我饿。"

他撇嘴,笑笑,将那盆炒鸡放到石磨上,说:"以后,喊哥哥。"

小凉生一看妹妹跑出来了,也跟着跑了过来。

姜生最后无奈,也只能从草垛里爬出来,撇撇嘴,说:"你还要脸吗?那么大年纪,还让人喊哥哥。"

他并不生气,只是专心地看着那个一手鸡翅一手鸡腿的小姜生,眼里是化不开的宠溺。

姜生顺着他的目光,看着那个已经胡吃海喝的低龄版"自己",觉得没脸到了极致。

小凉生在一旁,虽然饿,却吃得很秀气,然后一直让自己的妹妹慢些吃:"姜生,你慢点儿吃。"

他将筷子递给她,也递给她一碗米饭,说:"姜生,你也慢点儿吃。"

16
真是辛苦你了

吃过饭后,小凉生的敌意明显少了很多——小凉生很乖地将筷碗收拾回厨房,踮着脚洗刷起来,懂事的样子让姜生的鼻子无比酸。

她走进厨房里,将碗从小凉生的手里夺过来,说:"去玩吧。"

小凉生呆在那里,看着她,良久,脸一红,说:"谢谢姐姐。"

一声"姐姐",她的眼睛就红了。

从小到大,他负责懂事,而她负责闯祸……凉生,如果有机会,就让我做姐姐,让我照顾你,让我为你遮风挡雨……

院子里,凉生在陪小姜生玩。

他问:"刚刚为什么躲到草垛里去?"

小凉生一听连忙跑过来,说:"姐姐说要跟叔叔捉迷藏。"

小姜生做了个鬼脸,立刻拆穿小凉生:"哥哥!你骗人!"

然后,小姜生奶声奶气地对凉生说:"姐姐说,美男子叔叔是人贩子!要把我们给拐卖了!让我们躲起来!"

他笑,说:"你觉得……哥哥是人贩子吗?"

小姜生看了凉生一眼:"哥哥当然不是人贩子!"然后她纠正凉生:"你是叔叔!"

他无奈,说:"那你觉得……叔叔是人贩子吗?"

小姜生摇摇头,斩钉截铁地说:"不是!当然不是!把炒鸡做得那么好吃的叔叔怎么可以是人贩子?"

姜生在厨房里,不用看也知道,那个没骨气、没原则的馋猫早已经被好吃的炒鸡给收买了。

这时,小凉生跑过来帮她放置筷碗。

她看了小凉生一眼,说:"真是辛苦你了。"

这句话她是真心的,摊上这么个不省心的妹妹,当然是辛苦小凉生了。

17
这是一场梦吧

夜里,小姜生蜷缩在小凉生的身旁睡着了。姜生给他们盖好被子,凉生站在她的身后。

她看着熟睡中的他们,眼睛不由得一酸,转脸,却见一块手帕在自己的眼前。她抬头看着他,恍若隔世。

那天,在院子里的石磨前,她说:"这就是我的小时候。"

他没说话,嗓子里却有个低低的声音传出来:"这也是我的小时候。"

她说:"这是一场梦吧。"

他不说话。

她拉过他的胳膊狠狠地咬了一口。他微微皱眉,直到他的胳膊传来战抖,她才住了口。

看到他的胳膊上渗出血丝,她说:"你为什么不躲?"

他看着她,想说:对你,我从来都不知躲闪。

最后,他只是笑笑。

突然,一阵开门的声音传来,随之传来的是一阵熟悉的香气,那是母亲身上特有的香气。

姜生的眼睛突然红了,她几乎要快步迎上去,却被他一把拉住,飞快地躲到草垛里。他明白,他们两个人突然出现在这里有多么吓人。

那会吓到自己的母亲的,尽管他十分想去见见母亲。

月亮的光影下,她见到了自己的母亲,母亲的脸苍老却可亲。

"妈妈……"她喉咙抖动。

这一年,她失去了母亲,却在梦里再次见到了母亲,虽然不能走上前。

她在他的怀里痛哭失声。他紧紧地抱着她,眼泪也默默地往心里流。他又何尝不是见到了母亲——那个给了自己一生温柔和庇护的母亲,那个他想报答此生再也无力报答的母亲。

他抖动着喉结,却也知道,此生,有很多往事、很多人,都是要告别的。

18
姜生,再见

那天,他拉着她悄悄地离开了小院。她一步一回头,满眼泪水。

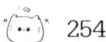

房子里的灯光勾勒出母亲的轮廓，还有她低低的温柔的叹息声。她去给两个孩子盖了盖被子，就温柔地守在了那里，幸福又疲惫。

在车里，她毫不吝啬自己的眼泪。

他看着她，说："姜生，有些人，我们终要告别的。"

他发动车子，车子缓缓启动，走向那条高速公路，走向那条他突然遇见八年前的她的高速公路，走向未知。

天空突然降下雪，他看到那条亮光。车重重地停了下来，他的眼眶也湿了起来。

他说："姜生，我们也要告别了。"

她抬起眼，愣愣地看着他。

他说："姜生，再见。"

千言万语，他此刻大约也只有一句：姜生，再见。

他重新发动起车子。她突然觉得自己从未如此悲伤过，呆呆地看着他握着方向盘的双手。

她说："你……是谁？"

他看着她笑笑，车子撞进那个时光的缝隙里，周围是白亮的一片。

他说："我是哥哥，是凉生。"

六岁那年，我来到了魏家坪，那一年，你四岁。

我们有一只小猫，叫小咪；我们有个小伙伴，叫北小武；我们一起读书，一起长大，一起分离。

这就是我们的一生。

从此以后，你要好好照顾自己，三餐要及时吃，早睡早起，天冷多加衣。